2020年广西哲学社会科学规划研究课题

"广西少数民族文学'魅'文化及民族精神研究"（项目编号：20FZW009）

中国文学
与 审 丑

程婧 著

WUHAN UNIVERSITY PRESS
武汉大学出版社

图书在版编目（CIP）数据

中国文学与审丑/程婧著.—武汉：武汉大学出版社,2024.8
ISBN 978-7-307-24351-4

Ⅰ.中…　Ⅱ.程…　Ⅲ.中国文学—文学研究　Ⅳ.I206

中国国家版本馆 CIP 数据核字(2024)第 075643 号

责任编辑:周媛媛　　责任校对:汪欣怡　　整体设计:韩闻锦

出版发行:**武汉大学出版社**　（430072　武昌　珞珈山）
　　　　（电子邮箱:cbs22@ whu.edu.cn　网址：www.wdp.com.cn）
印刷:武汉中科兴业印务有限公司
开本:720×1000　1/16　印张:11　字数:166 千字　插页:1
版次:2024 年 8 月第 1 版　　2024 年 8 月第 1 次印刷
ISBN 978-7-307-24351-4　　定价:68.00 元

前　言

随着当代中国经济的飞速发展，人们的审美观念也产生了巨大变化，艺术的边界也在不断被打破。改革与创新既对传统的文化观念有所继承，也在某些方面进行了突破和颠覆。在当前，为了满足人们的精神需求，审丑成为大众认同的审美范畴。文学家将丑的内容刻意地展现在人们面前，丑的行为和丑的形象成为人们消费的对象，一度被人们追捧。丑不仅是审美的对象，也属于审丑的范畴，在一定程度上还是更高层次的审美体现，当前文化中的"审丑"已经颠覆了传统意义上的丑。丑的内容不仅出现在当代艺术作品中，也存在于古代艺术作品中。审丑心理是审丑现象存在的必然性。审美心理是研究人的审美心理内容、审美心理结构的学科，对于审丑心理而言也是如此。艺术作品需要通过观赏者来实现价值，观赏者在接受审丑的过程中要得到一定的快感，就必须具备审丑的心理。也可以说，审丑心理能够为人们提供一种心理上和精神上的满足。人们在进行审丑时，对于丑的事物可能会产生喜欢或厌恶的心理，这种喜欢或厌恶的心理有可能同时存在，被称为"情感矛盾"。如果人们在审丑的过程中产生怜悯、恐惧、惊异的情感，那么他们会得到内心的净化和情感的宣泄。

20 世纪 80 年代，我国出现了大量的文学审丑作品。在社会的不断变革中，文学必须走出审美领域，更加关注人类感性的层面。审丑作为审美的反面，可以弥补审美中存在的缺陷，可以开拓文学创作的视野，延展人们对主体的固有认知。文学审丑论在一定程度上打破了文学真善美的标准，打破了理性的传统模式，使文学摆脱了理性主义，深入被理性主义压制的非理性领域。审丑论可以深挖生命的价值与魅力，使其回归生命本体的感性表达。传统美学的

1

背后有理性主义作支撑，而"审丑"是对理性的反驳，使非理性哲学兴起，它的发展繁荣是对过度理性的批判，对感性哲学的充实，象征着人类张扬的生命意志。在人类社会的发展进程中，人们逐渐摆脱了古代糟粕思想的限制，开始朝着个性化、多元化方向发展。社会鼓励人才结构的多元化，允许差异性的出现和存在。这使人们的思想接受度提高，对一些事物和行为采取更加宽容的态度。

"审丑"的产生与历史的发展有着密切的联系，它是社会历史的产物。工业化社会的发展使人类的物质欲望不断扩张，甚至出现人性泯灭、人类精神异化等现象。在这种背景下，哲学思想引领人们发现自我、正视自我。文学观念也在 20 世纪发生重要嬗变。作为当代文学不容忽视的动向，审丑在理论、创作和批评领域均有突出表现。本书以中国当代文学审丑现象为论域，从观念论、实践论、价值论三个方面探究文学审丑创作及批评实践的得失，以期对丑学理论及当代文学审美观念的建构做出反思和展望。审丑作为审美的反题，是 20 世纪现代文化和精神的重要内容，也是中国当代文学不容忽视的文学动向。在西方审丑思潮和作家审丑意识本土化的双重作用下，中国文学审美观念也在 20 世纪发生重要嬗变，由崇美向善的传统审美转向以丑为美的现代审丑。

进入新时代以来，中国文学审丑作品又有了新的发展。在社会的不断发展与变革中，中国文学必须时刻能够反映社会大众的实际需求。审丑和审美作为文学作品创作的两种创作方向，都对开拓文学创作的新视野、剖析社会发展中的现实问题、反映生命的价值与意义具有重要的作用。本书以中国文学与审丑为题对中国文学中的"审丑"现象进行分析，共分为六个章节：第一章主要是对"审丑"现象的解析，主要分析"审丑"产生背景和发展历史，以及在中国当代社会中的表现、原因；第二章主要是对中国哲学中"审丑"思想观念进行分析；第三章、第四章、第五章是对中国诗歌、中国元曲、中国小说中的"审丑"现象进行分析；第六章是对中国当代文学的审丑问题进行研究，并对其中存在的问题进行反思和改进，从而探寻中国当代审丑文学改革和发展的方向，旨在能够为文学创作者提供一定的参考。

目　　录

第一章 "审丑"现象的解析

随着市场经济的快速发展,大众文化异军突起,传统的美学思想已经不能满足当代人们的审美需求。审美的标准也随时代的变化而发生变化,开始向复杂化和多元化的方向转变。现代化发展呈现愈来愈快的局势,很多方面融入新元素,为此我们需要对文化和社会所面临的新问题进行深入探讨,尤其是立足于现代化视角进行全新解读,包括社会、文化、美学等方面均是解读重点。

第一节 "审丑"的概念及其产生背景

一、"审丑"的概念

西方传统美学的审美范畴有崇高、优美、喜剧性、悲剧性、丑与荒诞。通常来讲,狭义上丑和美是对立的,其中美传达出多种积极向上的含义,如完美、和谐等,而丑则是对"美"的否定。两者能够相互衬托,例如,在戏剧中通常会采用丑配美或美配丑方式来进行衬托,使美与丑更为凸显。在悲剧中,人们对真善美的崇拜是突出的,尤其是在产生冲突与矛盾并上升至斗争局面后,如果丑恶势力一方获胜,便会形成与人们意识深处不相匹配的结局,而这种结局必然会使人们的精神更为震撼。悲剧中的美具有悲壮的色彩,使人们更加抵触丑的、恶的。如果是喜剧,美与丑的矛盾会有所弱化,原因在于喜剧中的丑恶势力整体上势力较弱,最终会迎来失败,而美能通过这一过程得到凸显。无论是在悲剧中或在喜剧中,都是对美进行优美的评价,而对丑的价值进

1

行贬低。

"审丑"可以理解为审美活动中的一种否定性行为，是对非理性的物质加以变形、扭曲展现出来的。非理性的物质指的是人类意识中无意识的孤独、焦虑、恐惧、冲动等抽象概念。这是无法直接表现出来的，需要借助抽象的形式间接性表达出来。通过一般的表现形式不能将人内心深处的概念体现出来，并被人理解和接受。因此对于这些非理性的物质，需要借助抽象、变形的方式加以创造，创造出来的结果就是丑。在一定程度上，"审丑"远远超过"审美"的力度，人们通过"审丑"来揭示其背后的深层含义，只有通过审丑将非理性的感觉释放出来，人们才能对其进行深入思考，从而获得美的启示。

人们通过对丑的审视可以激发正能量，在审美领域中，"审丑"是对审美的延伸和拓展。在传统审美观中，"丑"与"美"是对立的关系，往往是有了对丑的否定才有了对美的肯定。在当今社会中，人们的审美标准越来越高，审美多元化的趋势也日益凸显，人们的审美原则和审美标准也不再统一，具有明显个性化的特征，人们的精神追求也不再局限于对美的单一审视与追求，而是呈现出多种视角并存局面，在研究探讨时更加复杂多变。随着审美领域展现愈加强烈的广阔性，人们对"丑"的接纳程度越来越高。近代时期人们在定义"丑"时会在主观上表现出明显讽刺性。随着社会发展，讽刺性不断减弱，原因在于人们的审美视野逐步开拓，审丑经验也在不断增加，人们对各种丑都能够理解和承受。丑也在一定程度上丰富了人们的感性认知，通过对丑的认知，人们对社会的了解越来越全面，且极大地拓展了美学领域。在现代社会中，人们对美学的研究逐渐将重点转向对"丑"的研究，打破了以往对审美的单一思维。

"审丑"是拯救人性异化的重要手段。"审丑"着眼于异化层面进行审视，包括人性异化、现实异化等，目的是通过"审丑"这一过程进一步批判与揭示，使人们的思想层次升级。在当今商业社会中，人们逐步养成了向金钱和物质看齐的思想观念，将感官体验排在第一位进行考虑，即使遇到"丑"元素也会不加辨别地盲目吸收。这会导致审丑观变得畸形。正确观念是对丑的审美，而不是对丑的模仿和崇拜，只有从精神和灵魂层面面对丑的内容与事实，才能形成正确审丑观，才能真正意义上认识丑。"审丑"并不容易，需要敢于直面的勇气，以及拥有一颗拯救人的心。

在当今社会，艺术创作不再局限于模仿层面，而是更注重内在含义凸显，具体到艺术表现手法上，真实感和立体感不再是终极表现目标，而是直接表现灵魂，体现出抽象化与扭曲化的表现形式，从侧面来揭示人性的扭曲和精神的异化。抽象化的表现形式能够给人的心灵带来震撼的体验，使人们从主观意识上直击事物的真实，进而自我反思。在网络环境中，审丑的现象消解了传统审丑所具有的美学意义。传统美学中的"审丑"不是原生态的丑，而是对丑进行一定的加工和创作。而在网络环境中，丑没有经过艺术的加工，也没有艺术家对其进行巧妙设计，而是以一种原生态的面貌展现出来。网络中的"审丑"也可以理解为网络看客心理，网络看客对网络中丑的形象抱着一种挖苦、嘲笑、看一场好戏的心态，在一定程度上体现出他们的冷酷无情，这种"审丑"是一种没有灵魂的"审丑"，同样也不是真正意义上的"审丑"。

二、"审丑"的产生背景

（一）西方审丑理论的发展演变

在人类文明刚刚起步时，人们面对神秘莫测的大自然，恐惧感油然而生，并会在潜意识中认为大自然中存在神灵，这也是原始图腾崇拜的原因。在古人类的意识中，这些神灵是丑陋的、凶狠的。后来宗教信仰出现了，并在人们的创造性加持下出现了更多直观可见的膜拜内容，其中图腾形象是重要内容。很多动物形象出现在图腾形象中，这意味着人们将动物当作了神灵，并没有去深剖动物与人的差异，这时人的自我意识处于浅层次。

随着生产力不断提升，人们改变了原先对神形象的认知，那些具体直观的形象内容开始减少，而是变为人类心中所想象的神。在古典美学时期，"美"被人类崇拜。一切展现形式都要以美为主题，无论是生活或社会活动都要展现美。对于文艺创作而言也是如此，大力宣扬以美为主题的作品，杜绝出现丑的作品。文艺复兴思潮兴起之后，一些文学家和画家打破了以"美"统治的世界，将"丑"拉回了世界舞台。

浪漫主义文学家代表雨果提出了美丑共享的原则，他发现美和丑是共同存在的，人们往往只注重美的和好的各类事物，而对丑的、恶的却表现出忽略态度，殊不知丑的、恶的内容中也会蕴含积极向上的力量。人类社会逐步改变了重视美、忽略丑的局面，奠定了"审丑"发展的基础。

(二) 中国"审丑"发展背景

20 世纪 80 年代以来，一些作家开始采用西方"审丑"理论对当代文学进行批判。刘东著有《西方的丑学》，其中对西方丑学的发展进行了系统梳理：从"不准表现丑"到歌德提出"魔鬼创世"，从"丑就在美的旁边"到"带抽屉的维纳斯"。我国文学领域也兴起一股"寻根小说"潮流，从中可以探寻到中国人民对本质精神热切追求的内在趋向。"寻根小说"是立足于我国国情的，是人们对精神文化方面的思索，是对封建落后的思想的批判。各类文学作品的出现体现出人们对真理的追求和对传统文化的反思和扬弃。

在"寻根小说"之后出现的"先锋小说"更是将"丑"展现得淋漓尽致，同时"先锋小说"也是我国"审丑"思潮走向兴盛的重要助力。"先锋小说"融入了西方审丑经验，又充分结合我国国情和民情，可以说是中国特色的"审丑"思潮。以残雪的《黄泥街》《苍老的浮云》为代表的批判类型小说，在很大程度上写出了周围环境的肮脏、人们的内心病态等。余华在《兄弟》一书中采用平静、冷淡的写作手法描述了血腥暴力的场面，深刻描绘了人性的丑态。苏童的《妇女生活》《妻妾成群》等小说反映了封建社会中女人成为最大的牺牲品的主题，采用形象的手法刻画了变态的人性关系。"先锋小说"对传统的封建思想进行了抨击，消解了传统的"死亡意识"。在传统思想中，死亡对人的影响是巨大的，对人一生的回顾，举办葬礼仪式，都是特别隆重的。一些作家使用反讽、调侃的手法描写死亡。例如，洪峰的《奔丧》描述了主人公在面对父亲遗体时表现出事不关己的行为，深刻描绘了人性的冷淡和亲情的丧失。这部小说极大地揭露了人的无情和残酷。

随着社会经济的发展，20 世纪 80 年代后期，人们的生活压力越来越大。

作家开始对现实中的个体进行描绘，开始关注人们的日常小事，如工资微薄、物价上涨、住房困难等现象，由此开始了新写实小说的浪潮。由于生活所迫，人性也展现了丑陋的一面。这些写实小说家用冷静的心态看待现实，写出了现实生活中人们真实的生活状态和想法。

第二节 "审丑"的发展历史

在中西方美学中，丑的内容早已进入了人们的视野，丑并不独立且未处于主流的状态。在西方，丑的概念最初被人们忽视，人们甚至对一些丑的话题进行规避。在中国，丑与美几乎是同时产生的，而在西方的古代艺术实践和社会文化中，丑仅是作为美的陪衬而存在。丑在早期没有明确的地位，但仍被少数人提及。

一、西方美学"丑"的形成

(一)西方古代的"丑"

人们在社会实践中所依据的审美规范，丑以一种不同常规的形式出现和发展。丑的事物不会消失，而是会出现在生活中的方方面面，原因在于社会之中存在很多不可调和的矛盾冲突。从审美视域上分析，丑是一种基于非理性精神形成的特殊元素，对其进行审视和剖析的过程要突破理性的约束。最早是在古希腊时期开始，人们将精神追求分为两个部分，分别是非理性精神追求和理性精神追求。其中，理性追求最容易得到人们的认同。理性追求使人们形成理性思维，使审美活动中人的思维和意志受到一定的约束，但人们内心深处的非理性欲望也被囚禁在一定的秩序中。非理性精神一旦化身为丑，就会导致丑不能被理性精神容纳，以叛逆的行为来动摇理性的规则，从而强迫理性重视它的存在并接纳它。

　　古希腊的审美艺术中是美丑兼顾的。例如，在《荷马史诗》中，有容貌美丽的海伦，也有让人恐怖的美杜莎。早期谈到丑的学者是赫拉克利特，在他看来，丑是一种相对认知。他曾经说过，人与猴子比起来，猴子会相对丑陋。也有一些学者认为，世界上不存在绝对美或绝对丑的事物。还有一些学者认为，即使是同一事物在不同人看来会是美的，也会是丑的，美与丑是同时存在的。这些都是早期人们对审美标准的思考，丑与美是站在对立性的角度，让人觉得不好或不漂亮则被人们称作丑。柏拉图认为，之所以形成丑是由于人性中低劣的部分，与人的理性精神和非理性精神关系不大。但是他在分析丑的根源时却提出非理性的因素发挥了重要作用。因此，柏拉图在美丑的问题上也陷入一种矛盾中。

　　亚里士多德对丑所引起的审美快感的论述是对丑进入审美活动的首次肯定，也可以说这是一种艺术方面的丑。普罗塔克认为，丑不可能变成美，无论是在艺术中或在现实中都是如此。而普洛丁认为，只有神是美的根源，他将宗教与美学相结合，认为对于一件事物来讲是不存在理性与非理性的，他判断一件事物是美或丑主要在于它是否遵循理性。随着原罪观念的兴起，人们对于丑的评判有所转变，主要在于人们自身败坏情欲和对上帝的背叛，也是人的本性。奥古斯丁认为世界上没有绝对的美，但丑是相对存在的，这在一定程度上能够和谐对称，也可以说丑是依附于美的存在。不能够将丑看作一个独立的个体，丑只能通过美的缺陷或美的不足体现出来。

(二) 西方近代的"丑"

　　到了西方近代时期，理性主义和经验主义强势袭来。这两种流派在美学认知上具有很多差异，也就对丑与美有不同的看法和认识。审美观念之所以转型正因为丑的因素在不断增加。理性主义认为，有些丑是客观存在的，想要从微末转化为崇高是不现实的，这意味着该流派将丑作为独立内容进行分析研究。在这一时期，人们尝试跳出美的范围对丑进行定义讨论，抛开美的束缚，尝试丑是否能以一种独立的形式存在。鲍姆加登认为，"感性认识的不完善就是丑"。他认为丑在不同界面会有不同表现，如审美界面和认识界面中的丑是存在差异的。从他的观点中可以看出，他并不否定丑，而是进一步谈及界面。史勒格尔认为，丑是不愉快和罪恶的，而美是愉快和善良的。休谟认为，区分美和丑的关键在于情感体验，如果主观上认为是美，那就是美的，所对应的是快乐情感；反之则是丑的，对应的是痛苦情感。另外，主观见解、观点等也会对美丑判断产生影响，如有的人认为丑的事物在另一些人那里却是美的。有学者认为丑是一种体验崇高的重要途径，重要的是将丑转化为积极情绪。

在古希腊时期不准表现丑，甚至上升到了法律法规层面，突出表现了当时艺术作品回避丑的观念形态。在莱辛看来，丑的内容融入艺术作品后能够通过营造"戏剧性"场景来深化艺术作品的内在含义，让人们从中接受更多精神营养，而在这一过程中丑会变得更加独立，支撑艺术作品中的丑实现从形式到内容的转化。关于将丑提升至独立个体的观点还有很多，中心思想是将丑与美分开，使两者在不同范畴内得到研究探讨。这一时期丑的内涵被人们进一步挖掘，人们对相关规律的认知程度不断提升，尤其是丑的艺术效果、审美价值等得到进一步凸显。这使丑在美学体系中上升至更高地位，在后续研究、应用等层面表现出更强的独立性。

(三) 西方现代的"丑"

在自然本体论和认识论哲学中，审丑观点通常产生于现实生活中并为现实生活服务。这一时期的丑表现出一定程度的工具理性，但是与常规具有工具理性和技术理性的内容相比具有更广阔视野，不仅是服务现实生活，还会肩负起揭露更多社会真相的责任。这些观点在当时是新颖的，是对旧价值体系的一种反驳，是对那些看似完美无缺的理性的冲击与反叛。在主体性哲学确立后，人不仅作为国家或民族的附属体存在于世，还是一个拥有独立意识的独立主体，可以自主认识事物，如衡量美与丑、是与非等。在这一过程中，原先被烙印丑的印记的事物可能会在一些人的眼中不再是丑的。

20 世纪兴起的西方现代主义艺术为丑划分了专项区域，成为丑的艺术存在和发展的重要支撑。后现代哲学思潮顺应以人为本的理念，指出当时美学体系在美与丑评判标准上存在诸多缺陷。发展到现阶段，这些缺陷没有消失，而是成为对丑的认识变得模糊的重要动力，这驱动后现代的"荒诞"美学产生。

美学中存在理性与非理性的矛盾，而从哲学层面探讨美学中美与丑的关系时，这一矛盾使两者形成更强烈的对立关系，审丑行为与活动应运而生。如雨果在《巴黎圣母院》中对美与丑进行了强烈对比，尤其是卡西莫多最具代表性，他有着十分丑陋的外表，但是内心美丽无比，这种外表与内在的对比让人们对人物内心产生更强的同理心。这一过程中必然伴随审丑活动，而这一活动上升到了精神层面。哲学家叔本华对丑有着一定的关注度，他认为丑是人生的基调，同时也是非理性世界的真实面目。可以说，非理性与丑才是人生的真实面貌，人们之所以追求美和丑是有一定联系的。

二、中国美学"丑"的形成

中国与西方有着不同的发展历史，所形成的文化具有诸多差异，这成为形成不同思维方式和文化心理的重要根源。具体到中国传统文化中，对理性的探讨除了重视理智，还会进入社会领域研究存在的现象与背后的问题。总结而言，中国的思想家不只追求工具理性，还会将价值理性融入其中，实现两者的统一。从思维层面分析，中国思想家更愿意从整体上审视事物，并依托直觉感悟品味其中的内涵，而很少做出理性界定。相比于西方文化，中国的传统文化是以功能性的概念来认知对象的，而不像西方文化那样纠缠于美的本质问题的思考。

(一) 中国古代的"丑"

关于美与丑的并存关系，中国古人很早便已意识与领悟，并且这种思维认知延伸到了艺术领域，使艺术作品中包含很多对丑恶现象进行批判的内容。"气"和"道"是我国古代哲学的核心所在，两者一虚一实、一内一外，将万事万物的本体特征充分阐释出来，同时这一认知也在美与丑领域得到应用。中国并不是像西方那样将美与丑进行深入的定义，在中国古代的文化中显现出美与丑均可以得到审视特征。中国"审丑"文化在先秦时期便已产生，而后经过长时间的发展演化变得更系统与完善。先秦审丑文化最典型的为《山海经》，其中记载了很多奇形怪状的事物形象，呈现出一种怪力之美。这一时期，中国古典文化也被称作以审丑为基础的文化。

儒家文化在我国古代文化中占据重要位置，该文化对伦理道德、情感体验等十分关注，由此形成的哲学思想呈现出显著的"唯心"特征，表现在美学领域"和谐统一"是其重要追求。中国历史文化长期受到佛、道、儒三家的熏陶，形成了独特的审丑见解，进而对审美观念产生了深刻影响。这种审美观念指的是从不同的角度辩证地看待丑与美，认为美与丑之间并不是绝对的，而是可以相互转化的。因此，丑的独立性得到强化。

在中国文化中有一种名为禅宗的美学思想，它主张超越实在与非实在，对美与丑的区别达到"无念"的心境。由于受到先秦以来传统审丑观念的影响，在我国后来的绘画及雕刻中出现许多以丑为刻画对象的艺术作品，如丑陋的人、奇怪的事物等。道家创始人老子认为美与丑存在相互依赖的关系，而这种关系使两者同时存在和发展。在老子的思想中，"道"是美的，有着宏大深远的影响力，其内部精神至高无上、无与伦比。当"道"出现在社会生活中后，一方面能够指导人们规范自身，做到精神美与行为美；另一方面会成为图景分裂的源头，进而造成丑恶出现，与美共同组成现实社会。庄子的审丑思想与老子一脉相承，他从哲学的相对主义出发，否定了美与丑的区别，认为人们对美与丑的评价是相对的。庄子在《至乐》《大宗师》中塑造了一些畸形的形象。在庄子看来，虽然一些人在外表上看似丑陋或有残疾，但这也是天道的意义，而在这一基础上这些人也能向美而发，通过追求天人合一达到美的高度。庄子认为，美与丑不应该是对立的，而是一种统一关系，并且存在于世间万事万物中。在庄子看来，那些"残疾人"更加明确地诠释了以丑为美的观念。庄子的审丑思想倡导生命完整，即便是存在残疾也不会影响生命的完整性，反而能够强化生命的自然本性。

庄子的审丑思想对我国后世的文化有着重要影响，也可以说我国审丑文化的形成起源于庄子。在宋元时期，一些文人的画作也充分体现了审丑文化中的情感诉求。在西方绘画作品中，绘画技巧是创作者首要考虑的内容，创作者会着重追求绘画作品外在形式的美观性，如此一来，丑的事物存在的空间便会被压缩，也会与绘画主体元素脱节。中国绘画作品融美与丑于一体，使两者在同一事物上均得到体现。如唐朝绘画中有很多丑陋的事物，这既带给人们更多的审美体验，也在情感方面有所深化。尤其是到了唐朝晚期，社会的文学思潮影响极大，在审美观念和文艺作品中都大量地出现了丑，美与丑的界限也越来越模糊。

融入丑的内容并不是无缘无故的，而是为了批判和揭露现实中的丑恶现象，在《诗经》和《离骚》中便能找到很多例子。诗人们也将一些丑的内容写进诗中，如杜甫的很多描写社会现实的作品反映了当时封建统治者的惨无人道。杜甫还会丑化自己进行自嘲，这种创作方式并不是个例。通过阅读先秦的一些史籍就能发现有许多丑的形象，常见的"侏儒"就是供人们娱乐的奴隶。统治阶级为了便于统治，对于丑恶现象非但不排斥，还会表现出支持态度，如曹植在作品中就塑造了许多丑陋的人物形象，其中与统治阶级相关联的便有很多。审丑文化影响广泛，除了文学作品，陶俑艺术、绘画等也会融入，如出土的很多陶俑作品中怪异丑陋形象比比皆是，这些形象往往是短粗身材，形式夸张，十分滑稽可笑。在传统的戏剧中丑角也备受瞩目，这些丑角与主角有着相同的地位，如小仓娃便是广为人知的丑角。在明朝中期以后，资本主义生产关系已经萌芽，社会思想空前激进，在这一特定情境下也产生了很多新颖的艺术作品，让人们从中体会到了新观念和新思想，其中丑陋事物是一大特色，其"丑陋"程度进一步拓展。到了清代，文学作品中的妖魔鬼怪形象展现了当时以丑为美的审美观念。作家们大胆地将丑的内容写进文学作品，可以说将丑写进了审美，丑的审美价值也在这些艺术作品中得到了更好的体现。

（二）中国近现代的"丑"

近代以来，随着新文化的浪潮，国外的大量著作被引进，我国的学者也受到西方美学审美思想的影响，提出了自己的审美经验。王国维认为生活之中到处充斥着美与丑，而对于人来说，能在意志驱动下自主选择美与丑去体验。例如，当人们精神萎靡不振时，可以通过品味美的艺术作品获得片刻快乐与愉悦，暂时将不良情绪抛之脑后；而当人们志得意满时，可以通过审丑过程来认清现实，避免一味沉沦于过去的成功体验。这一过程中所呈现出的审美观念与传统观念有所不同，而源头上与西方美学注重感性有着紧密关联。

鲁迅的文学作品中也是美丑兼具，表现出浓厚的审丑意识。而这些审丑意识主要是通过"恶"体现出来的，这也与当时社会的特征和人们的心理有着极大关系。《阿Q正传》中的阿Q就是作为丑陋的形象出现在大家面前的，这种丑陋没有按照传统美学观念进行体现，而是渗透出强烈的批判意味。阿Q精神并不是个例，而是当时那个社会普遍存在的一些现象，现象背后是人格缺陷发挥作用。作者想通过这种方式来警醒国民，进而为后续改造社会做出贡献。阿Q这种人物形象更多是发挥批判效果，其本体是活生生的人，是我们生活中常常遇到的人，也正因为如此批判效果才更加强烈。这一时期的文学作品中所表现的审丑不仅是一种审美观念，也是一种对人性丑恶的批判。

哲学思想在美学中的研究为我们提供了新观念，如马克思辩证唯物主义观念是重要融入对象。该观念对物质与意识之间的关系进行了深入探讨，提出"物质决定意识，意识反作用于物质"的观点。基于这一观点可以了解到审美观念的形成要有一定的物质基础，而在审美观念发展过程中，也会反过来影响与作用物质。无论是美好事物还是丑陋事物都能转化为意识内容存在于人们的观念中，而当人们开启审美活动时，审美与审丑会同时发挥作用。在现实生活中，人们认识事物时往往是由主观思维决定的，不同的思维就有不同的意识，而在文学艺术作品中可以以美作为表现形式，也可以以丑作为表现形式。在20世纪后期，实践论美学开始作为主流的美学地位，李泽厚的实践哲学就探讨了中华民族审美意识的发展及变化过程，在他看来，一些丑陋的事物有着美的思想，他将丑与崇高联系起来，给人一种崇高的美感。

第三节 "审丑"在中国当代社会中的表现

一、当代中国社会中的审丑现象

现在的中国已经大变样，经济飞速增长是一方面，其他方面也是日新月异，如美学领域中审美观念呈现出新内容与新元素。客观来说，改革与创新所产生的影响力是广阔的与深远的，能够对传统的文化观念进行突破和颠覆。在目前的时代环境中，为了满足人们的精神需求，审丑成为大众所认可和认同的审美范畴。文学家将丑的内容刻意描述，使其光明正大地出现在人们视野中，久而久之丑的内容非但能"见光"，还会成为人们追捧与消费的对象。这进一步深化了审丑内涵，使审丑在审美领域达到更高层次，让人们不再以传统眼光来看待丑的事物。

(一)影视作品中的审丑现象

从目前来看，影视作品中融入丑的内容已成为一种常态，例如，很多影视作品中会融入血腥、情色、暴力、惊悚等元素，在大众文化中，人们的最初欲望主要以恐怖元素和情欲为表现，而目前这种流行文化的产品正受到热烈的欢迎，也产生了巨大的利益。

影视作品中会通过暴力、血腥等手段来描绘恐怖事物，使其十分扭曲。例如，鬼片中的场景，一般都是神秘的古堡、夜晚的医院、幽静的树林等场景。鬼片中的一些角色还会使人感到恐惧，披头散发的白面僵尸、女鬼、血肉模糊的身体等。恐慌使人感到威胁，而人对生的渴望实际上是对死亡的恐慌，观众通过看恐怖片来释放心情，从而舒缓身体上的疲倦。另外，有些观众还习惯挑战自我，为迎接现实生活中的更多挑战，通过看恐怖片来提高自己的胆量。

有些网站常常会发起投票：评出您认为最烂的电影。有些人认为最烂的

"烂片"票房仍旧居高不下，这是什么原因呢？片商通过"烂片"吸引公众眼球收获高票房，而高票房的背后往往是审丑发挥作用。例如，《小时代》中包括大批奢侈品和一些炫富表演，因此被称作"富二代"的影片。也有许多包含若隐若现色情元素的作品，比如《满城尽带黄金甲》中的女性角色穿着暴露，显得十分性感，这些会成为电影的"亮点"，片商通过这种"烂片"来拉动票房。有的电影上映后尽管喧嚣一片，称这部电影并不好看，但仍有人会去电影院观看。

(二)娱乐节目中的审丑现象

随着大众文化呈现出越来越显著的娱乐性倾向，审美活动娱乐化成为一种潮流，而在这种氛围之下审丑意识逐步增强，不仅是审美的一种表现，还成为人们享乐其中并刺激消费的重要依仗。这使人们对文化深度的追求欲望不断变弱，更注重通过一些活动获得心理上的满足，这就导致大量娱乐性的节目不断出现，这些节目充斥着人们的眼球，使大众心理产生一种消遣感。

近年来，电视中出现了许多相亲节目，这些节目有一个共同特征，那就是展现"真人真事"，而这也为形成诸多审丑现象打下了基础，产生了良好的吸睛效果，进而创造可观的收视率。例如，《非诚勿扰》中嘉宾张扬的个性、夸张的穿着、雷人的语言等，这些问题值得我们深思和关注。在一些相亲节目中，为了提高收视率并引起人们的注意，节目组将那些言行丑、形象丑的形象显现出来，刻意地将这些人物捧红，其最终目的是博人眼球，获得更高的商业利益。许多观众在看到这些丑的形象时会给予批评和嘲讽，而深入思考的人却不多，因此他们对此所做出的评价有待商榷。在《非诚勿扰》中，常××可以称作最丑的女嘉宾，但她也成功牵手。刚开始，当人们看到这一女嘉宾时均投以怜悯的目光，但是由于女嘉宾一次次的矫揉造作，导致人们开始对她产生不满。但仍有男嘉宾是专门为她而来的。在一期节目中，一位水泥工上节目向常××示爱，令网友惊讶且感叹，但最后常××选择牵手一位美籍男嘉宾。这位美籍男嘉宾在入场后向主持人、各位女嘉宾等人手赠送一捧玫瑰花，场面十分震撼。常××在此之前从来没有收到过玫瑰花，所以她十分感动，男嘉宾顺势而上，两人紧紧拥抱在了一起，此时掌声响起，更是起到情感衬托作用。常××的芳心被这位男嘉宾俘获，开始主动示爱，最后他们牵着手一同离开了现场。虽然每个人都有自己的爱好与特色，但这也不得不让人怀疑节目组为了提升收视率而导演了这样一出博人眼球的戏。

娱乐节目的占比不断提升，这些节目的娱乐性除了具体内容衬托外，主持人也会发挥重要作用，如很多主持人让我们印象深刻，很大原因在于他们造型夸张及表演时的歇斯底里。《快乐大本营》便是一个典型例子，主持人在场上十分自由大胆，通过无厘头的搞怪和滑稽的扮丑，获得了大众的欢迎。

(三) 网络文化中的审丑现象

网络时代已经到来，人们生活的方方面面都受到网络的渗透和影响，网络除了带给人们多种便利之外，也驱动网络文化在潜移默化中形成和发展，并逐渐在大众文化中占据越来越重要的地位。人们想要了解新闻资讯时可以登录网络新闻平台，在心情烦闷时可以听音乐、看电影等缓解压力。更重要的是，网络发挥了纽带作用，使人与人之间的距离进一步拉近，交流与互动更为便捷高效。在这种局面下，人类文化获得凝聚条件，可以通过交汇互融变得更加精彩。

同时，网络语言也应运而生，它主要应用于网络交流中，包含文字、拼音、符号、标点、英文字母、图片等多种组合。这种组合通过网络媒体传播获得了新的含义。如在早期的网络流行语中，"520"代表着我爱你，"88"代表再见，等等。近年来，网络中流行的语言更是多种多样，有一些网络名词被大家热传等。另外，在网络中流行的一些图像也成为大众熟知的信息。如通过动态图片制作软件修改一些图片，将这些图片变得十分搞笑。在20世纪八九十年代，网络上流传的"非主流"也备受争议，这是年轻人追求时尚、个性的另类表现方式。还有一些网友通过上传自己扮丑的照片来增加关注度，而这种做法不仅在普通人中广为采用，明星群体也不能免俗。网络给人们提供了一个个性化的平台，人们可以通过这个平台展示美的一面和丑的一面，但无论美丑，都会让人看到这个人并不是一成不变的，这也是一种自我挑战。

另外，网络依靠传播性强、门槛较低等特性使很多丑的现象广泛存在，而对于网络受众来说，他们不仅不会排斥丑的现象，还会积极参与成为其中的一员。通过网络积攒人气进而一夜成名的人有很多，如前些年曾经十分火爆的"芙蓉姐姐""凤姐"等，她们依靠扮丑博得人们热议，从而获得关注度和网络流量。

(四) 流行时尚中的审丑现象

在流行文化中，审丑文化主要是指大众喜欢低俗、哗众取宠的东西的一种现象。例如，在短视频平台中，审丑并不是指外貌上的不足，而是指有些人为了博眼球、蹭流量而做出的一种无下限的低俗行为，不仅不能够传递给社会大众正能量，反而引起了大众的争相模仿。以短视频博主郭老师为例，该博主素质低下，在视频中常常带有"郭言郭语"，甚至出现抠脚等不雅行为，最终遭到全网的封杀。还有就是行为举止庸俗。例如，曾经拍摄"人类高质量男性"的田某，靠奇怪的言论和不雅的举止而"走红出圈"，但由于其价值观严重跑偏，最终也难逃封杀的结局。还有一些女性博主利用自身的身材优势在跳舞中做出一些暗示性、挑逗性的动作，无下限的吸引流量，甚至在公共场所进行拍摄，严重影响了社会的稳定发展。另外，还有一些大众熟知的网红也因为一些"惊人的言论"而爆火，例如曾经在某节目中就曾经出现"宁愿在宝马车上哭，也不愿意在自行车上笑"的言论，严重影响了人们的价值观。

(五) 新闻中的审丑现象

在新闻中有许多负面的消息和负面的新闻，也就是我们通常所说的丑闻。丑闻是因不道德、不名誉、涉嫌罪恶等行为引起人们公愤的事件。丑闻中的内容有可能是真实的，也有可能是虚假的。在当今社会中，人们对丑闻的关注度远高于正面新闻的关注度。人们在面对网络中各种媒体所传播的消息时，都会产生自己的评判，而从发展视角来看，所有评判会不断变化，新的评判会代替旧的评判，这种新旧替代的过程也就是发展的过程，在新闻中也是如此，新的丑闻不断出现然后替代旧的丑闻。

当下贪官被抓的丑闻成为人们广泛关注的热点，网络中曝光的一些官员不雅事件有许多，如重庆市的区委书记雷某某就被曝出不雅视频，视频在网络上广泛传播，引起人们的舆论。河南省的某一官员被曝出侵犯多名未成年少女，手段极其恶劣，罪行十分严重。还有许多官员的丑陋行径被曝之于网络中，这些都成为人们热议的话题。

明星的丑闻也是人们关注的热点。如一些明星的私房照，还有艳照门事件等。许多明星因出轨而曝光于网络中，虽然他们在网络平台上公开道歉，但也断送了自己的事业。还有一些明星因为吸毒而被大众谴责，原先塑造的人设一瞬间完全崩塌。他们作为公众人物，影响力远超普通人，如果行为丑陋、道德低下，必然会给社会带来难以磨灭的消极影响，甚至成为一种杀伤性的武器，使很多人对社会失去信心。

二、审丑的心理分析

(一)心理宣泄功能

人们在宣泄的过程中，心中压抑的情感得到释放。当人们的本能受到压抑时，如果不能消解而让其长期积累，会成为引发心理疾病的重要因素，一旦心理疾病形成，想要缓解与治疗，关键在于引导与宣泄，柔化内心，使内心逐步走向舒缓，变得更沉静。

当今社会节奏加快，来自工作和生活上的压力给人们带来了极大的心理负荷，再加上社会生活中处处受到束缚，情感宣泄不畅，进而使人们心理压力不断加重。通过娱乐可以调节人的心理，人们在繁忙的工作或生活中受到压抑，通过娱乐能够达到一种放松的状态。人们对娱乐的需求同时也是一种心理上的追求。一些搞笑的语句能使人们获得片刻的精神放松，顺利地宣泄情感。而在进一步深化审丑过程时，情感宣泄会逐步向新情感形成转化，其中愉悦感是重要转化对象。心理宣泄是一种心理形态和心理机制，对人的心灵有着净化和陶冶的作用。对于审丑也是如此,由于人本身对审丑有着内在需求,审丑作品才会不断得到创作,为人们提供宣泄情感与转化情感的渠道。

当下人们拥有更多时间与精力来娱乐和消遣,这有利于帮助人们缓解生活和工作中的压力,并产生愉悦情绪,维持平稳心态。而当娱乐内容长期围绕"美"来构建后,审美疲劳会逐步产生,此时丑的艺术在人们眼中成了"香饽饽",得到人们大力追捧。我们在看一些扮丑搞怪的表演时,能够让我们短暂地忘记生活中的压力,表演者通过夸张的形体动作和语言表达方式来"丑化"自己,而台下的观众却能由此产生愉悦情绪。同时,表演者也能从中释放情感,充分表达对社会的不满情绪,进而获得精神层面的放松。

(二)人的批评心理需求

人与其他动物最大的区别在于人具有思考的特征,人在面对不同的事物时会有不同的感受体验,人对事物不仅有肯定积极的需要,也有否定的需要,人在看待事物时会产生两种评价,即否定和肯定。在这种心态下,审美与审丑都会成为人们挥之不去的内心诉求,人们不会一味地渴望美好与认同,反而会直接表达不满与反对。人在社会中会受到各种制约和约束,人具有一定的社会属性,也具有一定的自然属性,人的欲望是时刻存在的,需要行之有效的方式和渠道来满足,而当现实生活难以为人们提供满足心理需要的重要途径时,便会迁移至心理层面。人类的理想是崇高的,具有真善美的性质。由于社会的多元化性质,人在社会中成长与发展,思想和欲望会不断涌现,其中有合理的、可行性的,也会有违法的、违背道德的,前者可以在现实生活中得到满足,而后者则要寄托理想境界。艺术领域是提供理想境界的重要载体,能让人们徘徊于艺术作品中感受各式各样的生活,同时获得符合心理预期的体验。这些否定性的需求每个人都有所需要,也存在于每个人的内心深处,虽然见不得光,但也要找到发泄之处。人类的这种否定性需求有可能是违背法律法规和社会道德的,也就是说的丑。

(三)情感替代补偿心理

在人的情感中，自卑是一种常有的心理状态，不同事物给人们造成的心理感想也能带来不同的结果。因此要正确面对内心深处的自卑心理，这也是健康人格的需要。人天生崇拜强者，希望自己也成为强者，如果人处于无助、弱小的境地，就会产生一种自卑感。可以说，每个人都会产生一种内在的自卑感，而人天生争强好胜的心理使人们逐步消弭自卑心理。想要达到这一目标必须改善处境，当处境得到优化后，人就会获得心理补偿。一般来说，一个人所拥有的越少，缺陷感便会越强烈，由此引发的自卑感也会愈加深重，所寻求的补偿也就更加迫切。对于儿童而言，其心理也存在一种自卑感，随着不断成长，个人的努力也是在克服自卑的一个过程，人们试图突破自身所处的环境，这也是人格得到塑造与升华的必经过程。

每个人具有自身优势和劣势，在追求目标时会采取不同的方式和路径，而这也成为塑造不同人格和行为风格的重要过程。当人们感觉到自卑时，便会产生克服自卑的本能愿望，此时自卑感就成为一种潜在的动力，在这样的状态下，人们就会更加积极地体验生活。当人们面对无能、卑微、弱小时，如果自己不能走出这一深渊，就会导致自卑感更加沉重，甚至使人放弃从头再来、重塑自我的动机，变得更加消极堕落。另外一个极端是有的人为了克服自卑而陷入"只有我而无他"心境中，对周遭世界与他人诉求不关心、不在乎，一心只想着为自己谋利益。这会出现过度补偿现象，连带行为上变得变本加厉，而这些人为了达到目的不惜贬低他人。在阿德勒看来，补偿机制的运用十分重要，如果能够正确适当地运用，可以使人朝着正确的方向发展。阿德勒认为很多的精神病患者是在儿童时期形成的，这个责任大部分在于父母。有许多父母因子女产生过失而对其进行严厉教训，在这严厉的作用和要求之下，很容易使儿童的心理产生自卑感，但是儿童心理的承受能力较弱，在无法释放压力的过程中就会造成心理上的疾病。而有的父母对子女管教不严，放任子女不管不顾，可能导致子女性格异化，如自私自利、霸道不讲理等。如果不能及时纠正，他们进入社会后会因为与周遭难以友好相处而处处碰壁，除了心理上产生不满外，甚至会成为引发精神疾病的隐患。

人都希望自己向着更高、更好的方面发展，但是在现实生活中很难实现理想，但有的人却能够把握机会，勇敢地展现自我，这些人往往被人们接受和认同。比如一些网络达人，他们也是和普通人一样，但他们通过自己的努力不断地超越自己，从而获得人们的认可。作为普通人也可以从积极向上的网络达人身上找到自己的影子，从欣赏者的角度来补偿自己的欠缺，从而获得一种满足感。

(四)猎奇心理

猎奇心理指的是人们心中的好奇心。人是一种具有思想的动物，人从出生那一刻起就具有了一种思想意识，同时也具备了一定的好奇心。人或者动物对新鲜事物有着天生的向往感，这就是好奇心从中作祟。也正因为好奇心，人们才能不断认识周遭，并拓展认识范围。更重要的是，人们的自我认知也能在这一过程中得到发展。每个人都有不同的好奇心理，在表现程度上会有所差异。随着时代更迭有些原先好奇的事物变得平淡如常，人们又会对新的事物产生好奇心，进而演化成追求行为。这一过程中，"丑"的事物会依托其新鲜感得到人们的关注。

丑的艺术会散发出"丑"的魅力，让人们感官层面受到冲击，获得前所未有的体验，如文学作品、摄影作品、绘画作品等均能通过融入"丑"元素得到高度关注。在网络时代，"丑"元素不仅更加丰富多样，而且融入方式也大幅增多，如一些娱乐节目依托搞怪视频和图片给人们带来强烈的视觉冲击。一些美剧融入血腥和暴力元素，有些甚至打色情擦边球，以求吸引人们的眼球。普通的作品已经不能给人带来一种吸引感，关注度也不会太高。丑的内容能够给人们带来一种新鲜感，而在生活中丑也是随处可见的。这些丑的内容与生活细节息息相关，只是不能直接呈现，而是要通过进一步创作来展示新面貌，创作者需要考虑受众心理诉求，针对性地创作出一些与审丑相关的作品。

第四节 "审丑"现象在中国产生的原因及思考

一、当代中国"审丑"现象产生的原因

随着市场经济的快速发展，信息时代的到来，普通民众有了闲暇时间和平台表达自己的想法，这使大众文化迅速崛起。与此同时，人们的生活压力日益增加，审美文化不利于某些欲望的释放，于是丑陋怪异的事物开始成为艺术和文学创作中的元素，审丑现象开始进入大众的生活。

(一)受众本身的需要

一个人的行为是受其价值观和精神取向的引导作用而产生的，所以受众的"审丑"行为是其内心世界"审丑"取向的外部表现。而受众之所以产生"审丑"取向，主要有以下原因：第一，释放内心情绪，获得心理慰藉。随着经济局势的转化，社会环境随即产生多种改变，突出表现为各种压力自四面八方而来，不便与人沟通的情感问题开始出现，以及本来就存在的自身秘密。这些压力和情绪的积攒不仅造成生理性的身体健康问题，还造成心理问题。这些压力和情感由于找不到理想渠道进行释放，人们便开始从更多方面寻求释放渠道。由于这类压力和情感都是偏消极的，再加上人的本性使然，审美对象往往无法作为排解途径，所以与之相对的"审丑对象"就成为受众的排解途径。观者在观看丑的内容时，会被其中的恶搞逗笑，也会感受浓烈的热闹氛围，但更重要的是自己的心理得到了慰藉，能够与现实社会握手言和。我们中的一部分人不仅"审丑"其他的事物或人类，还"审丑"自我，他们在社交媒体上展示自己的"丑"，以此来发泄积蓄已久的情感，释放本我，获得心理上的慰藉。第二，丰富内心世界，减少内心束缚。消费时代的到来使民众被物化，将物欲作为价值主体，过度强调经济利益，从而忽视了精神世界，精神世界开始变得麻木且荒芜，而"审丑"现象相比审美现象要通俗易懂些，它可以在人们忙碌的现实

生活缝隙中充当调剂，借以平衡现实世界的繁忙与精神世界的无趣，减少精神痛苦。工业社会给当代大众带来了巨大的精神恐慌，这种恐慌使人们迫切想增强存在感，缓解日常生活的空虚无聊，于是他们开始寻找摆脱束缚、宣泄情绪的渠道，如身着奇装异服，演唱个性歌曲，观看无聊的搞笑综艺，讨论各种无聊的丑闻和爆料……人们在工作或进行社会交际时处于被束缚状态，到休闲或独处的时候就挣脱束缚，尽情地释放自己，开启无拘无束的狂欢。

(二) 媒介的推波助澜

印刷术自中国传入欧洲后，推动了当地的文艺复兴运动和宗教改革。传播媒介的改变会影响人类文明的发展，审丑文化的出现和繁荣也离不开电子媒介的推波助澜。

电子媒介利用互联网将全世界联系起来，将人与人之间的距离拉近，降低沟通交流的难度，高效、迅速、准确地传播各类信息，任何人都能在网络社交平台上发表意见与看法来宣泄自己的情绪。这种没有具体限制的语言环境造就了众多夺人眼球的假新闻、一夜爆红的网络名人、没有营养的综艺节目等"丑"类作品。媒体工作者通过这些现象发现降低作品的门槛可以满足大众需求，增加收视率和关注度。于是恶性循环，大众越是在某一类作品下发表言论，这类作品在网络上的热度就越高。因此这种模式就成为媒体工作者存活的一种手段。如今新媒体行业竞争压力过大，传播媒介想要发展壮大必须求新求异，其中捕捉各类新鲜信息是重要手段。部分媒体工作者不考虑信息的准确性和真实性，故意夸大其词或者曲解事实来获得关注，把提高大众的关注度当成工作的目标；也有娱乐节目中邀请的参与者主动示丑进行自我炒作，其中工作人员和综艺节目的工作人员并未对其进行正确引导，反而将此行为作为话题进行宣传；还有媒体对网络爆火词、网红歌曲过度宣传……这些媒体工作者的行为违背了他们的职业道德，既是对大众的不负责任，也是对自身职业的不负责任，这种行业模式使媒体在审丑文化的传播中推波助澜。这仅仅是在网络媒介上的传播，对人们生活的影响不大，但随着代表权威的传统媒介成为传播途径之一，"审丑"文化在大众中的蔓延更加迅速，后续又与网络媒介形成互动关系，借助网络媒介的影响力与传播力不断壮大，成为人们审丑意识进一步加深的重要支撑。

(三) 经济利益的驱使

媒体想要生存并获得利益，就必须有广告商和收视率，因为媒体在运作过程中关注度与收视率越高，所带来的收益也会越多，主要原因在于高关注度与高收视率能够吸引广告商进行投资，可以说在某种程度上关注度等同于经济利益。这种运作模式如今已经很常见，如我们在影视剧、综艺节目中看到的植入广告，各类节目制作者在节目中故意打造"丑"的形象来获得高收视率。除去娱乐节目，出名的话题人物也会运营自己的社交账号来吸引粉丝，获取关注度、收视率，这类运营大多是由专门团队进行操作。在这样的环境中，人们好像参与了一个游戏，一个充斥情怀与利益纠葛的过程，最终情怀被物化，使大众的审美能力下降，媒体和广告商失去了公信力，没有任何一方获胜。

网络传播的便捷性使人类社会进入一个信息爆炸的时代，通过网络人们能够了解到各种各样的信息，一些媚俗的、炒作信息也随之而来。以"网红达人"为例，其中不少是发布自己异想天开的言论或者进行炫富而博得他人关注，成功迎合了一些浮躁、猎奇、无聊人的兴趣，再加上一些不良媒体的盲目跟风，在网络上进行大肆炒作，助长了这些人的嚣张气焰，肆无忌惮地表达自己的"个性价值观"，违背主流价值观，制造一个又一个的轰动效应。以"小马云"事件为例，最初范××只是一个江西农村的孩子，因为长相酷似马云而走红，许多不良的媒体商家纷纷看到这一商机，找到范××希望其能够做网红、代言直播。在互联网的推波助澜之下，范××一变成为了"小马总"，出席各种商演、直播活动。但是范××本身是一个智力有残缺的孩子，过早地进入了"名利场"更使其错过了接受教育的最好时机，当"小马云"的热度褪去之后，也逐渐沦为流量时代的悲哀。"小马云"走红的背后，正是许多网络媒体、网红达人、资本家共同掀起的一场"审丑"之风，只注重"小马云"这个头衔为其带来的商业利益，而忽视了一个未成年人的成长发育轨迹，给其带来了严重的伤害。

网络媒体之间的竞争也是十分残酷的，其中对丑进行大肆宣传和炒作是重要竞争手段，如一些媒体会挖掘大众内心最隐秘的欲望进行展现，并加以渲染来扩大影响力，为后续牟取暴利创造条件。这使得大众文化中丑的内容越来越多，并且从当下趋势来看，这种态势仍有愈演愈烈的倾向。普通大众没有能力扭转局面，只能选择去适应，并逐步对丑的内容进行消费和欣赏。人们无法选择逃离，因为在信息传播畅通的今天，无论是电子媒介还是纸质媒介，每天都在传播着各式各样的信息，填充到人们生活中的每个角落，让人无处躲藏，只能接受。

(四) 当下文化的缺失

中国是四大文明古国中唯一一个历史不曾中断的国家，中国文化上下五千年，可谓悠久绵长。我国是名副其实的文化大国，文化力量与厚度世所罕见，但是在商品经济大肆发展局面下，优秀传统文化却不断在丢失，很多文化出现传承断层现象，人们的精神世界变得贫乏。文化对于一个国家和民族意义重大，文化缺失会割断民族之根，使民族发展活力不断减少，进而造成社会矛盾激化。

首先，传统文化缺失。中国传统文化世界闻名，很多外国学者予以关注与研究，如孔子学院在世界各国开办，汉语成为一些重点学校的考试科目。大学教育完成后，大部分普通民众未能树立终身学习理念，学过的内容慢慢遗忘，小时候脱口而出的古诗词，长大后忘记了其中的含义。其次，西方文化传至中国后对本国文化产生巨大冲击。"80后""90后"追捧的日韩文化和欧美文化逐渐在生活中占据主导，嘻哈摇滚等音乐元素在年轻人中盛行，二胡、戏曲却被他们遗忘。古语说"身体发肤，受之父母，不敢毁伤，孝之始也"，但随着韩国整容热潮的兴起，整容行业迅速发展，我国越来越多的人开始改造自己的容貌甚至身体，虽然每个人都有追求美丽的权利，但有些人只是跟风整容而已，他们事先根本不了解整容对身体的危害，一旦整容失败，轻则容貌被毁，重则可能丢掉性命。低俗的文化只能扰乱我们的视听，降低我们的文化标准，影响社会运行发展。最后，创新不足。创新是第一动力，近年来，我们国家开始大力倡导创新。但创新不是一朝一夕就可以完成的，目前仍存在很多抄袭现象，而大众接触最多的就是娱乐节目。国内很多娱乐节目并不是原创，而是走抄袭照搬之路，国外一些节目大火后会通过某些包装方式改头换面引入国内。从制作者的角度来看，效仿其他的节目可以节约时间成本，降低风险，获取最大成功，所以他们乐此不疲。在这个风格多元化的时代，没有传统迂腐道德思想的禁锢，创作思维活跃，角度开阔，在法律和道德允许的情况下，作品只要被创作出来，加上有效宣传，总会有人买单。

目前，社会经济发展过于迅速，而文化发展却停滞不前，没有一个新的价值体系来改善这种情况，造成了人们文化缺失、价值理念缺失、思想缺失的局面，审丑途径就自然而然地成为人们的发泄口。传统美学的背后有理性主义在支撑，而"审丑"会站在理性的对立面，使非理性主义得到快速发展，与此同时，感性哲学能从中汲取养分，指导人们更加重视自身生命意志的张扬。社会在发展，人类在进步，我们逐渐摆脱了古代糟粕思想的限制，开始朝着个性化、多元化发展，久而久之人类的思维方式发生转化，独特自由成为重要追求，而建立在全球一体化基础上的文化交流则为这一追求的实现提供服务，个体层面的个性需求能够得到满足，群体层面体现为文化生活丰富多彩。

二、对当代中国"审丑"现象的文化反思

(一)"丑"的价值

在过去的研究结果中，"丑"的价值通常不会被单独论述，而是利用对比手法，以丑衬美。不难看出，丑一直作为"美"的补充得到研究，因此归根结底研究"丑"仍旧是在研究"美"。这破坏了"丑"的独立性，想要改变这种局面，需要独立彰显丑的价值。丑不应与美捆绑出现，丑自身就有一定的价值，可以作为一个独立的感性学范畴而存在。艺术中的美与丑，仅仅是表达方式和内容上有所不同，但它们可以起到相同的作用，即促进新的事物生长。罗森克兰兹在《丑的美学》中提出，艺术想要展现出深度，自然就不能忽略丑的事物。

丑可以推陈出新，丑的否定性特征可以对此进行完美诠释。人类会对审丑表现出相应需求，正因为此，美学艺术中才会有丑的一席之地，同时也为人们参与审丑创造了条件。对于艺术创作来说，丑可以增加艺术表现途径与形式，并且在某种程度上，丑较之美更具表现力，尤其是在展现某些个性特征时，丑的作用更为凸显，更能在作品中焕发光彩。人们通过审丑，可以认识到自身的不足，然后加以改正修饰，使自身变得更加完美。从道德方面来看，丑与美是对立的，但两者在发挥作用时并不是此消彼长，而是表现出高度一致性，推动社会进步。

丑是一匹脱缰的野马，与人类向往精神自由不谋而合，当人们进行审丑时能够增强自身对精神自由的热爱程度，从而更进一步地实现精神自由。精神自由是人类世界发展过程中不断追求的重要目标。在古代社会，人类通过与自然抗争来彰显人类主导性，表现出不被自然束缚的炽热情感。而到了中世纪之后，人类受到宗教笼罩，寻求精神自由的程度变得更小。近代理性社会的人类走出宗教笼罩，接着又面临着与理性抗争的局面，仍然受到很大力量的制约和束缚。直到现代社会，人类精神层面进一步觉醒，理性与感性需求都得到深入了解，至此开始将自我作为衡量精神自由的标准，追求精神自由。人类之所以追求美好，就是因为他们感受到丑恶异化对自己造成的不良影响。当人们感受到丑恶异化的影响时就证明人们已经可以充分感知自己的精神自由与感性。因为在丑恶异化的情况下，人们对良知和纯真的追求会陷入有心无力状态，使社会中不断充斥丑恶现象。人们只有变被动为主动，对丑恶事物进行审视时才能转变这种局面。如艺术创作是重要途径之一，可以为人们追求精神自由提供渠道。当下世界呈现出多种丑陋现象，其中人性狭隘是重要组成，当一个人眼光狭隘、心中只有自己时，表面上可谋得更好的自我释放，但实际上并非如此。因为人性狭隘会在潜移默化中限制他们的人身自由，并同时束缚精神自由，进而产生更多的恶。如果艺术家不能摆脱人性狭隘，所创作出的作品会走向丑恶。艺术创作中的美如果单独呈现就会存在许多桎梏，所以它强调整体的和谐、开放。而丑不同，它能够突破传统的约束和限制，通过更加自由的表达方式来呈现艺术的样貌。

(二)"审丑"批评的价值

"丑学"的研究兴起于 20 世纪 80 年代，经过几十年的发展，实力与影响力进一步增强，进而得到人们的大力关注，也为其他相关研究提供了巨大助力。自"丑学"诞生之日起就饱受各种质疑和批评。即使面对文学创作中突出的审丑现象，一些反对者和批评家还是希望用美学的理论对其进行解释。学者们所提出的"化丑为美"观点，不仅吸纳了美学研究成果，还在一定程度上用到了感性学理论。通过"美"的概念来机械阐释审丑艺术会显得格格不入，甚至出现自相矛盾的情况。由此可以看出，美的概念不能全盘阐释丑，同样丑的概念也不能全盘阐释美。遗憾的是，只有少数学者注意到美学在中国文化发展过程中的偏颇，更多的学者只是在这一问题上选择旁观或忽视。"丑学"在文学中虽然具有旺盛的生命力，但仍处于边缘地带，即便很多学者投入巨大精力讨论审丑问题，并依托诸多事实指出"丑学"存在的必要性和合理性，但是在研究过程中，很多学者仍旧容易陷入以美论丑的逻辑。批评家们在对各种审丑文学进行讨论的过程中，实际上是批评家对文学中存在审丑现象的承认，这在一定程度上呼吁了大批学者对"丑学"的研究。理论家对审丑文学的探讨，主要集中在文学的框架结构和问题分析上，而对实践过程中如何表现丑并没有深入研究。

当文学作品中大量有关丑的内容呈现在人们面前时，意味着"丑学"研究达到了相应高度。从目前来看，当代文学作品中审丑现象不断强化，在表现方式、数量、程度和范围等方面都不同于以往，并且在此背后还蕴藏着人们的接受能力和审美观念的变化等诸多问题，这是在审丑文学发展过程中无法避免的。许多研究者在对审丑文学进行论述时，很少探讨审丑文学当代性问题。当代文学作品中的审丑现象，不仅体现在数量的增加和范围的扩大上，更重要的是当代审丑作品中加入了作家情感的变化。许多作家在进行文学创作时，是将自身所见所闻、所受所感作为重要入手点，即便所呈现的内容是丑的，但在批评家看来这样的作品能称为具有情感含义的审丑作品。而有些理论家在研究时并没有对是否有积极情感含义做出深入辨析，只是从表层将是否融入丑的内容作为判定审丑作品的标准。这就导致理论家和批评家在审丑含义的讨论中产生分歧。虽然二者存在分歧，但并不代表有对错之分，不过是对文学讨论的切入角不同。批评家们在探讨审丑文学的过程中，还衍生出一系列问题。批评家们的探讨重点放在写作层面，会对审丑程度是否恰当做出深入探讨。孙绍振①、南帆②认为，审丑文学的发展是具有历史必然性的，他们还强调审丑文学创作时要把握尺度，不能使丑遮蔽了美，但是对如何把握尺度他们却从未提及。批评家们对丑学的研究讨论，进一步拓展了对丑学研究的深度与广度。

文学创作和文学批评是文学发展的两翼，二者之间相互促进、相互依存。在文学创作中有了批评才能使文学创作更符合文学发展的需求。中肯的文学批评可以帮助作家提升创作水平，尤其是文学批评的日益发展，对文学作品的评论不仅在于内容上的简单分析，更是深剖作品中的文化现象，使批评和评价更加深入全面，并能引起创作者深入思考。而对于审丑问题的探析是聚焦于更多层面和角度，形成各式各样的观点，成为审丑文学未来发展重要理论支撑。针对审丑文学的创作，大部分批评家的评价是持有鼓励和乐观态度的。在批评家看来，这种审丑的潮流是时代的产物，也是时代发展过程中必然出现的文学创作。审丑创作潮流打破了以往单一审美写作的标准，在一定程度上对文学的发展起到促进作用。南帆认为，审丑能刺激人们的精神，走出审美带来的疲劳区间，让审美主体重新开启审美进程。批评家们认为，当代的审丑写作在细节描述上有过度的嫌疑。洪治纲就提出，作家在写作丑的内容时没必要极致化的处理，像是有意要将惨烈的细节和苦难不断放大，对于丑和肮脏用精细化的写作手法体现出来，这也是在写作审丑上的极端。③贾平凹在对丑的内容进行描写时大量使用直白的语言，缺乏想象，将人置于一种难堪的境地。李建军对这种写丑的细节描述深恶痛绝。批评家们认为文学创作者要控制好审丑限度，避免

---

① 孙绍振. 超越审丑超越抒情：楼肇明的散文对当代散文的意义[J]. 当代作家评论，1996(6)：94-104.

② 南帆. 文学：审美与审丑[J]. 文艺评论，1985(5)：4-10.

③ 洪治纲. 底层写作与苦难焦虑症[J]. 文艺争鸣，2007(10)：39-45.

人们心理层面出现过强的不适感。① 南帆认为作家在写丑时不应忘记审美的尺度。孙绍振强调在以丑为中心进行创作时，对美的追求要始终贯彻，换言之是对审丑的具体要求，认为审丑不应该成为单一性的写作模式，优秀的文学作品是审美与审丑相兼的，倡导一种理智的审丑形式。谢有顺认为作家在进行写作时，不应是无感情的、冷漠的，而应保持积极的、乐观的态度。

审丑的批评对读者也有一定的影响。文学批评可以更好地引导读者进行阅读，能使读者更好地了解作品、欣赏作品，提升读者的欣赏水平和感受能力。通过批评可以将文学作品中深层次的方面展示给读者，批评家具有较高的文学能力和阅读经验，他们能更深入地理解作品中的内容，对于读者来讲有着重要的启迪作用，可以使读者更加深刻地理解作品内涵。审丑作品有一个重要特点，就是可以给人强烈的感官冲击。作家将黑暗、伪善、肮脏、残暴、恶毒、污秽、凶狠等现象体现在文学作品中，将人们一直逃避的东西赤裸裸地展示出来，这些东西对人的心理冲击是十分强烈的。在这样的冲击下，读者反应也是存在差异的。一种是认为这种写作方式是无聊的、没有意义的，甚至将这类文学作品归类为"恶毒小说"。从小说的文本内容上来看，作家直白的写作语言，将一些苍蝇、蛆、大便等意象刻画出来，会引起读者强烈的不适感，甚至丧失读下去的欲望。即便读下去，也是浮于表面，而很难透过表面去挖掘更深层次的含义。另一种是认为这种写作方式符合自身趣味。如文学作品中所展现出的状态能够得到读者的认同尤其是情感认同，那些丑的内容非但不会让读者恶心反胃，还会满足他们对相关场景的好奇心，使读者沉溺于审丑作品所带来的感官刺激中。在这样的情况下，如果没有正确的引导，读者可能会迷失自我，无法辨别美与丑。此时则需要通过批评来警示读者。如批评家可以更深入地解析审丑问题，除了让读者对作品内容全面理解外，还要以正确的思想认识作品。大部分读者在阅读这些作品时主要依靠曾经获得的感性经验，在这种状态下他们很容易被作者营造的各种丑陋现象吸引，无法领略文学写作的真正意图。批评家的理性分析，可以帮助读者更深层次地了解文本。读者在对审丑作品进行

---

① 李建军. 文学之病与超越之路[J]. 小说评论，2007(3)：4-9.

解读时，应该从多个层面进行阐释，在肯定文学创作方面的创新意义时，也不可忽视其对道德底线挑战所带来的负面影响。

对于读者审丑观念的形成，批评家的讨论具有纠正和导向的作用。另外，批评家在给予读者正确的阅读方法之后，对审丑文学作品的讨论也有助于读者深入思考审丑作品。作家之所以会写出这样的审丑作品，是存在一定原因的。审丑作品反映的是人类意识层面的问题，如人性的扭曲、异化。作者通过一种狂乱、无序的方式将无法用理性话语表达出来的东西展现出来，冲击着人们的灵魂。无理性的、丑陋的人性被挖掘出来，引发人们对自身的反思。丑恶也是人性的一面，它更应该被重视，只有这样才能使人们更加深刻地了解人性和认识自我，从而真正向真善美的方面发展。批评家们讨论审丑问题的角度与视野得到丰富与拓展，获得了多种积极成果，但仍然存在一些问题：一是缺乏对概念必要的规定；二是批评家们在审丑现象讨论中所提出的观点多集中在价值判断，而在阐明标准和提出建议方面略显薄弱。批评家们发现，审丑作品中大多是体现情感的冷漠。情感的冷漠是真实意义上的丑，当人们在进行审丑时不应局限于丑陋的事物、环境、人性，不应将这些作为审丑问题探讨的着力点。这样的审丑就忽视了作家情感的冷漠问题，因此，这就造成批评家相关观点呈现出很大的活动空间，可以放在多个场景当作论据，同时也面临标准不明确、尺度不具体等窘境，使审丑问题并没有得到本质阐述。这一问题暴露出批评家的审美意识较薄弱，并且没有达到自觉程度，因而在对"审丑"进行讨论时其仅仅被作为一个现象依据来说明问题，这也说明了对审丑的研究仍处于一个尴尬的境地。还有一些批评家往往将对作品的批判指向作家的人格，在他们眼中，审丑作家成为思想病态的患者，他们的文学创作超出了正常伦理规范。这样的批评更是接近于人身攻击。但这种问题的出现也是不可避免的，李建军用谨慎的态度和精密的逻辑做出分析与探讨，使审丑问题得到更深层次呈现，这种做法有其积极意义，但是将审丑问题与文学创作者人格联系起来的做法却在业界引起了较大争议。当然，可能是批评家对残酷的写作手法无法直视而想以一种尖锐的方式引起作家和读者的警醒。批评家们对文学创作者的引导倾向较之批判倾向更薄弱，而这种态势能够体现出批评家此时的立场，如果得不到扭转，这一立场还会延续。因此，在对审丑文学的解读过程中，要以一种理性的态度全面进行深入分析，这样才能真正发现审丑文学的重要价值。

(三)"审丑"是审美文化发展的历史必然

美和丑在哲学上是对立统一关系，立足于此可对丑的美学意义进行深入探讨。丑能促进世界发展，丑的否定性可以推陈出新，这些观点在蒋孔阳关于丑的美学意义中曾被提到，恩格斯同样也论述过类似的论点。恩格斯认为历史发展的动力有美有丑，如果从新旧事物的交替上来看，旧事物被淘汰说明旧事物已经不适应社会的发展，那么它就是丑恶的，而新生事物的出现与之相对，它是美好的；如果原本丑恶的事物是人们所推崇的，那么在人们的心中，丑恶的事物反而是美好的，而新事物会被赋予丑恶性质。从上述相应观点中我们可以论证丑恶和人类欲望出自同源，均在人类历史发展中发挥重要推动作用。

社会发展会受到丑的驱动，而驱动过程中丑通常会站在美的对立面，如果作品以美的形式向人们呈现出一个理想的世界，那么丑可以清醒地提醒人们现实世界真实面貌如何。众所周知，时代特征可从文艺层面进行窥探，这句话不是没有道理的。工业时代的到来，既使人们的生活方式发生剧烈变化，也使人们陷入迷茫，整个社会没有发展方向和动力，停止了前进。面对这样的社会现状，艺术家们受到刺痛和打击，他们将这种丑恶直观且夸张地呈现在文艺作品中，让人们更清楚地看到所处的社会现状。当丑的内容通过艺术方式呈现出来后，所起到的揭露与抨击作用更加剧烈，能让人们更清晰地认识周遭世界与内心状态，进而去积极反思，对世界、社会和自身有更深刻的认知，然后除旧布新，推动社会进步。

(四)"审丑"的适度原则

人类在追求美的过程中重视视觉体验，当视觉层面足够美时，会自觉主动靠拢接近，即便失去视觉功能，人类也无法放弃对美的向往。美是人类永恒的追求，是人类精神支柱的希望。人们愿意为了美好的事物做出牺牲，哪怕是牺牲生命。丑是客观存在的事物或现象，我们必须予以承认，想要完全消除是不现实的，正确做法是合理利用，如通过丑来警醒自我认清当前处境，或是通过丑映衬美的高贵与不凡。

如今社会，传统的价值观念正在遭受巨大的挑战，因为社会发展的脚步和文化建设的脚步没有达到一致，社会在迅速发展，但一定程度上也造成我国贫富差距越拉越大的状况，使之成为社会矛盾不断产生的重要原因。这需要引入新的价值观念来进行引导。从目前情况看，国民信仰层面出现了问题，很多人不能秉持正确的价值观念，而外来消极思潮（如拜金主义、反主流主义等）却在不断侵蚀民众思想，造成原本已经虚弱的社会价值观正面临被淹没的风险。与此同时，文化娱乐价值导向深入人心，严肃文化在娱乐的态度下难以发挥应有价值，使得社会内在价值不断流失。这些现象的背后是文化机制的不完善，因此我们应健全和完善文化机制，尤其是增强动态适应性，既留给丑的内容生存和发展空间，也能避免它们壮大后对正常文化运转产生过大的负面影响。

低俗文化的传播给传播商带来的经济效益是暂时的，从长远来看，这种传播方式、这种利益获取方式在成熟的社会结构中会加速传播商的失败。因为一个成熟的社会环境，信誉是一个重要的评价标准，低俗文化是影响名誉的毒瘤，当名誉受损后，所受到的损失与伤害难以衡量。目前我国文化机制处于不断创新调整时期，而此时的市场正处于不稳定的自由发展阶段，稍有波动，自净制度的转型就会发生偏差。在这个关键时期，政府管理部门必须严格执行自己的职责，起到引导和监督的作用，并加大依法管理的力度。事实上，针对恶俗文化传播、抄袭和炒作现象，我们可以选择参考一些欧美国家的做法，因为他们的相关惩罚制度已经较完善，再结合我国国情尽快建立完善的相关法律体系，加大对网络传播和媒体传播的监管力度，设立一套完整的信用评价体系和黑名单制度，对无良媒体或其他传播主体依法惩处。

丑与美同时存在且共同发展，审美的过程会涉及审丑，两者均能成为人们获得娱乐感受的重要源泉。但是我们在"审丑"的过程中也应使用正确的审丑观，戒除不正确的审丑嗜好。大众媒体在进行以丑为话题的报道时，要加以正确的引导，引导大众培养健康的"审丑"观念。健康正确的"审丑"可以引导大众反省社会负面现象，可以消除这些负面现象，以及负面现象带来的负面价值和效应，使群众得到更好的自我发展和超越，使社会朝着更健康的方向发展。

因此，寓教于乐可以作为社会发展和传媒发展的大方向。娱乐节目在很大程度上会对人的精神方面产生影响，它可以影响人的思想，而"审丑"超过一定限度后会走向低俗，使应有价值难以完整地体现出来。所以，我们应采取正确的审丑娱乐方式：寓教于乐。在娱乐中获取正确的文化知识，正确地体现"审丑"的价值，全面提高人们的素质，促进社会文化融入更多积极向上的元素。

"审丑"无处不在，我们日常生活中的方方面面都会进行"审丑"，因此，人类在审美需求之外也逐渐开始"审丑"。时至今日审美形态不再局限于"美"，"丑"也会归入其中，并且在得到正确应用后获得了越来越高的关注度。我们应如何看待"审丑"问题的出现呢？从以上论述中可知，"审丑"问题应用辩证的眼光看待，它利弊兼有，而我们所要做的是趋利除弊，尽可能发挥审丑的最大价值。"审丑"也可以说是一种特殊的教育方式，人们在审丑时，对事物进行反思、反省，然后获取新知，在这个过程中自身认知得到了提高，心灵得到了洗涤和升华。审丑正面价值主要通过以丑抑丑、以丑衬美、弃丑求美三种方式来实现。以丑抑丑是指曝光丑恶，让人们认识丑恶并在生活中自觉抵制；以丑衬美指的是将丑作为衬托物，反衬美的高贵典雅、高尚无瑕，让人们更加热爱美、珍惜美；弃丑求美指的是对丑的事物进行猛烈批判，让人们远离丑恶，向善而行。我们应抱着这三种"审丑"心态，然后正确运用这三种方式发挥"审丑"的正面效应。大众在丑的事物面前要表现出辩证态度，既不一味排斥，也不全盘吸收，只有如此才能正确地认识"审丑"现象，努力追求人与社会的和谐平衡，使社会文化朝着更好的方向发展，让美学重获新生。

　　我们还要通过辩证的眼光看待"审丑"问题。随着现代工业文明铸就钢筋水泥般的精神樊篱，生活在其中的人们出现了精神异化，在这种局面下，唤醒自我意识是应对之策，能够驱动审丑进一步升华，成为丰富文艺领域追求美的方式的重要支撑。"丑"还在发展中，其内涵与价值不断深化，我们需要更加重视丑。在当今社会中，审丑已不再是无稽之谈，大量审丑的作品出现也印证了其存在的合理性。

第二章　中国哲学中的"审丑"
——以庄子为例

当谈及中国哲学中的"审丑"时，我们不可避免地要涉及中国传统文化中深刻的审美观念和价值观。在中国哲学和文化中，审丑是一个重要的概念，它旨在探讨人们对美丑、善恶及价值的认知和评价。审丑这一概念在《尚书》《礼记》等古代文献中多有体现，它并非仅仅关乎外貌或外在的美丑，更是涉及道德、品德和内在的美丑。在中国哲学中，审丑的核心思想是通过审视、思考和鉴赏，深刻地认识和体验美与丑的内涵，从而达到提升个体修养、塑造道德品格的目的。审丑不仅是一种对外部事物的辨析，还是一种自我反省和修身的过程。在儒家思想中，审丑与修身齐家治国平天下密切相关。通过审视自己的行为、情感和思想，个体可以发现自己的缺点和不足，从而不断地完善自我。同时，审丑也包括对他人的理解和包容，以和谐的态度面对社会中的多样性和矛盾。除了儒家，道家和佛家等其他中国哲学流派也对审丑产生了影响。道家强调"无为而治"，主张与自然和谐相处，需要对事物的本质进行审视。审丑不应受到社会习俗和规范的束缚，而应当从内心出发，寻求与自然和谐的美感。通过内心的宁静与自然的融合，个体可以达到一种真实而深刻的美。在佛教思想中，审丑则与超越欲望和培养内心清净相关。佛教强调超越世俗的束缚，追求内心的平静与解脱。审丑在这一背景下，是为了减少对外在物质的依赖，从而使内心不受纷扰，达到超越尘世的美。中国哲学中的审丑不仅是一种思维态度，还是一种生活态度。它鼓励个体通过深入思考和反省，认识自己、认识世界，寻找到真理、美好和道德的价值。这种审丑的精神在中国传统文化中深深扎根，影响着人们的价值观和行为方式。无论是在古代还是现代，审丑都是一种重要智慧，帮助人们在变化多端的世界中保持定力和平衡。

中国哲学中的"审丑"观念是一门深刻的思想体系，涵盖了对美与丑、善恶与价值的独特认知。在这一观念中，庄子的审丑思想占据着重要地位。庄子作为道家哲学的代表人物之一，他强调内在平衡、超越世俗追求及变通的重要性。他的思想与中国哲学中的审丑观紧密相联，鼓励人们从内心出发审视美与丑，超越刻板观念，体验和谐的美。庄子的幽默与反讽方式启发人们思辨审美观的本质，为中国哲学中的审丑观念提供了深刻的思想资源，引导人们超越表面，深入内心，寻求更真实和宽广的美的体验。庄子强调自由自在的生活态度，他提倡"逍遥游"，即在自然的法则下，摆脱一切社会规范和习俗的束缚，从而追求真正的内心自由与平衡。庄子的思想中还涉及对矛盾、对立的和谐看待。他提出"同是非""至乐无乐"等概念，强调相对性和变化中的和谐。这种和谐观念与中国哲学中的审丑联系在一起，提示人们在审美评价中要超越刻板的二元对立，去欣赏和体验更宽广的美。本章以庄子为例，深入分析庄子的审丑思想及其中所蕴含的价值观念。

第一节　中国哲学中"审丑"思想的情绪体现

庄子是古代中国哲学家之一，他的思想涵盖广泛的主题，包括审丑思想。他强调审视世界的多样性和主观性，认为人们对美丑的评判往往受到个人经验、文化背景和社会习惯的影响。庄子强调超越传统美丑观念的重要性，主张超越相对的美丑，而去追求真实、自由、自然的境界。庄子的"审丑"思想可以通过他的一些寓言和故事来体现。他的寓言常常通过夸张、讽刺和反转来揭示人们传统美丑观念的矛盾和局限性。庄子的这种独特审视方式，可以让人们思考和反思传统美丑观念的根源，以及对美丑的认知是否真正符合自然和真实的本质。总的来说，庄子的"审丑"思想是一种对美丑观念的批判和超越，强调个体主观意识的重要性，以及超越传统美丑标准，寻求内心真实和自然的境界。庄子的审丑思想可以分为三个部分，一是人生的痛苦体验，二是逍遥的处世态度，三是"道"的理想。对庄子及其学说要进行全面认知，才能在做出评价时更加公正客观。第一部分是源头所在，深入分析能够找寻关联之处，进而使后续思想成为"有根"之物，探讨时更加顺畅有力。庄子的审丑思想与其生活经历有密切关系。从表面上看，庄子是一个极洒脱、对待苦难十分乐观的人，但这种态度并不是与生俱来的，而是在现实生活的磨炼下形成的。据考证，庄子生逢乱世，他开始想要通过自己的力量拯救苍生，但后来发现很难实现，于是他的内心变得十分痛苦，为了从痛苦中解脱，他开始寻求精神之道。这一过程并不容易，庄子通过亲身实践一步步接近真理。人生痛苦人人皆有，而庄子却从中实现了超越，升华出浓厚的人文关怀，真情元素充满其中。

一、庄子的痛苦

庄子在《庄子·至乐》中说道："人之生也，与忧俱生。"他所处的社会充满着矛盾，在这个乱世中人生更加沉重艰难。在这样一种环境之下庄子的审丑思想逐步形成，其中不可避免会融入精神层面的痛苦元素，并且多方交织，因此人们想要了解庄子的审丑思想，首先要解读庄子的痛苦。通过对庄子的一些学说进行研究不难发现，庄子是有知识、有文化的人，但他的社会地位不高，在儒家学者倡导"学而优则仕"的年代，庄子却选择了"终身不仕"，即使生活饥寒交迫、衣不蔽体，也不愿像其他仕者一样谋权夺位。这可以看出庄子是一个洁身自好、不事权贵之人，也体现出他不同流合污的人格追求。

庄子生逢乱世，当时周王朝已经名不副其实，各路诸侯势力强大，并为了争夺霸主地位而不断挑起战争。底层人民深受其害，平安生活成为一种奢望。《史记》记载，战国时期大大小小的战争发生了两百多次，《战国策》中也描述了当时社会的真实面貌，呈现出当时民不聊生的现状。还有一些典籍中对当时的社会状况也有记载，如《庄子·在宥》《墨子·非乐》等均描写了底层劳动人民吃不饱、穿不暖的状况。这些记载都能使我们对当时的情景有一定的认识：当时社会是一个动乱的社会，在这样的社会环境中，底层的百姓深受战乱之苦，若生活在一个规模、势力较小的国家中，百姓的命运会更加凄惨。

除了各国之间的战争之外，诸侯国对国内的统治也十分专制残暴。《吕氏春秋·至忠》中描述了统治者暴力凶恶与恶行昭著的一面。文挚将齐王的病治好之后，齐王反而恩将仇报，将他活活煮死。由此可以看出当时的统治者是如何凶残，如果将国家的命运置于这类统治者之下，人民群众将会受到严重的剥削和压迫。庄子也曾用伴君如伴虎来形容当时国君的残暴，在《庄子·人间世》中写道："虎之与人异类，而媚养己者，顺也；故其杀者，逆也。"可见当时的国家形势十分险恶，甚至是无底深渊，在暴君的统治下，严厉的酷刑对底层的普通老百姓造成身体上的创伤，导致大量的老百姓肢体伤残。"刖刑"在当时各国普遍使用，各个国家的法律对"刖刑"的条款甚是繁多，如在《周礼·司刑》《韩非子·说难》等文献中均有描述，表现出"刖刑"之残酷。在当时的社会中受"刖刑"的大有人在，并因为这个原因导致买鞋的人减少，鞋市出现供过于求的现象，造成鞋价下跌。庄子在《庄子·德充符》中提到了"刖刑"，并对这种酷刑无可奈何，他认为在这样残暴的社会中，对于残害身体的酷刑是非常常见的，人们的命运掌握在国家的手中，不知道在何时就会受到这种残酷的刑罚。对当时的老百姓而言，人们都不堪酷刑之苦，但面对这样的社会环境，他们却做不了任何事情，只能被迫承受这些所谓的刑罚。

庄子对底层民众的痛苦生活十分了解，但他也只能表现同情，并对统治者的残暴行为进行严厉批判，却难以做得更多。《庄子·人间世》中记载："回闻卫君，其年壮，其行独。轻用其国，而不见其过。轻用民死，死者以国量乎泽若蕉，民其无如矣！回尝闻之夫子曰：'治国去之，乱国就之，医门多疾。'愿以所闻思其则，庶几其国有瘳乎！"意思是说卫国的国君办事专断，轻率地处理政事，却看不到自己的过失；轻率地役使百姓，使人民大量死亡，死人遍及全国不可称数，就像大泽中的草芥一样，百姓都失去了可以归往的地方。当时的一些文人志士对其进行了毫不留情的批判，同时也表达了对百姓尸横遍野、命如草芥的心痛。社会恐怖如此，人的力量在其中犹如沧海一粟难以掀起波澜，只能无助地面对，听凭悲惨命运加之于身。庄子深刻感受到这一点，心灵饱受冲击，内心世界翻滚奔涌，一腔愤慨之情无处抒发。他同情弱者，也通过各种方式来批判残暴的统治者，其中"审丑"是重要组成。

二、庄子的"逍遥"

庄子所处的社会环境无不体现了人生多艰、苦难遍布，这成为庄子审丑思想发轫的基础，而在发展过程中庄子将重点放在如何解脱痛苦上，可现实很难转变，只能向精神世界进发。面对悲惨的现实生活，为了改变黑暗的社会光景，"逍遥"方式逐步在庄子的脑海中形成，这种方式致力于追求自由。当人的精神达到自由境界后，困境会迎刃而解，精神上会进一步升华。人是渺小的，置于宇宙之间会进一步化为微尘，而生命个体将己身置于宇宙中进行思考运转后，一切现实生活中的痛苦会变得微不足道。庄子也尝试用灵魂来获取在宇宙之间的慰藉，这种精神的理想境界即逍遥境界，无有其他，只身逍遥飘荡。

庄子在谈到人生苦难时如数家珍般地做出总结，仿佛在庄子心中苦难并不是什么可怕之物，有人说这是庄子在苦难压迫下悲观到了极致，开始变得麻木，但实际上庄子十分清醒，他对人间冷暖仍旧很关心，对人生苦难仍旧很在意，只是在逍遥境中他不屑于将苦难置于更高位置，而是注重精神层面的自由遨游。许多学者认为庄子是具有人类良知的思想家，面对苦不堪言、生灵涂炭的社会惨状，庄子会始终关切，将所见所闻记录下来，但这些形象的刻画并非庄子想象出来的，而是受到当时社会严酷刑罚、战乱纷争的影响。

庄子在残酷的现实社会中开辟出一个别有洞天的"逍遥"之地，这个空间是自由的、广阔的，庄子将人间丑态置于其中进行审视，尝试解决人们的苦难。当他看清了一些仁义礼法的虚伪对人性造成的残害，他采取与这一阶层利益追求不同的应对之法，将自身作为普通人来关切整个社会及社会民众的生活状态，如此一来，庄子更深刻地体会到乱世之中的底层民众绝望和痛苦的内在心境。底层民众无力反抗，只能任其摆布、深陷其中。这种被牢笼所掌控的命运，与个人生命没有关系，这是由他们所生存的社会环境强加给他们的。这种强加的社会环境是不可抗拒的，是冷酷无情的。从这一角度可以看出个体生命渺小如尘埃，是孤独的、无助的，当面对漫天黑暗时只能默默承受，而没有能力去对抗和改变，即使永远消失在黑暗的尽头也不会产生任何波澜。个体生命在一定程度上是孤独无根的，这种状态会伴随人的一生。庄子认识到了这一点，因此他在面对那些被残暴统治者无情剥削的底层民众时，所想到的出路不是扭转社会局面，而是从精神层面寻求解脱，当精神上不再忍受折磨后，在现实苦难面前能够做到平静如水。颜世安认为不是所有思想深刻的人都能被后世称为思想家，思想家会将普通人所经受的苦难与不幸进行深入思考，并表现出同情心，但很少有思想家的同情心达到高尚层次，而庄子做到了。① 思想家在思考人类社会中的各种苦难时认识到这不仅是需要解决的社会问题，还是思想精神上的挑战。庄子就是这一类的思想家，庄子不认为从政治上可以改变当时的社会现象，也不愿担任救世主的责任。他只是孤身一人辗转于社会边缘和普通老百姓之间。他以普通人的身份体会到底层民众在黑暗的社会环境中的绝望与艰难。

　　总体看来，庄子的痛苦源自悲痛的现实命运和人间的苦难，庄子能够深刻体会在黑暗社会中的丑陋形象。因此，在黑暗残酷的社会现实中，丑怪形象是其留下的烙印。庄子的"审丑"观体现了他在痛苦中对世间的丑态进行了严厉批判，他更倾向于寻求一种精神慰藉，但这种方式与世俗的方式是大相径庭的。这也体现出庄子的智慧，使他成为一名真正的孤独者，陷入与世格格不入的境地。在黑暗残暴的乱世中，庄子所描绘的丑怪形象无不体现了他的痛苦与"逍遥"，而这种"逍遥"也是庄子"审丑"的可能。

---

① 颜世安. 庄子性恶思想探讨[J]. 中国哲学史，2009(4)：5-14.

第二节　中国哲学中"审丑"思想的内涵

一、庄子"审丑"思想

《庄子》一书中塑造了许多"丑"的意象，这里的"丑"与"恶"是独立的，不会局限于伦理道德领域，甚至在一定程度上没有关联。《庄子》一书中出现的"丑"主要以"畸""兀"等概念出现，一般是指形态上的偏离。这种偏离主要表现为身体的错位或残缺。庄子的"丑"主要从形式和内容上进行表现，并围绕两者不统一维度进行分析。对于丑的概念的理解，可以将其分成广义与狭义。在广义视角中，伦理道德是评价丑的重要标准，因此丑会与恶结合在一起，共同来表现丑的面貌；在狭义视角中，丑是对外观状态的描述，如怪异、奇特、变形、缺陷等均可称为丑。美学范畴研究中美与丑作为对立面，也是侧重外观层面对比，而当上升到伦理道德层面时，善与恶会引入其中。深入剖析庄子作品中的丑，可以了解是从狭义层面来描绘和展现丑，所要衬托的是不和谐状态与观感，但是丑的内涵并不局限于此。庄子笔下的丑更加整体，更有涵盖性与囊括性，我们所看到的是形体上的丑，进一步深挖后能够体会到丑的内涵，进而感受丑的不凡魅力。

庄子审丑会置于精神空间中，以精神要义来阐释丑和解读丑，这不同于现代审丑中的直观呈现，因此庄子笔下的丑具有更深刻的美的潜质。这并不是说庄子审丑思想和现代审丑毫无关联。从历史发展视角分析，庄子审丑思想经过传承演化后其内涵渗透现代审丑之中，成为现代美学的一部分。但是现代美学理论无法完全对庄子审丑思想进行解读，正是这一无法说明的部分赋予了庄子审丑的思想，同时也显示出庄子美学的现代化价值。

对庄子作品中"丑"的探讨，我们可以了解到庄子对丑采用具体的与可观可感的描述方式，以便让人们进一步感知和体会。现将庄子中的丑划分为"畸人"和"散木"两大意象群，这两大意象群蕴含着庄子的哲学思想和美学精神，这种思想和精神也正是庄子审丑思想的内涵。

(一)"畸人"之丑

从上文可知,庄子所处年代为战争不断、战火遍布的乱世,底层民众不仅难以过上安定的日子,还会因战争摧残变得肢体残缺。除此之外,统治者还施行没有人性的刑罚,这也成为底层民众肢体残缺者不断增多的重要因素。在庄子作品中多次出现"畸人"一词,该词与肢体残缺和残疾有一定的关联。在对庄子所说的"畸人"进行解读时可以发现,这里的"畸人"是一种外在状态描述,是相对于正常人而言的。庄子所描述"畸人"与正常人形成了鲜明对比,但中心思想不是体现"畸人"的丑,而是衬托当时社会环境的不堪和底层民众所受困难的严重程度,进而让人们产生深刻的同情心理。庄子借"畸人"表达自己对社会现状的不满,同时将自身所追求的哲学思想和美学精神传达出去。

在《庄子·德充符》中大量地出现了"畸人"一词,另外在《庄子·人间世》《庄子·养生主》《庄子·盗跖》《庄子·大宗师》中也出现了许多"畸人"的词汇。对于"畸"的理解,学者们有着不同的解读。"畸"主要描述外在形态,如不规则、不整齐可以称为"畸",而在《现代汉语词典》中又增加了"不正常"含义。当与"形"组合在一起后是指生物体某部分发育不正常。由对"畸"的含义分析可以解读"畸人"之意,指的是形体残缺或外貌丑陋的人。有可能是受到"畸"的原本意义影响,一些读者将庄子文本中出现的"畸人"自然而然地理解为形体残缺的人,实际情况中大多数也是按此意加以运用。这些学者主要将目光集中到"畸人"的身体层面,却忽视了其精神层面所蕴含的意义。所以对"畸人"进行解读,应有两方面的含义:一是形容人的外形,如肢体残缺、容貌奇怪,不符合大众审美;二是形容人的心理,表现为心理变形、不正常,评价标准为相关伦理道德。

(二)"散木"之丑

《庄子》一书中的"散木"是指一个形象突出且数量庞大的丑。古人认为,"木"代表着向外、向上发展的本性,具有较强的包容力和亲和力。同时"木"

也是人们生活中不可缺少的元素之一。"木"也有一定的自然象征，它是在吸收自然力量下所孕育的生命，同时也是人在自然环境中的生死交替，木与人有着一定的相似之处。纯天然的"木"具有原始的美，它可以作为人的一面镜子，通过对比可以显示出人的样子，通常情况下，古人眼中的"木"可以作为一种象征，用于表达内在追求和诉求，而庄子笔下的"木"却十分丰富，甚至可以用杂乱进行形容，但实际上它有许多"丑"的特质。

《庄子》中有许多形貌奇怪、丑陋的畸人，如支离疏、申徒嘉多个形象构成了《庄子》奇妙多姿的神异世界。畸人的丑具有深刻的美学内涵。

作为道家思想的代表，庄子强调顺应自然，宇宙万物都是自然而生，人也应该顺应自然。庄子的丑并不关乎恶，而是作为一种存在之物来进行描述的。《庄子》中畸人之丑是天生的，是"道与之貌，天与之形"。"道"就是要顺应自然而不同人为的修饰和增益，因此要求人"无以好恶内伤其身"。畸人的丑陋形残，一般都不愿意加在自己身上，而畸人却能够顺应自然，安于残缺丑陋，才能够真正掩盖自己的才能，避免受世俗所累，得以保全、发展自我。庄子在《大宗师》中也借助孔子的化阐明"且彼有骇而无损心，有旦宅而无耗精"，人有形体变化但是没有心神的损伤，有躯体的转化而没有精神的死亡。不着意自己的肢体，游于恬淡之境，清静无为，从而体悟天地之大美。

所以，庄子认为，畸人虽然丑陋奇异，却能够吸引人的眼球。因为畸人之丑不仅顺应自然，而且在外在形象上具有较强的冲击力和表现力，展现出强烈旺盛的生命力。它呈现的是一种不同的性格，这与单调的美是完全不同的。

对于"散木"的解读，可以从《庄子·逍遥游》《庄子·人间世》中了解。一些学者认为"散木"具有大而无用的特点，虽然它们没有一定的取材价值和意义，但最终都能幸存下来。这些"散木"具有杂乱、丑、千姿百态等特点。这些散木除了这些不同之处也有相同的命运，主要表现为体形廓大，多有遍布，并且无甚大用，而从整体上看"散木"虽散但是并不孤立，相互之间具有联系，会相互影响。在常人眼中，"散木"没有任何实用价值，应被否定和抛弃，但庄子将"散木"作为正面形象加以肯定，其中的哲学思想与美学精神需要我们深度理解。

庄子认为"散木"有无用之用。《庄子·外物》中对有用和无用进行了论述，惠子不认可庄子所说，而庄子做出反驳，认为无用是有用的前提，只有先懂无用才能谈有用。以人为例，人活着时"有用"的只是脚下那片土地，而当死亡后会迎接无穷无尽的"无用"。惠子认为无用和有用的区别在于功能价值，即有用可创造价值，而无用则没有价值。而庄子认为无用和有用是一种相辅相成的关系，并不能采用功利标准进行评价，而是要探讨更深层次的价值。这要建立在认识到无用是有用的基础上的，如果做不到这一点，那么就不可能了解有用的真正价值。由此可以看出，有用和无用之间是相互转化、相互依存的关系。山林中的树木因材质可用而被人砍伐，正是这些树木有用才能被人利用，不能掌握自己的生命。而那些无用之木却被人忽视，因此得以终年。这一现象也告诉我们不要简单地评价无用和有用的价值，尤其在乱世之中，追求有用的人往往会深陷其中难以保全性命，即使获得一时成功，但结局并不会太好，反而是那些追求无用之人能躲避多种灾难，保全性命得以善终。

现实生活是残酷的，每个人会像"散木"一般漂泊不定，而在某种程度上这种状态也有利处，能够隐藏能力，避免因锋芒过盛而招致灾祸。庄子所处的战乱时代，那些逍遥无为的人看似无用，却能保全自己的性命，但这些行为不能表示无用是贪生怕死之徒。由此看来，庄子眼中的无用之用不只是为了保全自我，其背后所蕴含的意义值得进一步探析。"散木"借助无用优势得以长存，避免中途夭折的命运，但一味无用并不是解决问题的根本办法，也就是说不是最佳的处世之道。对于那些处于战乱中的个体而言，为了避免灾难，必须在有用与无用之间转换。通常看来，行为与思想保持足够灵活，功利性心态能够得到良好调节，避免一味拘泥于功利化追求，否则必然会陷入乱世的斗争，从而导致自身处于悲凉的境地。那么在庄子眼中最佳的处世之道是什么呢？

庄子对惠子说，如果你将一棵无用的大树种在荒野中，你就可以悠闲地在树下散步和乘凉，而树木也能保全自己，避免被砍伐。这棵树所发挥的作用虽然有限，但是不会经历任何的灾难困苦。庄子形象地描述出他所追求的身心自由的境界。放弃对世俗的依赖，不被外界利用、驱使，体现了其逍遥的思想。可以看出，庄子认为要避免灾难，最好的办法就是将自身脱离于外物的束缚，让生命自由地翱翔，与万物之间保持和谐的关系。如果自己的内心思想能够达到这种境界，便可以远离外物诱惑与伤害，至于有用还是无用也不再重要。

在《庄子·人间世》中，记述了这样一个故事：一个没有被世俗所染的匠人弟子在看到"栎社树"时认为它是美的，而对于匠人而言，他见过不同种类的树，对"栎社树"的评价为无用之树，不认为它是美的。庄子将"美"与"有用"进行了对比，暗示了事物之所以是美的、受人喜爱的，原因在于它是无用的，因为无用的事物具备超脱世俗限制的能力，它是自由的，所以产生了美。因此庄子以无用为美，也就是说以脱离世俗、超越功利为美。庄子认为，正因为"栎社树"的无用之处而形成了它自由的特质。

如果人的认知层面出现问题，很大原因是受到利益动机影响，使人们看不清事物的真实面貌，也就体会不到真正的美。不同类型的人看待事物的眼光是不同的，如对"花"这一植物，商人是看它的市场价值，植物学家注重的是它的形状及研究价值，而在诗人眼中它具有纯粹的美。可以看出，同样的花，在没有功利性的眼光下，它才能体现出美的内涵，尤其是无用之美得到发掘，而这样的美能够超脱世俗，直抵人的内心深处。

二、庄子的"审丑"与"道"

在"审丑"方面庄子见解独特，这与他所坚持的哲学观有着紧密关联。庄子是道家哲学的集大成者，他发扬了老子的"道"论。庄子将宇宙看作一个生生不息的生命体，包含人在内的万事万物，宇宙能发挥载体作用，将"道"全盘盛下，当人们感悟"道"时需要心有宇宙，并通过实践行动进行验证。在庄子看来，感受与认知宇宙是进入逍遥境的重要前提，也是一个人领会更高层次生命意义的关键。

"道"是一种虚实并存之物，领悟"道"意味着境界提升，能够遨游虚实之间，看清主体与客体的关联，也能从表象和形式向更深层次挺进，推动审美境界得到提升。"道"是超然、超脱的，世俗之物在"道"的视野下显得平庸无比，尤其是劣根性显露无遗。当人们领悟"道"时能自觉地抵制劣根性，实现内心的净化与升华，进而向更自由、更超脱境界进发。《庄子·秋水》中的"道"说明了贵贱不是物质本身的天然属性，而是对它的客观评价。因此世间万物是平等的，尤其是以"道"为标准进行衡量时，人们对待万物的态度也应是一致的。这体现了庄子"道"的思想，也体现了庄子至高的精神素养，达到一种自我净化的境界。

庄子对"道法自然"也有深刻领悟，所总结出的"道"是进一步继承和升华，他认为无论外形丑或美，只要是天然的就是美的。这也为其"审丑"树立了评判美丑的标准。庄子在《庄子·渔父》中论断了"法天贵真"这一现象。"法天"指的是以天为尊、为准进行效法，庄子认为"法天"之下的一切事物不仅真实，而且符合自然规律；"贵真"强调求真、以真为贵。具体到世俗社会中，该理念能指导人们超脱世俗束缚。万物皆是"道"的衍生物，每一个事物本身都具有"道"的特征和天赋。在"法天贵真"思想中自然为至高准则，遵循这一准则所产生和塑造的事物能够散发出独特的美，而放到人的身上，则要求人坚持自然本真状态，做一个真实的、真正的人。庄子眼中万事万物是平等的，尤其是审美层面更是如此，从这一点出发可以得出万物都是美的结论。只要物适其性，就不分美丑，这也是事物本身最初的状态。

"道"是一种境界，一种精神层面的至高修养目标。庄子对如何修道和如何表现道进行了系统论述，而他的审丑思想也受到了熏染，其审丑思想不再是丑的印象，而升华为一种追求美学精神的"道"。在庄子眼中，具有自然本性的事物更有光彩，也具有美的潜质。与人生追求联系起来体现为人生要以精神解脱为重要诉求，美与丑并不重要，关键是始终围绕"道"塑造行为和思想，进而为展现大美价值打下基础。

由此，我们可以认识到庄子的审丑思想来源于真实的人生体验，并逐步升华为更高境界，如道遥境便是境界之一，再往上走便是终极目标"道"。这三个部分之间是有机联系的，表现为互为支撑与促进。因此，庄子的审丑也是为了引领人们得"道"，最终化丑为美，也可以理解为庄子的哲学决定着"审丑"的方向。

三、庄子"丑"论的审美标准

(一)以自然为美

庄子认为自然是美的体现，也是美的终极。美是自然的本性，不需要通过任何创造而自然形成的。在《庄子·知北游》中，"天地有大美而不言，四时有明法而不议，万物有成理而不说"。其意为：天地有最大的美，但人们无法用言语表达；一年四季有明确的规律，但人们从不议论；万物的存在和变化都遵循现成的规律，只是人们还没有发现而已。一些学者从自然美的角度推出"失性为美"的论证，与上面所提出的自然之性有着相似之处。他们强调世俗的认识、人为的改变都是对事物本性的破坏，只有顺应事物发展的基本规律，摒弃对自然规律的违背，才能使人获得饱满的精神生活，获得自由的天性，真正进入一种审美的境界。

庄子在《庄子·人间世》中描写了两棵不同寻常的大树，一棵大树因长得高大粗壮而被人们砍伐利用，另一棵大树长得奇形怪状毫无作用，它成为木匠眼里的"不材之木"，但是它却得以享天年。这说明世俗认为的美可能对生命造成危害，这也体现出有用的美反而成为招致祸患的根本原因。庄子主张冲破世俗外在的束缚，人们应遵循自然而生活，使自然之性得以长久发展，千万不要对人加以一定的限制。在他看来，自然的东西都是美好的，如果破坏自然之美就是最大的罪恶。

(二)以精神自由为美

庄子在《逍遥游》中描述了"圣人""神人""至人"，这些不与人争有着极高境界的人，在现实生活中却是少数，那些世俗的人与这些人相比更是难登大雅之堂。那么现实生活中的普通人如何才能像圣人一样脱离世俗的羁绊，摆脱悲苦的命运呢？针对这个问题，庄子提出了"物我两忘"思想。庄子面对人生的各种悲哀与痛苦，尝试突破自我的私心，打破世俗的追求，庄子主张忘记自己、忘记名利，这种忘记就是放弃人的一切顾虑，排斥人为的一切事物，从而达到一种自适自得的境界。《庄子·达生》中讲到，始乎适而未尝不适者，便达到"忘适之适"。庄子的思想取消了物我对立的性质，从而达到一种人与自然、"道"相融合的状态。

《庄子·逍遥游》中描述了许多受束缚、有条件的追求，但庄子能以乐观的精神指出，虽然人们活在世界中总会被各种规章约束，很难自由自在地生活，但是人们如果突破了功与名，与天地宇宙融为一体，内心不再有任何的功利性追求，达到一种物我两忘的境地，那么就不会有任何的焦虑和困惑。庄子认为消除人内心对物欲的占有，就可以摆脱物的束缚，世间万物也就不会阻碍人们内心达到真善美的彼岸，在面对万物时，不要强加自我的意图，万物也可以免受人们思想的迫害，从而得以享天年。"无己"是人最难抛弃的自我的私心，只有真正忘掉自身，人的精神才能得到彻底的解脱。庄子提倡忘掉自我，忘掉一切，通过忘掉一切，使自我意识找到一条道路返回自身的根基之处，抛弃那些被私心隔绝的东西，获得一种自由感，这也正是庄子所提到的精神自由之美。在我们看来，庄子的自由是审美的、具有诗意的，他所挣脱的是世间万物的负累。

(三) 以寻"道"为美

庄子的美学和哲学理论是由"道"展开的。庄子"以道为美"的思想被广大学者推崇。庄子认为世间万物都是"道"的表现，但并不能以此来消灭现实中美丑之间的区别。《庄子·天地》中讲了这样一个道理：邻女之丑与西施之美貌，是人们的共识，这也说明人们的心中是有一定的美丑观念的，能够认识美丑，因此美与丑是不可混淆的。在"道"的层面美丑是没有区别的，但两者所讲的"道"是不相同的。老子提倡的"无为之治"带有一种为治国治民出谋划策的意味，但是庄子的"道"更具批判精神。庄子严厉地抨击了那些为了物质上的满足而对人产生伤残的行为，指责那些仁义礼教的虚伪，为芸芸众生感到不幸。庄子思想中的"道"不仅是宇宙万物的根源，也是他对人生、对社会、对至美的追求和向往，这从《庄子·知北游》中就可以看出。在庄子看来，天道是博大周全的，而人道是片面的，如果从人的角度来看待善恶、美丑、是非，那么也仅仅只能归于人的认知，很难达到天道的层面。

　　庄子所讲的道对于世俗来讲，不是人人都能够理解的，甚至庄子的挚友惠子对庄子的"道"也有不解之处。在《庄子·逍遥游》中，庄子认为"无用"正是使大树逍遥自在、得以享天年的根本原因，与其让它被斧头砍伐，为什么不活下来让世人在它的树荫之下感受惬意与自在？这里庄子提醒我们要看清大树的"无用之用"，也是在告诫人们要看清自己的内心，只有这样才能放下对丑陋的私念。大树的有用之处在于大树的外形，人的内心相对于人的外形也需要实现超越和摆脱，这种超越和摆脱不是轻而易举就能做到的。这里的"形"代表了功名、道德、知识、虚荣等现实诱惑，人类在不停地满足自身的虚荣的过程中，也可能使内心陷入现实的陷阱。惠子对其不解之处在于庄子站在功利的角度来理解"道"，在集体意识统治的世俗下，惠子对"道"的理解无法进入庄子塑造的"道"的境界。然而万事万物都应顺其自然规律发展，它们没有必要受到外界事物的干扰，尤其是人为的控制和支配，但人的知识是有限度的。在庄子看来，个体只有通过感悟"道"，产生一种觉悟，才能使自身实现自由。通过"坐忘""心斋"等修炼，将人的最本质、最深层的潜能挖掘出来，使人的主观性得到最大发挥，使人产生飞跃和升华。

　　庄子还强调世人要想发现真正的美，就必须摒弃单纯地看美和丑，只有抛弃人为思想的限制，勇敢地直面丑、审视丑，发现丑的背后所蕴含的巨大魅力，那些真正敢于审丑的人，才能得到大至大美，庄子用自己无求无待、逍遥自适的境界，帮助世人达到美学的巅峰。无论是审丑或审美，庄子都是为了达到一种"道"的境界。他从"道"的层面开展关于丑的问题的讨论，是从世俗的层面对美丑进行了否定，并且讨论了他否定的原因。世界的变化不受人为的控制，人的认知具有局限性和相对性。庄子肯定了更高层次上的美，也就是"道"的美，这种美是永恒不变的美。在庄子看来，"道"的理想境界是达到人道合一，实现人们对人生遭遇的各种困境的超越，进一步实现物我两忘的自由精神状态。在"道"的世界中，庄子认为，相对于圣人、神人、至人，他更愿意做一个逍遥自在的人。只要消除内心的一切顾虑和限制，解除人生的苦难，人的内心就会充满喜悦感，更加重要的是超越形象的内在生命之美，才是逍遥人生的境界。

第三节　中国哲学中"审丑"思想蕴含的哲理

庄子之所以能达到精神通透境界，在于他对天地万物透彻的认知，进而不会被世俗理念制约，在这种状态下庄子的思想与众不同。在"审丑"方面，庄子"审丑"思想为我们的审丑观提供了方向和思路。他的"审丑"思想中包含对立内容，如包容与反叛是典型例子，两者不仅同时存在，还会相互影响和作用。在庄子看来，世间万物无论美与丑都得到了精神层面的升华，所呈现出的内外形态不同常规，并充满太多的质疑和颠覆，让人们开始从其他视角重新审视，进而对天地万物产生新的认知与看法。

一、包容精神

庄子的美学具有包容性、开阔性，在他对一些丑的事物的描写上就能体现出包容心。庄子宽容地接受丑，并勇敢地描绘丑，甚至对丑的事物大加赞美，都体现出庄子胸襟宽广，能够包容万物。庄子的包容观在一定程度上具有一定的形而上的价值观，这与庄子的包容性思维具有相同含义。庄子的著作传达着广阔的心怀。世间存在很多肮脏的事物，庄子早已洞察，他选择洁身自好，远离肮脏，同时又通过手中的笔来揭露和批判。随着外界斗争的不断加大，他的思维也达到了极致，他的态度也就反叛到极致。在他的冷酷犀利的言语中，人们能够看出他的心酸，这令人反思和自省。

庄子的审丑思想是一个兼怀万物的理论体系，它基于物性平等的原则来看待世间的千变万化，对不同事物的个性特征给予肯定，尊重万物的差异性。庄子将丑看作顺应自然的东西，将丑与美放在同等的位置来看待，打破了物与我的界限，认为物我应相容和统一，只有这样才能达到物我交融境界。从审美视角分析，这种境界突出强调万事万物具有平等美，即便是"人"也要从中心地位中抽离出来，客观地面对世间万物，并进一步包容万物。庄子深入认识到美与丑之间的差异，同时也肯定二者之间的趋同性。这种趋同性并非对其定义界限的抹杀，反而是摆脱了万物之间的联系而产生的一种思想。这在一定程度上对美丑的界限划分有着极强的包容性。美可以以温情的姿态逍遥自在，丑也可以以狰狞的姿态占据审美视野中的一席之地。美与丑应是平等的，在对两者进行审视时要放在平等范畴内进行，这样能为两者相互作用和相互超越创造条件，进而趋向"道"。

此外，庄子眼中的"丑"并不局限于丑自身的残缺，是将美与丑以互待的姿态呈现出来。庄子将美与丑引向更广阔的空间内，让人在审视美与丑时可以具备更广阔的视野，也能认识到天地万物与人之间是相通相融的关系。这是人抵达自由境界的基础，这一境界具有包容性，可支撑内在阻塞被克服与突破，在某种意义上这些举动所获得的成果是有限的，但这种境界能给人们带来无限的力量。

庄子的"逍遥"境界提升精神层次，不仅更加广阔，还不断向永恒进发。这种精神境界与庄子自身的悟性和经历有着紧密关联，同时也是中国文化强大涵容性之下的产物。在当代社会，人们可以通过领悟这一境界和智慧来开阔内心，不为点滴得失而心绪大乱。在庄子包容性思维下，丑的内容不再仅仅为丑，而是有着很大空间融入美，这能赋予世间万物中丑的审美性，让人用一种审美的态度来面对现实生活中的万物，这也体现了中国古典文学通向现代的道路。在我国民族文化中无不体现出"有容乃大"精神要义，而庄子的包容性思维是重要产物，也是文化发展催化剂，因此传承庄子思想是有必要的。庄子的思想还蕴含着很多的财富，我们只能借助一个小角落来逐步体会这一财富，更好地提升我们的思维。

二、反叛精神

庄子能够看清周遭一切，以清醒无比的心态去评价和批判，虽是直接的、无情的甚至直接否定，却能深刻感化和引导后人。回到审丑视野分析，庄子无所畏惧地打破了美与丑之间的界限，并提出了新的评价标准，展现出化丑为美的思想境界。

庄子笔下对丑陋的描写常常用"畸人""散木"来承载，他以一种审丑姿态来体现反叛精神，这在当时无疑是一项创举。这一精神打破了丑的传统范畴，从更多视角得到了解析与充实。丑在通常情况下是对俗见的一种质疑，是一种否定。丑所存在的美学品格及思想要义都呈现出强大生命力，支撑审丑活动突破原先的束缚，创造出新的价值体系。"散木"是丑的，但它传达出的价值却是深沉无比的，如功利主义价值观得到了消解，使万事万物之间的关系呈现新意，在"人"的层面表现为尊重万物。"畸人"也能体现出一些丑的事物所蕴含的更高生命修养和至高境界。

庄子的思维形成和发展与历史背景密切相关。庄子生于乱世之中，面对社会中出现的各类问题，他有着自己独特的见解，对于人们所畅想的未来没有一味跟风，而是敢于提出疑问，并提出新的观点和见解来突破传统。他对传统的审美习惯和认知体系没有较强的依赖，相反，他以"散木""畸人"为主角，并用正面形象将其体现出来，打破了传统观念中对丑的认知，这也能展现出庄子敢于颠覆传统的认知体系。

庄子眼中的美与丑是平等的，这源于他坚持的"道"，而在这一基础上，庄子提出了新的评价标准。在他看来，真正的美是超越世俗的美。而在世俗中被大众认为的美是一种与善恶绑定在一起的事物或表现，但是善恶评价会融入很多个人主观意见，不同的人会有不同看法，如此一来，不同人眼中对美的认知也是不同的。庄子认为的美是世间万物具有平等与自由，不受外界因素干扰。庄子的审美观念不同于世俗以貌取人的观点，反之对其提出了激烈的批判与挑战，他对传统的审美情结有着较强的反抗，大众的审美情结是一种共同的心理结构，是一种日积月累下的主流思想，但庄子打破了这一审美情结观念，敢于提出疑问和挑战。在庄子看来，丑是一种反面的德，更能在不经意间进入人的内心深处，引导人们提升德行修养。

庄子描述了很多丑怪形象，目的并不是单纯地审丑，而是聚焦价值体系打造，通过批判使已存在的价值认知与秩序走向更合理程度。庄子心如明镜，认识到普通人容易被功利性观念影响，原因在于普通人会认为人是万物之主，在这种心态下，人反而处处受制。庄子对这种功利性的观念进行了质疑，提出无用之用这一反常观念。

庄子以"审丑"的方式重新定义伦理道德，这成为我国传统文化获得发展活力的重要源头，如封建社会残酷无情、视人命如草芥等伦理道德面貌得到深刻揭露，让人们能够全面认识当时的社会。庄子提醒世人有许多罪恶是借"仁义"的名号来实行的。当"仁义"以价值标准形象出现时，人们会不自觉地遵照实行，久而久之会形成固化意识与习惯。而人类想要进步不能走固化之路，因此对既定价值进行批判是极为必要的。我国历史上出现过多次批判活动，而庄子精神在其中起到了引领作用，这使每个王朝都有敢于站出来发声、敢于向黑暗发起冲击的人，当人们敢于向黑暗残暴的社会挑战，敢于采用批判的精神面对所遭受的苦难时，社会便能在潜移默化中前进。庄子的这种批判精神对审丑思想有重要意义，对整个中国文化产生了巨大影响。

由此可知，庄子的"审丑"思想囊括反叛性思维。正是在这一思维助力下，庄子思想才会活力四射。庄子的这种前瞻性意识是值得我们挖掘的，庄子的审丑思想给了我们多重启示：一是勇于突破常规、解放思想，做他人不敢做之事；二是走出思维定式，从更多视角分析论述，获得更丰富认知；三是批判当前存在，只要存在不公平现象便能开启批判之路。

第三章　中国诗歌中的"审丑"
——以中唐诗歌为例

中国古代诗歌有许多风格流派，尤其是在中唐时期，在诗歌中出现了大量丑陋奇怪的意象。诗歌中的这些意象是表达作者情感的重要载体，渗透着诗人的审美方向和审美趣味。从中国古代诗歌发展过程来看，"审丑"类诗歌在唐代安史之乱后迅速崛起。中唐时期的诗歌给我们展现出诗歌的审丑意象，诗人从被动审丑到主动创作审丑。我们通过对诗歌的探讨，分析其中的丑怪意象所蕴含的美学意义。与其他时代的诗歌不同，中唐时期的诗歌审丑意象具有特殊的美学特色，推动了审丑方式的发展，大量丑的内容出现不仅是对审丑这一文学范式的拓展，还对后世文学的审丑创作产生了极大影响。

中国诗歌作为文化表达的重要载体，自古以来就在表现美与丑、善与恶等价值观方面发挥着深远的作用。本章以中唐诗歌为例，探讨中国诗歌中的"审丑"观念，即诗人如何通过作品展现、评价和反思美丑的主题。在中唐时期，作为诗歌繁荣的阶段，众多诗人积极表达了对审美、道德和社会的思考，其中的"审丑"观念成为诗歌创作的一个重要方面。在中唐诗歌中，诗人们广泛地表达了对美与丑、善与恶的敏锐观察和深刻思考。他们通过对自然、人性、社会的描绘，展现了审美和道德的复杂性。

第一节　中国诗歌中"审丑"意象的主要类型

中国诗歌中的"审丑"意象是一种审视丑陋、庸俗、平凡事物的审美倾向，旨在透过这种审视颠覆传统美丑观念，寻求非常规之美，展示世界的多样性和复杂性。这种审丑意象主要体现在多种类型的诗歌作品中，凸显了诗人对审美标准的质疑和重新定义。首先，中国诗歌中的"审丑"意象体现在对庸俗世界的描写中。诗人通过对普通、庸俗、生活琐事的描绘，试图呈现其中独特之美。他们关注日常生活的细枝末节，探寻平凡事物背后的独特氛围和情感，强调其中可能被忽视的美感。这些作品真实、鲜活、生动地展现了审丑意象，凸显了平凡生活中的不凡之美。其次，审丑意象也呈现在对丑陋自然的诗歌中。诗人通过描述自然界中看似丑陋、荒芜、不符合传统审美的景象，强调其中的独特美感。这种审丑意象挑战了传统美丽景象的定义，尝试展示非传统美感的魅力和深刻内涵。这些诗歌作品通过生动、独特的描写，以及对自然景象的重新诠释，唤起读者对世界的新思考。最后，中国诗歌中的审丑意象还体现在对社会现实的批判与审视中。诗人通过对社会中存在的丑恶、不公、虚伪等问题进行揭示和谴责，试图唤起社会的关注和改变。这些诗歌作品以直白而震撼的语言，揭露社会的阴暗面，引导人们审视社会弊病，并勉励积极的社会变革。"丑"来自世间万物，当人们与"丑"碰撞时会产生情感共鸣，此时如果向高层次进行审视，则意味着开展审丑活动，能够获得更深的体会与认知。人的审视过程与自身诉求密切相关，不同的人会有不同的视觉体验，此时他眼中丑的意象即便十分丑陋，但是心灵深处已然洞察丑的意象背后的本质要素。审丑意象所对应的内容并不一定是丑的，同理审美意象也并不一定是美的，由此可以得出丑的事物也能纳入审美领域的结论。通过诗人的艺术创作，审丑的形式丰富多样，化丑为美、化美为丑等都是诗人常用的表现方法。我们通过领会诗歌中的艺术形象，体会诗人独特的审丑风格及审丑趣味。诗歌中的审丑意象较为丰富，针对不同种类，可以将诗歌中的审丑意象分为丑之人、丑之物、丑之事三大类。

一、丑之人

古人在进行诗歌写作时，也受到当时社会环境的影响，如安史之乱给唐王朝带来了严重的冲击，让国家的政治局面处于水深火热中，通过一些诗歌就能体现出其中的丑陋之人。从狭义的角度讲，丑人指的是外形残缺或容貌丑陋的人；从广义的角度来讲，丑人不光是指外形，还有精神丑陋的人。在中唐时期，由于政局混乱、战火纷飞，处于底层社会的平民老百姓更是受到迫害，细读这一时期的诗歌，就能体会到其丑人形象往往带有强烈的批判意识，主要批判的是社会的黑暗及政治的动荡给百姓带来的痛苦。诗歌中对丑的人物刻画，让人感觉到恐惧、不和谐，这些丑的出现也体现了社会变化中的反常状态。即使诗歌以抒情为出发点，诗人也有可能引入丑的意象来实现抒情目标，而这一过程不仅做到抒情，还能对丑进行审视。具体做法包括以下两种：一种是直接描写和刻画，主要发挥反衬作用，让人们在阅读后联想到美好事物，并产生向往之情；另一种是将美的形象与丑的形象放到一起进行对比，通常环境元素是重点利用对象，因为环境的衬托与对比效果更加显著，更能使审美感得到凸显，促进美丑互化获得更好效果。第一种方式通常应用于诗人被现实情境无情压迫境况中，此时诗人眼中的意象会是主观层面的丑；第二种方式主要出现在新乐府诗歌中，表现出强烈的现实主义精神。如元白诗派创作的讽喻类型的诗歌，中心思想就是表达"救济人病"的思想，在他们的诗中有很多描写民生苦难的内容，这些被现实社会压迫的"丑人"在诗中频繁出现。白居易的诗中也描述了许多形象丑陋的人，如《缚戎人》一诗中描写了一个丑陋的被缚戎人，他的家乡因沦陷而深陷吐蕃，在他经历千辛万苦回到祖国的怀抱时却被当作俘虏。诗中描述了这位缚戎人身体和面容有多处伤口，不仅抒写了他的痛苦与悲愤，而且从侧面批判了昏庸无能的政治局面。

　　在新乐府诗歌中，元稹也是其中的代表作家之一，他创作的组诗《和李校书新题乐府十二首》，为现实主义诗歌，其中也有同名诗《缚戎人》。元稹在《缚戎人》中描写了边关的战事情况，写出了边关将领好大喜功的行为，揭露了朝廷的无能，使人民遭受战乱之苦，诗中描写了一些被俘虏的人，年轻人被剃了光头，老人则被断了手脚。这些丑人形象的刻画，令读者触目惊心，同时也让人反思社会给人造成的灾害。元稹、白居易两位诗人对民生疾苦的同情主要表现在对社会黑暗的讽刺上，他们笔下的这些人物被折磨得面貌不堪，批判了黑暗社会给普通老百姓带来的灾难。诗人与社会底层人民接触比较多，他们能够感受到底层老百姓的疾苦，并通过他们对现实社会进行描写，进而塑造社会中丑的人物，具有更高的思想意义。

诗人们除了关注普通百姓之外，还关注自己的身体。身体会生病，这一类型疾病统称为生理疾病，如果社会发展不正常，则代表着社会"生了病"。但是诗人往往不能直接表述社会"有病"，那样容易触怒统治者，因此会借用身体生病来比喻社会"有病"。这样除了起到批判作用外，诗人还能立足于自身表达相关观点，往往体现为对社会发展的关心和忧虑。杜甫是这类诗人的代表。他一生辗转漂泊，一身才华无处释放，随着年龄不断增大，身体越来越虚弱，经受着病痛的折磨。可即便如此，杜甫仍然心系苍生，在诗歌中将病躯与社会现状联系起来，展现出忧国忧民的博大情怀。到中唐时期，病体的意象在诗歌中的出现频率更高，所代表的含义更丰富，如元稹遭到贬斥后心情不佳，身体病痛又进一步加重，此时他听到好友白居易也遭到贬斥，瞬间"垂死病中惊坐起"，悲愤之情猛然袭来。除此之外，还有一些诗人将病躯当作自我的写照，他们不避讳自己的伤病，如李贺的《示弟》一诗。李贺是一位体弱多病的诗人，他长期受到疾病的困扰，除了身体上承受的苦难之外，还有精神上的压抑。当时，整个社会处于剧烈变动的形势中，诗人在这一时期对自己病躯的描述是社会之"病"的侧面写照。孟郊的一些诗歌也描述了自身的病躯，他的诗歌与李贺有相似之处。如孟郊的组诗《秋怀十五首》中描述了凄清的景物，由于病魔缠身，给人一种复杂沉重的心情。孟郊与李贺对自己"病躯"描写的内容也是不尽相同的，李贺注重写病躯的模样，擅长用一些新的词汇来代替病痛的感受，而孟郊擅长采用一些悲凉、寒冷的意象来衬托病躯的真实感受，如"冷露""霜气"等。中唐时期的诗人对"病躯"的描述如此之多，正因为这一时期的社会环境相当恶劣，有太多丑的形象包围着他们，他们对丑陋的事物有着更加深刻的体验，社会的丑映射在诗人身上，这些丑怪的形象也正是诗人们想要展示的主体形象。

仅仅将审丑局限于相貌丑陋或身体残缺是不符合当代心理美学观念的，人们对"丑"的描写不是单一形式上对其形态的暴露，而是对其多样化的描写，更是从道德层面来看社会的恶行。"丑"并不是单一形态的美学范畴，而是包含多样性的丑，不仅包含言行上的、本体上的，还有道德上的"丑"，这种丑是与伦理道德紧密联系的。我们不难发现古人的审丑对精神与道德的推崇，诗中出现的丑陋形象大多是外形丑陋但是道德优美，这种丑陋形象终究会被人接受。也可以说，在诗歌对丑意象的分类上可以分为形态丑和道德丑。形态丑是指外形不堪的人，而道德丑主要指德行败坏所呈现的丑陋形象。站在审美方面思考，诗人对道德丑进行表现时主要采取两种方式：一种是内外对比，如先描画一个人光鲜亮丽的外表，而后揭露他的丑行，这样更能凸显德行的丑陋；另一种是以丑衬丑，如诗人会在诗中举一些德行丑陋的例子，而后将批判之人与其并列。一般来说，引入的例子多为贪官污吏、残酷暴君等。顾况在《公子行》中先是描述一个高贵华丽的人物形象，当他出场时，那种高贵气质散发出来，让人产生驻足观赏之感，可是接下来发生的事情却让人吃惊，他竟然不顾道路上有行人而任意策马奔腾，并且遇到维持秩序的人时丝毫没有收敛。人物目中无人、骄横跋扈的丑陋行径被充分表现了出来，与之前出场时的形象形成鲜明对比，起到了更强的讽刺作用。唐朝安史之乱后，由于受到战争的侵害，普通老百姓的生活苦不堪言，再加上统治者的无能与昏庸，导致人民处在水深火热之中。中唐时期的政治制度没有盛唐时期那么宽容与慷慨，诗人大多借寓言故事讽刺那些贪官污吏，以白居易、元稹为首的一批诗人大力创作乐府新诗，在诗人的倡导下新乐府运动蓬勃发展，他们借助事情、物品来讽刺当时的现实社会，反映民生的疾苦及昏庸的政局。如白居易在《上阳白发人》一诗中描写了一位"坐看残灯"的宫女，她年纪轻轻的时候就被选入宫中，却终生受到幽闭，断送了青春，反映出统治者的荒淫纵欲。白居易在《卖炭翁》一诗中描写了农民的辛勤劳动，由于受到官吏的残酷掠夺，农民最终无粮无衣。这些诗歌都对当时统治阶级进行了严厉的批判，导致普通人民遭受苦难的根源是那些制造丑的无德之人。在文学作品中，相对于美而言，丑大多数用来暴露本质的问题，无论是对昏君的批判或对贪官污吏的攻击，最终都是希望老百姓能够过上丰衣足食的生活。诗人对这种丑陋之人的刻画，也正是为了揭露那些丑恶的人心和社会的残暴。

二、丑之物

（一）动物的丑

中唐时期是一个动乱的时代，灾难无处不在，诗人对一些丑恶现象的批判及对时事的痛心都通过诗歌体现出来，批判力度和痛心程度也随着诗歌中的不同意象表达出来，诗人也不再沉醉于风花雪月中，而更加关注政局的变化，这也使诗人的审美对象产生了变化。在诗歌的意象选择上，诗歌与唐宋时期的浪漫主义有着较大的差别，中唐时期的诗歌挖掘和塑造了众多独特的审丑意象，具有独特的时代特性。如动物意象，我们在阅读诗歌时能发现许多动物意象，无论是抒情的诗词，还是言志的诗词，都有动物意象的踪迹。在中国历史上，人民的辛勤劳作、交通都离不开动物，在诗歌中描写的动物意象也十分丰富，但中唐时期的诗歌中蕴含的动物意象表现出来的审美品位与其他时期有着不同之处。

如在咏马诗中，杜甫的《骢马行》和《瘦马行》具有一定的代表性，这两首诗均运用了托物言志的表现手法。"病马"是诗人描绘自己所乘之马，同时也是诗人形象的缩影，马瘦得皮包骨头，不仅反映的是诗人生活的窘迫，同时诗人的审美心理也有所改变，"病马"是诗人心里意象化的产物。在盛唐时期，诗人笔下的马大多为"千里马""骏马"等饱满的意象，从中能够感受到诗人的蓬勃意气；到了中晚唐时期，诗人笔下的马大多为"病""老""瘦"等形象，这既受到个人心境的影响，也受到时代变化的影响。诗人通过咏马托物言志，借马来抒发诗人心中的悲凉和生活的窘迫。李贺对病马的意象也有着偏爱，"饥卧骨查牙，粗毛刺破花"，将马的饥饿、瘦、丑陋的形象通过"骨查牙""粗毛"等词描写出来，也能看到诗人审丑的深度。

社会的矛盾是社会发展的动力，对于文学亦是如此，文学的发展也受到社会发展的影响。诗歌的发展离不开社会的影响，对意象的审美也能够反映出这一时代的风气。诗人用孤苦的、悲伤的意象来表达内心的彷徨与失望，面对残酷的现实世界，伤痕累累的外表下蕴含的是被束缚的无力感，这代表了诗人在对社会热烈期盼的过程中难展抱负，更多的情况下还被贬至偏远地方，更不用提壮志难酬，这种被抛弃的感觉有苦难诉，其实也是诗人对这些病态或形残的动物一种内心情感的共鸣，这些意象就成为诗人情感与精神的载物。

中唐时期战乱纷争不断，社会中充满着悲愤的气息，作为诗人通常会选择转移视线，将目光投向广阔的大自然中，更加贴近闲玩垂钓的生活。在这样的生活中，他们与动物的接触变得多了。中唐时期的诗人不再关注蝴蝶、游鱼，他们更关注一些"怪"物，如蛇、怪鸟、妖狐等丑陋之物。中唐时期的诗人擅长写一些令人厌恶的丑怪动物，如在写"虾蟆"时，就对其丑怪外表进行了描述，"虾蟆虽水居，水特变形貌"是韩愈在贬谪之地见到的新鲜事物。对于诗人而言，这种新鲜事物是丑陋的，难以下咽的，因此在诗中描写得十分丑陋。这首诗是诗人在被贬潮州之后，心情十分郁闷，从而借助"虾蟆"来感慨自己的遭遇。

孟郊擅长写旅行中的景色，但已没有了大自然那种亲近和谐的场景，在他的诗句中描写的是病马，病马的步履艰难也暗示了诗人沉重的心情及旅途的艰难。这些诗歌不写一些普通的动物，而是将生活中容易回避的丑陋动物写进诗歌中，采用白描的手法，将蛇、蚊虫这些令人生厌的意象体现在诗歌中，读者读到这些意象时会产生一些不好的感觉，更高层次的就会有一种审美感受，可以说是一种奇怪的审丑之路。在元稹的大型组诗《虫豸诗》中，诗人采用犀利的语言，将巴蛇等动物写得十分可怕。诗人借物抒情，他在遭遇贬谪之后来到通州，对陌生的环境心中有许多的愤怒，因此将心里的怨愤通过诗歌反映出来。还有一些诗人通过对虫鱼鸟兽的描写来寄托内心深处的情感。诗人大量创作审丑诗歌，除了受到社会政治局势的影响，也说明诗人对丑意象的重视程度越来越高，这些丑的意象也具有了引发人们产生独特审美的价值，能够引起人们的共鸣。

（二）植物的丑

人类产生于大自然中，必然会对大自然之物产生亲密感，其中花草树木是典型例子。人们热衷于种植花草树木，并以此为基础打造自然景观，带给人们美的感受和浓厚的人文感受。古代很多诗歌会引入花草树木的意象，常见的有牡丹、菊花、桃花等，它们各有深意，各展情怀。《诗经》和《楚辞》作为诗歌领域的代表，所描绘的花草树木景观令人叹为观止。这些描写花草树木的诗句表现了诗人对大自然独特的情怀，同时也表达了诗人对纯洁和高尚品行的追求。大自然中的景物本身是没有感情的，但在自然中生活的人是有感情的，正是有了人这一审美主体的介入，景物才有了生机和灵气。在人与物之间，人起着主导作用，诗人只有认识自然和体悟自然，才能具有触景生情的艺术素养。

中唐时期，诗人对植物的描写赋予了不同的含义。树木原本是具有生命力的象征，这时化身为衰退、枯竭的意象。这些意象的出现饱含诗人对社会的心态，折射出诗人独特的心境。对于读者而言，也可借这些意象对当时的社会景象产生一种思考。安史之乱导致社会动荡不安，诗人感慨生活的忧愁与苦难，通过植物将这些情感表达出来，最明显的是对"枯"的描写。如杜甫的《病柏》《枯棕》等诗，这些诗歌都不是单纯地描写物，其中蕴含着较强的寓意性。杜甫对社会的批判借助枯木的意象体现出来，而杜甫以后的一些诗人描写枯木时有所不同，体现得更加奇怪与生涩，不是杜甫描写的那种悲凉的气息，而给人一种和谐的审丑特征。如白居易的《有木诗八首》一诗，描绘了柳树丑陋的外表和内里的无用。白居易借物喻人，通过描绘树木的丑态来折射社会的真实现象，批判了那些依附权势的小人。白居易诗中采用的树木大多数是柳树、杜梨等，人们一般不会将这些树木与丑联系在一起。白居易的《紫藤》一诗中描绘了丑陋的紫藤形象，其形如蛇，行为也十分恶劣，缠死了赖以生存的大树。这不禁让人惊讶感叹，这些丑怪的植物在诗人那里成为独特的审美追求。中唐时期诗人认为自身所处的是一个疾病缠绕的社会，这种社会景象与诗人心中的理想有着较大的冲突，对他们的内心造成激烈的撞击，从而产生理性上的不平衡。

韩愈的《题木居士二首》中描写了一棵朽木的形象，这棵朽木经过雷打、水淹之后，面貌变得十分难看，但它的这种悲惨命运在某一天却改变了，由于它身形干枯，被折磨得与人形相似，人们居然赋予了它神的象征，将它供奉起来。读后令人觉得可笑，朽木丑陋的外形与尊荣的崇拜形成了强烈的反差。诗人通过对这一丑的形象的描写，讽刺了那些迷信无知的人们，也揭露了事物丑陋的本性。这种借物讽喻的写作手法，通过对意象原本相貌的描写，从而引发荒谬可笑的事情，使人们认识到生活的真实本质，而讽刺引发的笑是一种严肃的笑，是对丑陋事物的揭露。

在对植物的描写中，诗人还常常选用一些细小而不常见的植物。诗人有意识地将目光转向一些小的植物上，如蕨类、苔藓等，诗人通过细致的观察捕捉这些植物的特色。如在《淮南子》一诗中，苔藓长在阴暗潮湿的环境中，从而衬托出一种悲伤、孤寂、凄凉的意境。战乱给底层人民带来了重大灾难，生活在这种环境下的人们感到自身就像卑微的草木一般，深感世事无常。顾况的《苔藓山歌》中，诗人将苔藓描写得生动形象。他将苔藓比作飞雨、飞云，在这里他将苔藓当作独立的审美意象，这种卑微的植物被诗人赋予了人格特征，也体现出诗人的审美视野越来越宽阔，从对细微植物的描写中能够获得美感的升华。从中也体现出这些微小的事物经过诗人内心审美投射的过程，当面对一些丑的意象时，可以化丑为美，获得美的感受。这种描写手法是以小见大，通过描写微小的事物加上审美心理的艺术创作，审丑也能从中获得美感。诗人通过"丑"的艺术创作，将人们平时不关注的丑的事物，形成了美丑之间的反差，从而使这些丑的事物上升到一种美的境界。

(三) 景物与景象的丑

有人说，一个国家的气度与时代精神可以通过诗人的诗歌领略一二。景物也可以作为诗的意象之一，其意境的主观思想与意象的融合就能产生一定的艺术境界。中唐诗的风格大多呈现出别样的氛围。颓废、凋零等自然景物的描述常常与美学的情绪相关，是通过对残缺、废弃的描述来展现的，使主体情绪在审景的时候变得低沉、哀伤，一般表现的景象为凄凉、寂寥。大历诗人在经历安史之乱后失去了盛唐诗人的昂扬精神风貌，他们的诗表现出一种孤独寂寞的冷落心境，追求清雅高逸的情调。意境的创造不一定需要真、善、美的形象，关键在于人类感受到真、善、美的精神，如杜甫"国破山河在，城春草木深"

诗歌的形象以"国破"为基础，这种破裂的景象深深地反映出诗人对国家和人民的忧思，"城春"把个人和国家的命运交融在一起，诗歌意象是深厚的，而这种不美的意象被用作一种高雅的意境，为后人所景仰。中唐时代，山河破碎的景象使诗人更多地体会到一种悲凉，而这种形象是丑的，在审丑的过程中表达了一种凄美。诗人在铺陈诗景时会使用很多破败的意象，如荒庙、废庙、古坟等。诗人所选诸象，皆以破败、阴森、恐怖之色，颓败之态，审丑之象，讽刺、戒备之意，呈现不安之景。景物描写是表面，情感表达才是真正目标。景色是直观可见的，诗人在描写时往往会极尽优美之词，可出发点并不是展现美，而是为后续审丑做铺垫，这种情况多出现在中唐诗人笔下，他们所描写的景色往往与历史变迁、沧海桑田等对应，让人们睹物生情，对过去发生的事情进行思考，并在心灵层次寻找共鸣。

中唐时期的诗歌中，描写景物除了一些荒凉之境，还有一类是诗人到贬谪之地时对丑怪形象的描写，表现出诗人的担忧之情。诗人受到贬谪，于他们而言莫过于重大的挫折，再加上陌生环境的影响，心情更加沉重悲凉，在这些诗歌中往往充满着怪异的意象。诗人到贬谪之地，也见到了从未见过的动物、植物，如一些怪鸟和蛇，这些都营造了一种恐怖的气息，令人惊悚。尤其是岭南一带，这里是诗人常被贬谪之地，一些怪异的事物在诗人看来无不心惊，那些丑陋的景象具有强烈的视觉冲击感，由此也可以想象出诗人当时的心境是多么悲凉，也体现出诗人强烈的忧患意识。人们居住的环境与自然息息相关，而在社会腐败、战乱不断的背景下，人们所居住的环境越来越窘迫，下层人民受到封建统治阶级的压迫，劳动人民表现出来的无力感也成为人性扭曲贪婪的有力象征。在这些丑的景物中，随着丑感的不断增进，人们更加能够正视丑，直面丑的景象给人们带来的震撼。在诗歌中，诗人对一些丑陋景象的描述具有一定意象化、反思维性，这些丑相最终表现出诗人对现实的反思。

中唐诗人对丑恶之物的审美兴趣表现在诗的特定意象中，也就是"意"的"象"，诗人抒发个人的忧愁，所谓的"象"也富有诗人的情感颜色，这种意象是超越现实的、超凡脱俗的。想象在文学活动中扮演着举足轻重的角色，李白就是因为天马行空的想象让许多读者为其"倾倒"，使人感到"震撼"。尤其是韩孟诗派和李贺，他们创建出与盛唐时代完全不同的象征，这种想象奇特、新奇的象征素材层出不穷，被诗人用于塑造光怪陆离、天马行空的奇异诗境。比如韩愈在《龙移》中将水潭比作龙，龙动时，昏天黑地，雷电交加，构成一个慑人的象征，象征意象之险恶，境之险恶，使韩愈诗中充盈着震荡人心之力。韩愈诗中丑恶之象，多雄壮险恶，后人为之称奇。同样是想象奇异，在审丑意识方面，李贺也算得上一个典型代表。李贺是一位有志之士，但现实无情地将他的理想和抱负击得粉碎，让他总是郁结寡欢。他早熟、敏感，这种早熟的灵魂使他比常人加倍地品尝到人生的苦涩。

李贺还擅长写与"鬼"有关的意象。在他的诗歌中，一切与死亡相关的意象都显得十分丑陋，他将意象枯老化，意象失去了生命之美而显示出一种类似于鬼的生命之丑，并在环境的衬托下体现出一种失去生机而变得凄凉的情景。另外，李贺对一些核心意象的描写进行虚化与孤立，展现出一种虚实之间的孤单感，营造出一种孤魂野鬼的效果。李贺利用极端对立的意象，表达了对现实世界的透视与反思，揭露了真实社会的黑暗与惨淡，同时通过鬼怪的意象体现出一种"反叛现实"、一种反叛固有的文化内涵。

中唐诗歌中"以小见大"现象十分普遍，那些原本很少有人关注的事物却得到了诗人的重视。在这些事物中存在很多丑陋事物，诗人抓住它们容易引起人们情绪波动的特点进行渲染，有的诗人会赋予其神话色彩，变得不同凡物，有的诗人会将其融入诗歌之中形成呼应，塑造充满新意的诗歌结构。自然之物中的丑形象很容易就可以找到，而当诗人找不到符合自身预期的内容时，会在想象中进行构建，这样获得的丑形象更容易引起人们共鸣。当这些丑形象在诗歌中得到进一步塑造和刻画后，可能超越精神本身，不只是诗人自己获得精神升华，读者也能从中汲取精神营养，这正是审丑的美学价值。

三、丑之事

在社会生活中总有一些非常之事，而将这些事写进诗歌时不仅需要独特的眼光，还需要独特的艺术展现。对一些丑陋之事的描写是很多前人不敢写或没注意到的事情，这些事情既可以是个人悲剧之事，也可以是社会中的一些残酷之事。在中唐时期诗人顾况的作品中，有许多描写露骨悲惨的事情。虽然占比较小，但这部分诗有意避开了时代背景下伤感的题材，在一定程度上突破了前人写诗的传统。如《上古之什补亡训传十三章·囝》中就介绍了当地官吏将一些下等人士作为奴婢，用铁圈束缚他们，并让他们工作或将其买卖，将人视为草芥。将人阉割作为奴仆，还进行买卖的这种行为是当时社会的现实状况，在之前的诗歌中非常少见。顾况将这些现实景象描写得淋漓尽致，让人不寒而栗，给人们造成了极大的视觉冲击。韩愈也在诗中描述了"丑之事"，如在《元和圣德诗并序》中，韩愈描写了刘辟举家就戮的情景，先是一个孩子被腰斩，而后刘辟的同伙一个个被杀而尸体纵横，最后将刘辟处死，这一景象令人发指。诗人对丑之事的描述，体现了诗人心灵上所承受的创伤，而这些痛苦在对事物的审丑中获得了解放。

第二节　中国诗歌中"审丑"意象的美学特色

一、生活化

审丑诗一直在发展，其内容题材不断丰富和广泛，尤其是中唐时期达到了高峰。当时社会环境发生巨大变化，诗人心境大幅波动，他们在创作诗歌时对周遭平常事物给予了更多关注，会通过应用和塑造平常之物来抒发情感。其实将平常之物融入诗歌的做法早在中唐时期之前便已开始，如爱写山水田园诗的陶渊明、关注实际民生的杜甫等，他们都将生活中的一些小事写在诗中。杜甫在后期描写了生活中的琐事，如在草堂生活时，描写了他积极开辟菜园之事。步入老年之后，由于其心情压抑，加上嗜酒，杜甫疾病缠身，所以在诗中也经常写到疾病的痛苦。一些学者对杜甫的诗进行研究时，发现了他的真实生活面貌及他对日常事物描写的审美特征。中唐时期的诗歌中有许多是描写生活之丑，那些让人不屑一谈的事情在诗人眼中显得尤为重要。对于生活题材的诗歌，白居易、韩愈可以说继承了杜甫的写作风格，他们通过平常而真实的意象展现内心世界。

虽然是一些平常的小事，但诗人却用审丑的眼光来看待这些事物，通过对这些"丑"的事物的描写抒发诗人心中的苦闷与悲愁，具有一定的自嘲意味。他们描述的生活小事都是常人经历的事情，如睡觉打鼾、掉发、落齿等，都是人们经历的生活场景，这些小事前人写得很少，而到了中唐时期，诗人常以这些小事入诗。如韩愈在《落齿》中写到，每掉一颗牙齿都会令他紧张、恐惧死亡。这些丑化的生活小事被诗人放大，更加体现出事物的丑，我们从中能够感受到诗人对人老逝去的思想变化，也能够意识到这样的诗是不美的，但正是这一真实的形象，让我们感受到诗人对生活的坦然之心。白居易也喜欢描写生活中的一些琐事，哪怕是一根白头发也能引起他有感而发。白居易在《沐浴》中描述了一个虚弱衰老的老者形象，这是一个没有了壮年时期的豪情壮志，但是接受自己目前状态的老人。这是白居易在一定程度上感慨时间的流逝，同时也是对自身的审视。人们只有能接受"丑"了，才会发现之前所追求的名利都是浮云，这种心态的变化也与诗人的年龄有着一定的关系。

诗人的审丑意识不仅对生活中的一些小事有所关注，也写出了许多人的疾病。安史之乱后，由于遭受外争内乱，整个社会环境呈现风雨飘摇的景象，人们的心态也急转直下，因此在中唐时期的诗歌中体现了许多"病"的审丑意象。由于诗人的心态发生了变化，因此在诗人审视生活的过程中描绘出对以往疾病忌讳不谈的现象，这一时期大量的诗歌描绘了各种各样的疾病。白居易是将一些疾病平常道出，而在孟郊的诗歌中，疾病是令人恐惧的存在。通过阅读孟郊的诗能够看出他的审丑风格，瘦、寒、枯等字眼都透露着诗人的审美感觉，这些也是孟郊对现实生活的真实感受。生活的窘迫导致了身体的消瘦，生活的苦难也就通过这些伤病体现出来，对自身的感悟同时也是对生活的感悟。孟郊诗作《卧病》以"病"为题，诗中更是遍布病的意象，如诗人写自己吃饭时会感觉饭不如从前香，而是变得有苦味；诗人做一些平常之事时往往不经意间泛起愁绪，精神层面有些消极。但是诗人并没有被"病"打倒，而是在多种病的意象环绕之下练出了坦然面对的心态，这些病的意象逐渐地成为诗人的审丑对象，以审丑态度和意识进行体会和感受，进而展现了诗人内心的安然平稳。

日常生活中的一些琐碎小事在诗人的笔下得到了关注和重视，这在一定程度上与世人的生活是分不开的，无论是穷困潦倒或抱负难展，这种求新的风格都为后人的创作提供了思路。尤其是在审丑意象生活化方面，宋朝诗人极为推崇，有许多效仿者。如梅尧臣就是其中一位，在他的诗中丑的意象较多，蚊、鼠、蚤、虱等字眼经常出现在他的诗中。一些学者认为梅尧臣为纠正华而不实的风气，反而在诗中将其写实了，将生活中的一些丑陋意象写实就会显得缺乏美感，而正是这种写实的手法实现了诗人对审丑意识的突破，从这些诗句中能够感受到生活中的一些哲理，诗人将这种美丑皆审的理念表现出来。生活是美丑兼具的，诗人早已认识到这一点，所开启的审丑行为呈现出生活化特征，支撑着诗人审丑意识和能力不断增强，而这种态度并不是某个个体所具有，可以说是当时整个时代的风潮。有学者对文学创作过程进行总结，认为文学素材来源于生活，创作者首先要将生活素材转变为自己心理层面能接受和认可的内容，而后再进行审美塑造，实现展现美的终极目标。我们在体会诗歌中审丑意象深意时也要经过这一过程，即便是简单平凡的日常小事，也会蕴藏着诗人经过转化过程所融入的强烈情感与生命意识。

二、讽刺化

审丑意象是审丑过程中的重要载体，支撑审丑者从中挖掘深层含义，并实现情感层面的表达与释放。在中唐时期，诗人审丑不是采取直接批判和揭露方式，而是有所隐晦的，通过委婉曲折方式表达自身观点与想法。这对审丑的发展起到一定程度的促进作用，推动讽刺表现手法在文学创作中得到更好的应用，也为审丑艺术充分表现提供了支持。

讽刺是用比喻、夸张等手法对人或事进行揭露、批评或嘲笑，或是用讥刺和嘲笑笔法描写敌对的、落后的事物。古代诗歌中采用讽刺手法也较为常见，如先秦时期的《诗经》中有许多讽刺诗，这些诗大多是讽刺君王的昏庸无能，也有的讽刺某个人卑鄙丑陋的一面。汉乐府诗歌中，讽刺手法更加生动灵活。

到了中唐时期，诗歌的讽刺艺术十分发达，主要原因离不开中唐时期的社会动乱，社会中的矛盾越深产生的问题也就越大。随着社会丑恶形象的暴露，对社会的担忧及对民生疾苦的感受刺激了诗人的感情与情绪，诗人在使用丑的意象时，赋予了一种讽刺性，使诗歌具有一定的讽刺作用。这一时期的诗歌中，主要有两大类型采用讽刺艺术：一是将社会矛盾作为诗人讽刺的主题，如君、臣、民之间的矛盾，诗人将这些矛盾作为诗中的讽刺意象，这些题材往往体现出现实生活中的丑和社会中的丑，最具代表性的是白居易的讽喻诗；二是诗人将思想寄托在一类事物上，通常将动植物人格化，借助这些动植物的意象衬托想要表达的情感，通过刻画这些丑陋的意象让人们明白其中的道理，最具代表性的是中唐时期的寓言诗，诗人在创作寓言诗时经常将意象丑化，用生动的描写手法讽刺社会中黑暗的地方。

诗歌中所讽刺的对象一般为现实生活中的假恶丑现象，采用的往往是嘲笑或讥讽的语气，使人们获得感情上的释放，在一定程度上与审丑的作用有着类似之处，也就是对假恶丑的厌恶，唤起对真善美的追求。中唐时期，一些讽刺类型的诗歌大量涌现，白居易就擅长将讽喻与诗歌联系在一起，如他的组诗《新乐府五十首》中就塑造了许多鲜明的人物，这些人物饱受生活的辛酸，受到封建统治的压迫。这些形象大多为善良的劳动人民。老实勤恳的劳动人民应过着衣食无忧的日子，但在白居易的诗中，劳动者要么是肌瘦不堪，要么就是走投无路。诗人选取的这些意象都是发生在日常生活中的事情，有着独特的含义，诗歌对贫苦百姓的真实描写也是对社会黑暗、丑恶一面的讽刺。诗人笔下劳动者的意象大多数是审丑的意象，普通人所呈现的病态，一方面给人一种强烈的丑感，另一方面让人反思这些丑陋背后真正的含义。诗人用最真实的语言将劳动者的生活描述出来，让读者可以在不加解释的情况下就能领会这一形象所体现的意义，诗人的愤怒也通过这一意象表达出来。在诗歌中运用委婉的讽刺手法，给人一种回味无穷的意味。

通常来讲，美好的诗词所描写的往往是那些美好的事物，而讽刺诗的对象大多是那些令人愤慨与鄙视的形象。关于这些形象的描写，象征性手法最为常用，并且多出现于寓言诗中。中唐时期的寓言诗逐步兴盛，很多诗人参与其中，创作了大量优秀的寓言诗作品。在这些寓言诗作品中，诗人所选择的意象往往具有"丑"的特征，表现为会引起诗人负面情绪，如反感、不快等，但经过诗人巧妙塑造后，这些意象不再是简单的"丑"，而是被赋予了更强的审丑色彩，具备表达情感、彰示诗人批判态度的底蕴。如韩愈的《遣疟鬼》《射训狐》，白居易的《秦吉了》《黑潭龙》《放鹰》《古冢狐》《池鹤八绝句》《有木诗八首》《和大觜乌》《禽虫十二章》《感鹤》，元稹的《虫豸诗》《有鸟二十章》《君莫非》《捉捕歌》《雉媒》《古社》《箭镞》，刘禹锡的《聚蚊谣》《养鸷词》《百舌吟》，王建的《伤邻家鹦鹉词》《伤韦令孔雀词》《伤堕水乌》，等等。诗人以这些典型审丑意象为代表，将作为喻体的飞禽走兽与本体的人物紧密结合，将其形象活灵活现地表现出来，极大地增强了诗句的讽刺性。还有一类是抒发不得志的自喻形象或对朝廷对埋没人才的感慨，如白居易的《鹦鹉》《和答诗十首·和古社》《羸骏》《废琴》《禽虫十二章》《代鹤》，刘禹锡的《聚蚊谣》《白鹭儿》，柳宗元的《笼鹰词》《行路难三首》《放鹧鸪词》《跂乌词》，等等。有一些寓言诗反映了诗人心态的变化，如在白居易的《禽虫十二章》中，白居易对动物的奇怪现象进行了探索，同时也是对现实生活中的事物进行反思，这些诗将禽虫作为喻体，从中能够看到白居易的心态逐渐脱离官场，体现出他"中隐"的目标。

要想对事物背后的含义有更深切的认识，不但要真正展现物体的真实意义，使审丑的内容更加动人，还要形成美丑的反差，才能使那些丑的形象更加鲜明、突出。这是具有讽刺化的寓意，让审丑更容易被人们接受，同时也具有更深刻的批判性。审丑的意义在于发掘丑恶现象背后的原因，让人们真切感受到其中所蕴含的道理。通过对现实主义的讽刺与批判，人们对当前社会现实有更深切的理解。晚唐时期，社会黑暗程度更加明显，黑暗的社会为审丑美学提供了重大舞台，这一时期揭露生命存在的痛苦背后的原因，让人们进一步接受审丑艺术。

三、想象化

唐朝在历史的长河中具有开拓创新的气魄，是一个不缺乏想象力的时代。

诗词意象的想象，时代不同，特点各异，而中唐时期是融合了审丑意识的想象。通过对中唐时期的诗歌进行解读，可以发现这些诗歌中的审丑意象具有明显的特点，诗人在创作时显现出诗人极强的想象力。通过想象，诗人对世界万物进行描述，从而超越现实走向自由。想象性内容虽然看不见、摸不着，却能让读者心向往之。中唐时期诗人在想象力上更胜一筹，如大文豪韩愈对社会状态、人文道德等进行了想象，传达出他向往崇高、追求大美的情感胸怀。总体来说，中唐时期的诗歌在想象力上与其他时代有着较大差异。从审丑层面分析，通过想象可以使审丑意象发生变形，这一过程能创造出新的审丑意象，并与原先的意象建立联系，使审丑更加复杂与层次丰富。阅读这样的诗歌，需要在分析意象时借助想象力，才能超出诗歌本身限制，对其更深内涵进行解读。

诗歌中的审丑意象在经过想象力烘托与塑造后会变得绚丽多姿、精彩绝伦，这意味着丑的内容变为了美，审丑过程与审美过程可以同时进行，并相互交织。中唐时期的诗歌在这一方面获得了很大成就。以韩孟诗派诗歌为例，诗歌作品对圆满和谐已然追求，不同的是更注重主观情感宣扬，精神感染力更为凸显，能够带给读者更强烈的情感体验，其中情感波动是重要表现，如一些诗歌着重描述牛鬼蛇神意象，读之可超出现实世界，进入一个虚幻奇特的超现实空间。在想象力的加持下，不仅常规意象得到非凡塑造，而且能营造引人入胜的想象空间，让人们更加沉浸其中去感受那种氛围。

李贺的《李凭箜篌引》就运用了创造性的想象力刻画了一个想象空间。李贺用多个想象的意象渲染出乐曲的惊心动魄，加上一些离奇的词汇，让人感受到其中的奇妙之处。诗人利用惊天地、泣鬼神的意象替代他们心中真实的声音，反映出现实生活中的冷淡。顾况的《李供奉弹箜篌歌》正面描写了乐师的弹奏技巧，真实地刻画出演奏者的具体动作，"急弹""指拨"体现出演奏者炉火纯青的技法。白居易的《琵琶行》也受到李贺诗歌的影响。虽然白居易和顾况的诗作各有千秋，但顾况的诗少了一个"奇"，顾况的诗重在白描，读者看后缺少想象的空间。诗人在创作时利用夸张变形的手法，不光改变了诗的外部特点，更重要的是提供了诗的想象空间，这些想象力的创作手法也给读者带来了无限自由的想象，这种具有想象力的写作手法更影响了后期诗作的创造。

四、极端化

中唐时期的诗人面临着动荡的社会现实，对前人的诗作有着一定的敬仰，但希望突破传统走向更高的境界。这一时期，韩孟诗派具有求新求变的意味，他们注重创新和创奇，对中唐诗歌的诗风转变有着重要的影响。元白诗派通俗浅白的写作手法也为中唐诗歌开辟了一条新的道路。这一时期诗歌的求新求变非常不易，而诗人们通常选择另辟蹊径，甚至走向极端，一方面是受到感情因素的影响；另一方面是在写作手法上运用到极致，通过极端的手法来显现他们的思想感情。这里讲到感情色彩的极端，中唐时期的"苦吟诗人"成为代表，如孟郊在营造意象时通常走向极端，在写丑的内容时往往与写实联系在一起。孟郊的审美理想与时代有着共同进步的新意。他认为在诗歌创作上另辟蹊径并不容易，而对于前人走过的路不能再重复，这就需要极大的创新精神。诗人在诗歌创作时为了追求创新而走向极致，打破了传统的创作风格，这种极致化的创作表现也是审美的发展。韩愈用雄奇的气势领导了古文运动，他的极端化写作风格也越来越成熟。

孟郊在诗歌《秋怀十五首》中写出了自己的穷愁困苦，对丑的描写更加强劲，诗人通过描写自己的痛苦来剖析社会问题，可以说是为百姓说话。但是由于遭受现实的打击，诗人的创作风格发生了变化，表现为更注重审丑，通过塑造丑的意象来表达情感。如孟郊后期诗歌作品中出现很多"瘦硬"形象，几乎没有任何美感。与孟郊相比，贾岛在苦吟这条道路上走得更远，创作出的诗作更让人体会满满的"苦"。这两位诗人创作风格十分相似，但是两者生活经历的差异造就了各自特色。贾岛出身贫寒，他的生活穷困潦倒，这也是他创作诗歌的基调。贾岛在早年时期为了生计而出家，在佛禅文化的感染下，他不像孟郊一样露骨地批判人生的黑暗，相反，他更加冷静，喜欢追求一些极端孤僻的事物。他的诗歌作品中出现很多"病"的意象，而作者本身便与病痛和贫穷相伴，可以说诗歌映衬本身。孟郊诗歌中主要引入现实意象，而后采取"写实"手法进行塑造；贾岛诗歌也会引入现实意象，不同的是会进行审丑表达。他们的审美追求都表现出极端特征，体现为重视"丑"和转化"丑"。后人在评价两人诗作时认为两者"完全是跟自己过不去"，但是他们之所以走这一创作道路，与其生活体验和经历有着密切关系。不过这种极端化做法也要有所限制，如引入丑的意象时要考虑读者的承受能力，如果引入内容太过恐怖和极端，容易让读者产生过强的压抑感和紧张感，不利于对诗歌作品的理解。

审丑的极端化色彩除了情感色彩外，在语言的奇异取向上还使丑和美站在对立的两端，做到"以丑为美"。这种思想突破很困难，要写出自然流畅的诗文语言就要具备驾驭语言的技巧。因此，在中唐诗歌的审丑中，我们很容易找到一些生僻的、陌生的词汇，也就是我们在阅读过程中会有一种陌生的、生涩的感觉。这种广义上的审丑效果也就是语言的极端化，将普通的意象变得新奇，如韩愈将散文的议论方法写进诗中，这样反常的手法也突破了诗歌原有的特点。中唐时期，勇于创新并运用审丑的诗人不少，固有的语言结构已经不能满足当下的诗歌要求，审美理想的变化也引起了诗歌语言结构的变化，语言也就成为扭转审美思维的媒介，传统的语言习惯和结构在这一时期被打破，这一时期的诗人更加喜欢创新、创奇。

第三节　中国诗歌中"审丑"的意义

一、古代诗歌审美意识的转变

中唐时期，各种思潮与倾向汇集，使唐代诗坛出现了大量的复古思潮与新乐府运动，这不是偶然形成的，而是中唐时期文人的一种自我觉醒。时代在不断变化，作为最敏感的文人，他们在这一时期的诗作最能反映出诗人的思想感情变化。这种变化主要体现在文学思潮发展上，受到新乐府运动与复古思潮的影响，诗歌的创作手法也打破了原有的传统语言结构，这时的诗歌意象具有创新性。创新在一定程度上是对传统的一种反驳，对原有观念的一种质疑，反驳的是一些传统的美。这种传统的美指的是像李白、杜甫这种追求高尚、美好的目标，同时这种美也在一定程度上令人产生自卑感，这样的美就有了一定的束缚感。为了摆脱这种束缚，文学思潮发展给创新提供了内在的动力，这时"丑"就成为反叛式的创新。创新是标新立异的产物，中唐诗歌发展过程也是一个不断创新的历史。这一时期的诗人创作将自身的特色反映出来，他们响应改变时代的号召，积极地突破限制，因此他们的诗中以许多丑陋的意象作为突破口，越是深刻的丑就越具革命力量。诗人在对这些丑进行描写时，经常利用病态、鬼怪、残疾的意象，而这些意象能够反映出当时现实社会的黑暗，他们在写实与虚幻之间形成了强大的张力，人性之美在此时也有了一定的解读，人们读后回味无穷、浮想联翩。从这一角度讲，中唐诗人在诗歌中开辟了一种新的审美观念，而这种观念使审美会不自觉地转变。

这一时期，较为显著的诗人团体有元白诗派与韩孟诗派。这两种诗派在诗歌创作上各具特色，诗派中的每位诗人也有不同的特色。在韩孟诗派里，韩愈所描绘的诗歌大多以雄奇壮丽为主，孟郊的诗显得更加拗折奇险，在讲到荒诞冷艳、奇崛愤激时会联想到李贺。诗歌文学像是一件艺术品，不同类型的诗歌构成了这件艺术品中不同的因素，而这些构成部分是相互依存的，诗歌中的审丑意象颇多，使诗歌创作风格不同。审丑是对传统保守艺术的突破。诗人将推崇写丑、写实的审美观点运用到诗歌创作中，打破了原有诗歌的审美惯性。虽然有部分创作过程是非理性的，但是没有受到完整审丑意识的艺术指导。在诗歌中呈现出的丑人、丑物、丑事正是之前诗歌所缺少的部分，也是诗歌审美发展的缺失部分。人在追求美的过程中更加需要丑，丑是真实存在于现实社会中的，如果没有丑只有美，那么这个世界是残缺的。丑在中唐时期找到了自己生长的土壤，也孕育出丑的果实。人在感受美、追求美的过程中能够体现出人感性的一面，但如果人缺失了感性的另一面——"审丑"，那么就会导致人的感性天平倾覆。不仅在文学创作上，在其他艺术方面也是如此。如绘画，在古代书画中也有许多"丑、老、病、瘦"的绘画意境，画家将审丑看作艺术追求的至高境界。这说明人的潜意识是需要审丑的，人的审美观念随着社会的不断进步也在发生着变化，丑也有着许多演化载体。

二、古代诗歌主题的延伸与拓展

中唐时期的诗歌百花齐放，也说明了诗人们有着不同的风格，其诗歌所呈现的意象也是丰富多彩的。在这一时期，丑的意象仿佛找到了些许相似之处，诗人们在不同题材上也开辟了新的领地。站在审丑的角度来看，诗歌的题材从两个方面与其他时代的风格有着明显区别：一是现实题材方面；二是怪诞方面。

诗歌的现实主义明显加强。盛唐时期，诗人们关怀天下，随着国家的经济繁荣与国势强大，诗人大多意气昂扬，希望自己建功立业，诗歌风格也是十分浑厚与雄壮。经历了安史之乱后，由于社会的动荡和政治的腐败，社会呈现出一派民不聊生的景象。像李白、杜甫在晚年也写了许多关于国家安危的诗篇。杜甫在诗中描绘了日渐衰落的唐朝现实状况，但其诗风仍有较强的壮志心态。随着历史的发展，国家的形势越来越差，现实社会中的矛盾越来越多，现实中出现一些丑恶现象，如欺瞒、贪污、愚昧、暴力等。面对这些现实状况，诗人重新思考直面现实，以至于他们的诗歌中蕴含着强烈的关注民生的意识，也有抨击黑暗现实的表达，这一时期的诗歌现实主义明显增强。诗歌是以社会现实为题材创作的，不能脱离现实，而这种现实主义精神促进了诗人发展。诗人们怀着热情写出了不同时期的真实现状。中唐时期，以孟郊、韩愈等为代表的诗人有意识地对丑进行了深入挖掘，仿佛他们要将现实社会所包裹的伪装揭露出来，让人们看到血淋淋的事实，贪官、污吏、昏君给人们带来的伤害是无穷的，但在诗人眼里这些伤害的意象是虚伪的，诗人通过丑陋的内在与丑陋的表面进行对比，突出了这些意象丑陋的本质。他们用现实主义的方式与现实中的丑陋做斗争，将现实中的假恶丑通通写入诗歌。中唐时期的诗人对现实有着更为深刻的认识，从他们的诗中就可以反映出来，那些丑陋肮脏的事物全部被挖掘出来。但是，中唐时期的诗人不仅有积极入世的一面，也有消极避世的一面，这是文人心态不同造成的影响，也是中唐时期思暗现实的影响，消极避世的心态带给诗人的是注重内心的审美感受，中唐诗歌中充满怪诞的意象也能进一步说明这一时代的风气。

中唐时期的诗歌另一个题材是有着怪诞的一面。韩孟诗派就喜欢使用怪诞意象。怪在古代通常被认为是天灾地妖,如地震、日食、月食等现象被认为是灾,伴有动植物的出现则被认为是怪。除此之外,还有"精",这也是被人们称为具有神力或灵魂的精怪。怪通常也指神、鬼等,这些怪的意象都被写入诗歌。使诗歌所描画的世界虚无高远,可以是仙界,也可以是远离人间的世外桃源,所要表达的是诗人想要逃避现实世界的内心诉求。诗人并不是真的想要逃避,而是借此来反衬社会现实的不堪,以及那颗想要改变世界的温热内心。中唐时期是"怪诞"意象大量出现并得到应用的重要阶段,内在动力则来源于诗人不断升级的审丑意识,使"怪诞"意象得到艺术化塑造,并演变成独特的艺术风格。

诗歌意象的选择也渗透着诗人的审美趣味,每一位诗人的生活阅历和个性不同,这使他们在诗歌中所呈现的感情色彩也有着个人风格。诗人的诗歌风格在很大程度上是对意象的审美过程中体现出来的思想个性和审美个性。众多诗人所创作的审丑意象不仅拓宽了诗歌的题材范围,也推动了诗歌审丑意象的现实意义。中唐时期,审丑意象被大量的诗人挖掘,这一时期,诗人对审丑的最大贡献在于他们将大量的有关丑的内容引入诗歌,并积极地进行创作,他们勇于寻找新的题材,从新的意象上找到怪诞。从情感角度来看,这些审丑意象的表达也是诗人对现实的批判。

三、古代诗歌对后世的影响

中唐时期的诗歌是唐诗的高峰。如果说盛唐时期是唐诗的顶峰,那么前人所看到的只是山峰上的秀美壮丽,而在中唐时期看到的是山坡下的荆棘曲折,这也表明了中唐时期的诗人是具有创新力的一批诗人,他们勇于打破传统的固有思想,积极探索创新的道路。长期以来被人所规避的"丑"在这一时期被诗人重视,让人们在关注美的同时也能够真正认识诗歌中的审丑艺术,不仅体现在审丑意象上,在方法、思想、语言上也对后人产生了重要影响。

　　这一时期的诗人风格各有不同，诗歌的影响也体现在多个角度、多个方面，可以分为两种情况：一是诗人个人魅力对后世的影响；二是群体对当时及后代产生的影响。从整体来看，中唐时期是唐宋变革的起点，这一时期的诗歌影响到唐宋时期的风格变化。中唐时期的诗歌具有整体的审美趣味，这也是诗歌意象美学的一个变化。无论是从诗的内容或从诗的形式上，都做出了重要改变，诗歌从边塞风光、山水田园延伸到现实题材，重生活、重现实逐渐成为主流，这代表着诗人审美层面不断发生变化，尤其是情感上变化更大。究其根源，诗人审美理想的改变是所有变化的根本动力。审美理想是在长期锤炼中形成和完善的，不同阶段的审美理想会有差异。如在中唐时期，安史之乱的爆发将盛唐拖入泥潭，兴盛的社会成为过去，到来的是无尽的战乱，百姓生活于水火之中，文人不再描画盛世乾坤，而是转为拯救支离破碎的苍生。此时期文人的审美理想是"复兴"，而精神复兴是真正内核。对于诗人来说，他们意识到想要"复兴"必须创新，重走老路只会重蹈覆辙。他们思想的转变不是一朝一夕的，而是经历无数创伤冲击后的痛定思痛。中唐时期的诗人开始创新，出现了元白诗派、韩孟诗派等创新代表，他们不再像初唐诗人那样处处寻找美和歌颂美，而是变成挖掘丑，通过塑造丑、表现丑来批判和揭露社会现实和人性本质。这带动文学领域在审美方面发生巨大转变，原有的审美结构开始崩塌，新的审美形式与方式大肆涌现，为审丑意识与审丑思想产生更强影响力打下了基础。

　　诗人们各有追求，在审美与审丑方面表现出不同特色，这成为多个诗学流派的内在力量。不同流派之间并不是水火不容的关系，而是相互交流与启发的，这也推动了诗歌的发展。以韩孟诗派和元白诗派为例，虽然两个流派的诗歌作品在美学风格上存在很大差异，但主流思想是一脉相承的。如韩孟诗派十分强调对丑的意象进行塑造，个性风格尤为突出，使诗人主体精神占据主导，其他意象会在主体精神下得到改造，成为进一步渲染主体精神的重要因子。韩孟诗派中每个人所运用的意象群及丑的方式都是不一样的。审丑意象不是诗人们的全部，如在韩愈笔下也有平易自然的诗句，目的也是修正审美自有的缺陷，通过直面"丑"的事物进行价值判断，这也是中唐时期的诗人与其他时期美学观念不同之处。韩孟诗派的独特审美风格给后人的诗歌创作带来了一定影响，在宋朝时期就有不少文人进行学习，在明清更是有大量的文人采用韩孟一派的审丑特色。在审美精神方面，韩愈是以不平则鸣的心态进行创作，而孟郊所发展的苦吟精神对后来李贺、贾岛的文学创作产生了深刻影响。孟郊的苦吟精神从某种程度上来讲是对精神的磨炼锤打，而这种精神属于审丑精神的范畴，正是这种审丑精神对韩孟诗派的文学创作产生了重要影响。

北宋时期，诗歌创作风格受到唐代诗歌的影响，以梅尧臣、欧阳修等为代表的文人也尝试走一条新的道路，他们对韩孟诗派的创作风格有着独特的赞赏，对其审丑精神和审丑美学现象给予了肯定。欧阳修在谈到审美对象时，能够发现其发展变化，这也是由于文人心理的变化而使审美心理产生变化。诗人善于将现实生活中压抑的情绪通过怪异的审美对象表达出来，这在一定程度上与审丑的意义是有相同之处的。审丑的意义在于将一些痛苦、忧伤、失落等感情因素释放出来，人们在对这些意象进行品味时能够看出其深层次的含义。在接受韩孟的审丑观点的同时，黄庭坚不再刻意注重形象、语言的奇特和僻静，而是通过多种形式对审丑意象进行打磨，以降低人们在接受审丑问题上的难度。因此，在接受丑化观点时，他既能接受韩孟的审丑精神，又能创新吸收审丑的精髓，为后来"以文为诗"的发展奠定了坚实的基础。宋代有很多仰慕和学习韩孟诗派的人，但黄庭坚、王安石、欧阳修等人多从广义的丑（即审丑的角度）及雄健笔法入手，真正敢于在诗歌中运用审丑的诗人是梅尧臣。梅尧臣对韩愈诗歌的成就也是非常赞同，并且对韩愈的审丑理念欣赏不已。梅尧臣对审丑有着独特的见解，他不仅继承了中唐以来的审丑精神，而且敢于将丑的内容写进诗歌，他宽容地接受丑，并在诗歌中拓宽了审丑的深度与广度。只有具备审丑的意识，才能真正挖掘审丑的含义。不厌恶丑、不害怕丑才是诗歌走向成熟的重要标志。

除了元白诗派和韩孟诗派之外，中唐时期运用审丑意象的还有柳宗元、刘禹锡、顾况等人。顾况是中唐时期第一个敢于提倡丑的诗人，在他的诗中经常出现一些恐怖、丑怪、破败的意象。诗人这种敢于打破传统的精神为后来的审丑开辟了新的道路，也影响了后代诗人的创新性精神。审美的发展是一个循序渐进的过程。从古典审美理想角度来看，那些丑陋的事物往往具有一定的审丑精神，而这些丑的内容也是文人们创作的重要题材。面对这样的变化与创新，我们要以辩证的角度来看待。刘禹锡、柳宗元是以丑抒愤的代表性诗人。永贞革新之后，这两位诗人被贬在外，这对他们的审丑风格形成起到了促进作用。他们的审丑风格大多是"以丑抒愤"的意象。如刘禹锡的《聚蚊谣》《养鸷词》，柳宗元的《蝜蝂传》《三戒》等，他们的诗歌刻画了世道人心，同时也能够体现出他们心中所积郁的哀怨。他们遭受巨大的打击，心中形成了强烈的不平之气，这些审丑意象不仅能够体现诗人的心理状态，也反映了社会生活的真实面貌，更是寄予了希望国家走向繁荣富强的社会理想。刘禹锡、柳宗元受到贬谪之后，他们的心理和身体遭受了严重的折磨，这在很大程度上影响了他们的审美心理和文学创作。诗人们通过对审丑意象的描绘，能够调节他们的心理，使那些存在于心底的哀怨得以释放。柳宗元认识到在不同的时代有着不同的审美理想，认为审美风格和趣味应更加多样化。他对韩愈的审美主张给予了肯定，反对世俗的偏见，这样的美学思想影响了他的创作实践，也对后世的文学创作有着积极的影响。当审丑思想逐渐步入诗人的视野后，他们用不同种类的意象来表达自己的情感，将内心深处的哀愁与痛苦释放出来，体现了他们对奸诈小人的讽刺，通过借助这些丑的意象来批判世事人心。在诗人的美学理念中虽然没有提到审丑，但其诗歌中展示的审丑意象已具备对现实的批判意义。

　　总而言之，中唐时期的诗歌审丑意象的意义主要体现在审美意识的转变，这在一定程度上与诗人的创新思维有巨大关系。另外，对诗歌题材内容的延伸与开拓也是这一时期诗人进行文学创作的重要特征。尤其是对后代诗人的创作方面有明显的影响，如宋朝时期的诗歌在题材内容选择上比唐朝时期要多很多，各种各样的丑都被写进诗歌，这一现象受到中唐时期审丑潮流的影响。中唐时期的诗歌已形成以审丑为主题的文学样式，但这不意味着审美特征被忽视，而在于审丑的特征成为诗人创作的重要手段。从辩证的角度来看，中唐时期的审丑文学虽然有一些弊病，但对后来文学审丑观念形成了重要影响。在中唐之前，很少有文人将审丑意识运用到文学作品中，也很少有诗人用在诗歌中，正是受时代变化的影响，推动了诗歌审丑的发展，在这一时期产生了大量的审丑意象。之前仅仅抒发个人的情感，很少正面描写丑陋的人或物，而是给人们带来一种新的审美体验，并且每一位诗人给人带来的审丑体验也是不尽相同的。这些诗人在创作风格上独具特色，值得肯定的是他们通过自己的情感体验和写作手法将审丑内容融入文学作品。中唐时期，诗人在审丑风格上的不同也说明了审丑在这一时期兴盛的特征。也可以说，中唐时期的审丑意识是人类文学思想上的一次革新，也是文学审美观念的重要转折点，对诗歌的思想意蕴和题材内容都有着开拓意义，极大地影响了后人诗歌创作。

纵观中国的诗歌，中唐时期的诗歌尤为独特，它不仅有美的一面，也有丑的一面。这一时期，政治局势与时代转变，文人心理得到重塑，使中唐时期的诗歌保留了一定的审美形态，也在此基础上敢于创新与突破，创作出许多审丑意象。人们通过不同的艺术表现手法，创造了一种全新的审美理念，也弥补了诗歌中缺失的审丑部分。值得我们关注的是，诗人作品中丑的意象，在初唐与中唐两个不同的时期所蕴含的内容也不同。诗歌中的一些丑的意象被作者有意识地推动成审丑美学，拓宽了诗歌创作的题材内容，并提升了审丑的意义。诗人通过这些诗歌批判了社会政治的黑暗，抒发了面对社会现实的悲愁，加深了审丑在批判现实和揭露人性方面的重要意义，而且大量的诗歌都反映了人世间的丑态，同时也是对底层人民的关怀怜悯。中唐时期的诗歌在审丑意象方面打破了传统的固有原则，开创了一种反叛式的美学价值。诗人在主题的开拓上标新立异，在现实和怪异之间描绘了独具特色的诗歌画卷，也为后人的诗歌创作提供了借鉴。诗人的审丑观念给人们带来了震撼的审丑体验，其中蕴含着对人性的批判，增加了许多人文关怀。宋朝时期，诗人在进行创作时也受到中唐审丑思潮的影响。北宋之后，审丑的创作风格也得到了发扬与传承。

第四章 中国元曲中的"审丑"

在中国戏曲中，特别是古代元曲，其"审丑"不仅在艺术表现上有其独特之处，而且在文化传承和价值观塑造方面具有重要的意义。古代元曲中的审丑观念强调对美与丑、善与恶的独特思考和表达，对戏曲及整个文化领域的发展产生了深远影响。古代元曲中的丑角，往往是形象丑陋、言行滑稽的角色。他们通过夸张的表演和滑稽的语言，引发观众的欢笑。这些丑角形象不仅是戏曲剧情中的角色，更是戏曲的一种标志性元素。通过这些特殊的角色形象，审丑在元曲中的地位得以彰显。古代元曲中的丑角经常运用滑稽幽默的表演，以及讽刺社会现实、权贵阶层等方式，引发观众的欢笑。他们往往以看似愚蠢的方式揭示社会问题，借喜剧的手法让人们更深入地思考社会现实。古代元曲中的审丑观念挑战了传统的审美观念。这种审美颠覆让人们重新思考美与丑的定义，认识到审美不仅是外表，还包括内涵、表现方式等多个因素。古代元曲中的丑角常常代表社会底层人物，他们的形象和生活状况反映了当时社会的一面。通过丑角的表现，元曲强调对社会底层人物的关注和尊重，使他们在戏剧中获得了重要的地位。古代元曲中的审丑观念在中国戏曲文化中具有重要的地位。审丑通过独特的丑角形象、喜剧与讽刺、审美观反思及对社会底层的关注，不仅丰富了古代戏曲的艺术表现，也影响了社会文化的传承与发展。审丑观念在古代元曲中的体现，为后世的戏曲演出和文化传承提供了重要的启示。

第一节　中国元曲中"审丑"的主要类型

与以美为传统的审美观相背离，元散曲家很多是以丑为美的，将人们平时不会多看一眼的"丑东西"写进作品中。元曲中的审丑不仅对社会现实中的丑陋面进行了揭露，还将人体及人性这两方面的丑体现出来。

一、元曲中的人物之丑

元曲中描写的人物形象与传统的诗词有不同之处，传统诗词中的人物更多是正面的、美的，而元曲中却融入了很多丑的内容，如有的人相貌丑陋，有的人肢体残缺，有的人智力低下，等等。女性角色在传统诗词中出现频率较高，她们往往容貌美丽，肢体动作柔和，给人以温柔似水的美感，但元曲中却很少出现这般描写手法，反而是描写丑陋元素的内容较多。元曲家往往不会"直言不讳"，即直来直去对人物缺陷进行描写，而是采取婉转方式，使人物缺陷不那么显眼，有些诙谐感和幽默趣味。人的外表丑包括长相丑、身体肥胖、肢体残疾等，视觉上会带给人们不好的体验，但在元散曲家的刻画下，丑依然是丑，不同的是没那么令人不悦，反而多了一些乐子。除了人的外表丑之外，人的内心丑也是丑陋的表现，元曲家在描画这类丑时也是匠心独到，通过语言、动作等描写，将人性中的残暴、虚伪、贪婪、妒忌等丑表现得淋漓尽致。元散曲家在人物丑的描写上具备较高功力，向人们呈现较为全面的丑的形象，但呈现并不是目的，关键是要引起人们的深刻反思，审视自身也审视社会，为完善自身与改变社会做出贡献。

在现实生活中，人们都喜欢美的事物，对一些丑的事物避而不及。每一个人都希望自己有美丽的面容，没有人希望自己的长相是非常丑陋的。人们更倾向于欣赏美。如在一群人中，人们的眼光常常聚焦于颜值较高的人，或者聚焦于气质强大的人，除非一些打扮奇怪的人能够博人眼球，否则不可能向一个长相丑陋的人投去欣赏的目光。人的外在美符合人的审美观念，一旦身体的某个部位产生缺陷，就会导致整个人物形象都是丑的，人们也不愿意欣赏这个人的外在特征。但是，元曲家将相貌丑陋之人写入散曲，并且成功地将其化丑为美，主要有三个方面原因：一是人们骨子里隐含着一种审丑的趣味。虽然在人们看来长相丑陋之人或身体有缺陷之人不是一种美，但是在欣赏作品的过程中当看到这些丑陋形象的描写时会获得一种愉悦感。也可以说是文学艺术创作赋予了丑陋形象的审美因素，也可以说是审丑体验。二是作者通过幽默、调侃的写作手法描绘丑陋的形象，使其产生一种喜剧感，能给审美主体带来愉快的审美体验。三是元曲家在进行审丑时表达了积极正面的价值理念和道德观念。元曲家在描写长相丑陋之人的作品中有一定的谐趣，如兰楚芳的《南吕·四块玉·风情》。在我国的文学作品中，男女之间的爱情一直都是人们喜爱的题材，在这类题材中，最具代表性的莫过于才子佳人，这样的爱情故事能够引发人们的愉悦感和好奇感。如王实甫的《崔莺莺待月西厢记》就描写了一个秀外慧中的女主人公，她是相府的千金，有着国色天香的容貌，男主人公是一个书生，正是符合了男才女貌的形象，两人在初次见面时都被对方的美貌吸引，由此萌生爱恋之情。书生被女主人公迷得神魂颠倒，而女主人公也被书生的相貌吸引。与这样的爱情模式不同，在兰楚芳的《南吕·四块玉·风情》中，男主人公是一个长相丑陋的人，女主人公也没有超凡的相貌，而且生性蠢笨。这两个人的爱情不是一见钟情，也不可能始于一见钟情，但他们的爱情却是朴实的、真诚的。"情儿厚""心儿真"，歌颂了男女之间纯真的美好爱情，兰楚芳在人物外貌丑的描写中表达了纯真美好的爱情，而正是这一正面的道德观念和价值观念，给人们带来了精神上的愉悦，将人们的目光从人物相貌上转到美好的爱情上。这都体现出元散曲家擅长将丑的内容转化为美的内容。

元散曲中一些描写人物长相丑陋的作品还有许多，如钟嗣成的《南吕·一枝花·自叙丑斋》，钟嗣成用诙谐滑稽的语句丑化自己的外貌，这种写作手法给欣赏者带来一定的愉悦感。作者丑化自己的相貌是为了充分地表现自己敢于与统治者斗争到底的勇气，他在这首散曲中还表达了对统治者不公的讽刺，也抒发了自己的愤怒之情。元曲家除了写人物长相丑陋之外，还写出了许多身体残缺的丑。作家将个体缺陷以夸张的方式呈现出来，以达到为欣赏者提供笑料的目的，也能借此批判现实和揭露现实。如杜遵礼的《仙吕·醉中天·妓歪口》、王和卿的《越调·天净沙·咏秃笠儿深》等，都是通过将人体缺陷的丑刻画出来达到一种可笑的效果。如在王和卿的《越调·天净沙·咏秃笠儿深》中描写了一个秃头男子，他用斗笠和头巾掩盖自己的面容，因为他秃了头，所以才将头和脸遮盖得严严实实。通过作者对该男子的外形描写可窥探其样貌一二，给人们带来一种滑稽之感。杜遵礼的《仙吕·醉中天·妓歪口》描写了一个妓女的丑陋容貌，"樱桃挫""杏腮多"写出了妓女的嘴是歪的，甚至她呼出来的气都往耳朵里吹；她的脸上没有血色，只能靠厚厚的腮红掩饰。通过幽默的文字写出了妓女嘴巴斜歪的特征，给人一种可笑的感觉。

还有一些元散曲是描写人的肥胖体形之丑，这一类作品具有谐谑、调笑的意味，比如王和卿的《小桃红·胖妓》中描绘了一个肥胖且丑陋的妓女。古代文学作品中妓女大多有着漂亮的容颜或婀娜的身姿，但在元散曲作品中却刻画了几乎不存在的身体肥胖、相貌丑陋的妓女。纵观古代的文学作品，很少将肥胖的妓女写进文学作品中，在现实情况下也很少有肥胖妓女出现在青楼里。但是在王和卿的这首散曲中，作者打破常规，将身体肥胖的妓女写进了他的作品中。"夜深交颈效鸳鸯，锦被翻红浪""一翻翻在人身上"，写出了妓女的身材过于肥胖，导致她的身子占据了床的一大半，她一翻身就压在了情郎的身上。全曲通过一些搞笑的情节制造出许多笑料。因为王和卿写出了胖妓的丑陋形象，所以才给人一种搞笑的感觉。这些描写人物之丑的作品虽然颇具庸俗性，却以幽默的笔法给人带来一种轻松感和愉悦感，另外，还有其他的正面作用。将人的身体缺陷写到作品中，是与传统相背离的，呈现出一种化丑为美的审美倾向。这类作品大多采用滑稽、幽默、通俗的语言，使作品散发出一种带有烟火气的"蛤蜊味"，具有一定的创新性。元散曲家所刻画的人物丑陋的形象大多是为了制造笑料，没有表达深刻性的主题，但不能排除这些元散曲家在写作时所表达的思想有一定的积极性，如钟嗣成的《南吕·一枝花·自叙丑斋》表达了作者对当时社会现实的讽刺与批判；兰楚芳的《南吕·四块玉·风情》表达了自己对淳朴、真挚的男女爱情的歌颂与赞扬。

元代的统治者恃强凌弱、昏庸腐朽、虚伪做作、剥削百姓、争权夺利，他们在选官时不看重人的才智。在这样的统治下，人民生活于水深火热之中，因此有许多人也就不再注重自我的道德修养。在元散曲中也有歌颂真挚爱情的作品，但更多的是揭露人性的虚伪、吝啬、贪婪等丑恶形象。

在无名氏《梧叶儿·嘲贪汉》中，作者运用夸张的写作手法将贪财汉的丑陋人性刻画得淋漓尽致。"一粒米针穿着吃，一文钱剪截充"，米要用针穿起来慢慢吃，钱也要用剪刀剪开慢慢花，这种极度夸张的写作手法将贪财汉的吝啬呈现出来。对于钱财，他一分一厘都不放过，他的贪婪本性被作者淋漓尽致地刻画出来。马致远的套曲《般涉调·耍孩儿·借马》与《梧叶儿·嘲贪汉》有着异曲同工之妙。马致远将马主人的动作、表情、语言及心理活动都描写出来，表现出马主人不愿意将马借给别人，但因各种原因不得不借所体现出来的犹豫和纠结，间接地写出了马主人的吝啬一面，也反映出人性丑陋的一面。在钱霖的《般涉调·哨遍·看钱奴》中，作者刻画了一个吝啬贪财的人物形象，这个贪财者为了金钱不惜一切手段，为了钱财不顾尊严，甚至连自己的命都可以不要，谋取了许多不义之财。作者对这一形象的刻画反映出当时社会人性丑陋的一面，也能够体现出作者看待世人的冷静目光。还有的作者揭露了当时社会中人性的劣根性，对人性的丑陋进行了强烈批判。无名氏的《中吕·满庭芳·刺鸨母》中描写了一个妓院里的老鸨，她为了夺取钱财，将一个年轻女子囚禁在妓院中，逼良为娼，深刻地表现了这个老鸨残忍贪婪的丑恶本性。在无名氏的《塞鸿秋·丹客行》中，作者描写了一个制丹之人，他靠炼制丹药谋取他人钱财，到处坑蒙拐骗。作者写出了人性的贪婪和道德败坏。元散曲家擅长采用诙谐的手法体现人性之丑，他们还将目光指向历代的君王。如张鸣善的《双调·水仙子·讥时》中就讽刺了统治者的装腔作势和虚伪，没有任何才能的统治者非要将自己装作英雄，实际上只是虚伪做作、装腔作势的流氓而已。

二、社会现实之丑

在元散曲中还有一些批判社会的审丑创作，主要表现在两个方面：一是揭露统治者的丑行；二是反映战乱给国家带来的破坏及给人民带来的苦难。

(一)统治者的丑行

元代，封建制度非常严格，统治方式非常残酷，统治者的行径也十分丑陋。我们通过元散曲就能感受到这一点，无名氏的《中吕·朝天子·志感》描述出统治者的有眼无珠，不能真正分辨愚笨之人和贤能之人，选用的官员都是一些愚笨的人。由此作者也提出了读书无用论的思想，揭示了统治者昏庸无能的丑恶形象，选取的官员都是一些没有读过书、不懂民生之道的人，深刻批判了选官制度的不公平现象。徐再思的《双调·蟾宫曲·江淹寺》也写出了元朝统治者在选官时的不公。作者表达了自己壮志难酬、怀才不遇的愤怒，也借此写出了当时的真实社会现实：元朝的统治者重武轻文，在选官时也采用重武轻文的原则。

由于元朝选官制度的不公现象，导致所选用的官员都是一些昏庸无能的人，以至于在官场上随处可见他们的荒淫行径和丑陋面目。元散曲家对统治者的丑陋面貌进行了批判和揭露。张鸣善的《双调·水仙子·讥时》就对统治者的虚伪做作和装腔作势进行了揭露，作者采用讥讽的手笔批判了那些身居高位的官员。这些官员没有真正的能力，只能依靠装腔作势来装英雄，这种行径可谓是丑陋至极。另外，作者也对统治者的荒淫行为进行了批判。由于官员的无能与昏庸，他们为了自己的利益而霸取老百姓的利益，老百姓被这些权势欺压。王乙对张鸣善的《双调·水仙子·讥时》评论到，这些官员没有理性地鱼肉老百姓，无孔不入地搜刮民脂民膏，显现出贪官污吏丑陋的本质面貌。这一散曲生动形象地描绘了统治者欺诈百姓的行为，揭露了统治者自私自利、不顾百姓死活的丑恶嘴脸。无名氏的《正宫·醉太平·堂堂大元》也揭发了元朝的贪官污吏为了自己的利益而滥用私权的恶劣行径。当时的统治者命令印制新钞，导致当时社会出现通货膨胀，货币贬值，甚至出现人吃人的现象。即便如此，统治者仍毫无作为，依然大量印制新钞，这深刻地反映出当时的贪官污吏为了一己私利不择手段，无视老百姓的疾苦。这种新钞法还导致官员与商人互相勾结，用假钞换真钞，导致民不聊生。张养浩的《中吕·朱履曲》也揭发了当时统治者为了升官而不择手段的丑恶行径，这些官员采用不正当手段为自己谋取利益，或者搜刮平民老百姓的钱财，深刻地讽刺了统治者追求享乐和贪污腐败的丑恶行径。马谦斋的《双调·沉醉东风·自悟》也揭露了统治者荒淫贪污的丑行，"青蝇竞血""白蚁争穴""虎狼丛"等词深刻地揭露了官场的丑行。

(二)战乱的灾难

战争给普通老百姓带来的伤害和破坏力是巨大的。在古代，战争是十分常见的。对于普通老百姓而言，他们最痛恨的就是战争。战争会给国家和人民带来巨大的灾难，导致人们失去亲人、失去生命。有很多文学作品描写了战争给人民带来的灾难，也表达了对战争的痛恨。

元曲中也有许多作品体现了战乱给人民带来灾难这一主题。如张养浩的《中吕·山坡羊·潼关怀古》，作者走过很多地方，看到了很多繁华的景象，在战火之后却烧为灰烬，由此表达了作者的悲哀。战火连绵不断，给老百姓带来了无穷无尽的灾难，作者写道："兴，百姓苦；亡，百姓苦！"无不反映出战争给人民带来的祸害，无论是兴盛时期或战乱时期，百姓都难逃苦难这一现实，揭示了封建统治者的残酷腐朽，同时也是对封建制度的强烈批判。这首散曲体现了作者爱护人民、忧国忧民的高尚精神。无名氏的《南吕·骂玉郎过感皇恩采茶歌·鏖兵》中也展现了在战争中两军厮杀的血腥场面，体现了战争给人民带来的灾难。两军在激烈战斗的过程中，牧民看到了血肉横飞、人仰马翻的景象，吓得牧民赶紧找个地方躲藏起来，藏在草丛中观察着战乱的场面，但又怕自己的牛羊被惊吓跑散了，其内心十分痛苦。这一散曲也描写出战争给百姓带来的苦难，突出了战争的血腥和残酷，无论是给士兵或普通老百姓都带来了严重的伤害。

三、日常生活现象之丑

元散曲中除了描写人物之丑、社会现实之丑外，还描写了日常生活现象的丑。元散曲中呈现的日常生活现象十分奇特或怪异，给人的视觉造成不快之感，具有明显的丑的特点。描写生活现象之丑的作品主要分为两个方面：一是积极向上的一面；二是单纯地以调笑为目的。表现积极向上一面的散曲很多，例如：无名氏的《中吕·朝天子·嘲人穿破靴》描写出书生穿着破烂不堪的样子，他的鞋子都是破的。作者依托鞋子这一破烂形象，呈现出一种生活中的丑态。作者写破鞋，不仅是为了嘲笑书生，还体现出对知识分子的同情。这些知识分子生活苦难，遭受统治者的压迫，作者用诙谐的手法表现了统治者残暴的一面。姚守中的《中吕·粉蝶儿·牛诉冤》中"血模糊""丑尸"这些词刻画了老牛被人宰杀之后的样子，给人的视觉带来强烈的冲击，给人一种恶心的感觉，呈现出不一样的丑态，表达了作者对这头牛惨遭杀害的愤怒。作者表面上是写老牛被宰杀的丑态和惨状，其深层含义是讽刺那些统治者。

有些元散曲中对日常生活现象丑恶的描写，仅仅是为了单纯调笑，没有深刻的内涵。如关汉卿在《仙吕·醉扶归·秃指甲》中巧妙地将秃指甲比作枯笋，显现出秃指甲的丑陋之处。宋方壶在《南吕·一枝花·蚊虫》中用幽默的笔调写出了蚊子的丑陋形态，令人发笑。王和卿在《双调·拨不断·丑如驴》中写出了一个样子丑陋、毛发长长的小狗，作者将它比作猪、驴，令人忍俊不禁。元代时期，元散曲家深受黑暗政治的迫害，内心十分痛苦，他们在创作时常常选用一些轻松的内容来愉悦自己，这类作品都是为了调笑自己和他人而作。

第二节　中国元曲中"审丑"的表现方式

了解了元散曲中审丑的几种类型，下面分析元散曲中的审丑方式。元散曲的审丑主要是通过诙谐的语言、讽刺的方式和夸张的手法这三种具有喜剧效果的艺术手段来完成的。在我国古代文学中处处充满着美，这也是每个人所向往的东西。丑与美都属于美学的范畴，丑能够转化为美，作家在文学创作时也没有忽略丑，他们将目睹的丑事物写入自己的文学作品中。元散曲的审丑是元代这一特殊时代的产物，与元朝的社会现实、人民生活和人民的精神面貌有着重要的联系。

一、诙谐的语言

元散曲家运用诙谐的语言进行写作，具有较强的讽刺意味。诙谐能给人带来一定的欢乐，可以增加文学作品的幽默感。元散曲家虽然对元朝的统治者和统治制度极为不满，内心十分痛苦和郁闷，但是他们无力回天。在现实生活中，他们没有与统治者对抗的资本，也无法改变当时的社会现状，但他们能将自己的不满写进散曲作品，可以用一种玩世不恭的态度来面对这个时代中一切不合理的现象，他们常常采用诙谐的语言来讽刺现实。元散曲读者大多是普通民众，这些民众长期受到统治者的残害，他们的生活十分痛苦和压抑，难以用一种轻松的心态来直面不堪的人生。因此，元散曲家通过诙谐的语言创作一些曲调来讽刺现实。元散曲家采用诙谐的语言来审丑，不仅揭露了统治者的丑恶行径、丑恶人性、丑恶的社会现象，也能给创作者和欣赏者带来一定的愉悦感，缓解他们精神上的压迫感，缓解封建制度和统治者给他们带来的痛苦。

睢景臣的《般涉调·哨遍·高祖还乡》用方言描述了汉高祖刘邦换装打扮成富人、装模作样的丑态，令人发笑。人们没想到他们大张旗鼓、欣喜迎接的汉高祖竟是和他们一起放过牛、身份同他们一样卑微的人，并且他们知道汉高祖还干过一些苟且偷盗的事：抢人们的大豆和芝麻，欠了人们的酒钱没有还。作者用诙谐的语言描述出这一可笑景象，令人忍俊不禁。这首元散曲揭露了汉高祖的龌龊行径和无赖形象，同时也给人们创造了一个观摩喜剧表演的场景，令人感到轻松愉悦。王和卿的《仙吕·醉中天·咏大蝴蝶》："弹破庄周梦，两翅驾东风，三百座名园、一采一个空。谁道风流种，唬杀寻芳的蜜蜂。轻轻飞动，把卖花人搧过桥东。"蝴蝶打破了庄周的梦境回到了现实中，它大大的翅膀在风中飞舞，花园里的花蜜全被它采空，谁说它是天生的风流种？吓跑了采蜜的蜜蜂。蝴蝶挥一挥翅膀就把卖花的人扇过了桥东。这种幽默诙谐的写作手法令人遐想无限。作者将蝴蝶的大翅膀化作一种喜剧化的形象，具有强烈的喜剧感。但蝴蝶又像怪兽一样丑陋，在采蜜的过程中把许多蜜蜂吓死了，还能把卖花的人都给扇飞。这首曲用诙谐的语言将花花公子到处拈花惹草的这一恶劣行径写得十分搞笑滑稽。刘时中在《双调·殿前欢·醉翁酡》中描绘了官吏下乡作恶的行径。这个官吏拿个空袋子到百姓家里搜刮财物，在百姓的园子里大喊大叫，横行霸道。百姓为了躲避官吏的剥削，躲到庄园外面，任这些官吏喊破了喉咙也没人回应，最终这些官吏气急败坏，把百姓庄稼毁了个一片狼藉。这首散曲将官吏的卑劣行为生动形象地描绘出来，刻画了官吏卑鄙的丑陋形象。

元散曲家采用喜剧化的语言，使其作品充满幽默感，作者的创作也表现出一种玩世不恭的心态，而作者的真正目的是用诙谐的语言来批判社会，表达了深刻且严肃的思想内容。这些元散曲至今都有着强烈的批判精神。在元散曲中还有一些诙谐意味更加浓厚的作品，这些作品没有深刻的社会性内容，但能够给欣赏作品的人带来强烈的愉悦感。比如赵彦晖在《仙吕·醉中天·嘲人右手三指》中描写了一个人的右手只有三个指头的生活景象。由于手指不全，这个人在生活中产生一些不便，他的动作也不优雅，作者将这些内容都转化成笑料，极其诙谐幽默的语言令人发笑。再如无名氏的《商调·梧叶儿·嘲女人身长》中描写了一个女人丑陋的形象，其笔法十分滑稽搞笑。"身材大，膊项长。难匹配怎成双。"白话的语言显得十分通俗，还透露着一种粗野之气。这些粗俗之语读来令人十分愉悦。元散曲作家在写这类作品时常常用诙谐的语言描写人物的丑陋，从而引人发笑，这些逗人发笑的丑陋形象在诙谐的笔法下显得更加滑稽有趣。还有一些元散曲家通过文雅之语和俚俗之语的结合营造一种诙谐感。由此可见，诙谐的元散曲不仅是为了制造笑料，也是作者独具匠心的艺术创作。作者通过诙谐的语言使元散曲变得更加幽默有趣，使欣赏者在欣赏的过程中除了了解其中的社会现状，还增添了一种轻松感和愉悦感，也给元散曲增添了更多的魅力。

二、讽刺的方式

在文学创作中讽刺是其中的一种表现手法，通过讽刺的方式将社会和人性中的丑恶面揭露出来，这种讽刺手法体现在文学创作的各个领域。我国的一些喜剧作家在进行文学创作时，正是采用讽刺的艺术手法，以搞笑的方式将反面角色的丑陋一面显示出来，达到惩恶扬善的目的。在元散曲的创作中也是如此，有许多元散曲采用了这一艺术形式。

元朝是首次由少数民族建立的大一统王朝，蒙古族处于统治地位，而汉族受到严重的歧视，除蒙古族之外的其他民族都处于社会的底层。在这样的社会环境中，元代的文人陷入入仕无门的境地，认识到在封建统治下选官制度的不公平和政治的黑暗，他们目睹了统治者及贪官污吏压迫老百姓的丑陋行径。文学家处于知识文化的前沿，他们具有敏锐的眼光，能看到社会中的真实现象，同时他们也多愁善感，善于将自己的情绪通过作品表达出来。元散曲家以一种轻蔑的态度讽刺统治者，对当时社会的黑暗及人性的堕落等丑恶现象进行了批判和揭露，表达了对封建统治的不满。

在元散曲中，作家采用讽刺的手法揭露了元代社会中各种丑恶现象。如马谦斋的《双调·沉醉东风·自悟》，这首散曲是作家对所目睹的社会现象的真实反映。马谦斋揭露了统治者卑劣贪婪的丑态，讽刺了他们为了利益不择手段的恶劣行为。在钟嗣成的《南吕·一枝花·自叙丑斋》中，作者刻意地丑化了自己的形象，将自己塑造成一个外表丑陋的邋遢形象。虽然自己是一个丑陋不堪且邋遢的形象，但在这样一个人物身上却有着一股反叛精神，敢于面对世界的黑暗与不公，敢于直面统治者。作者采用直白的语言抨击了统治者装腔作势、道貌岸然的姿态。从文中我们也能感受到作者内心的愤怒。钟嗣成正是以这样反叛的勇气批判和讽刺元代那些丑恶的人与丑恶的事，他通过文学创作，将自己内心深处的怨恨和情绪加以释放。在文学创作中，讽刺的艺术手法是一种喜剧性的艺术手法，元散曲家也采用这种讽刺手法批判现实生活中的丑，展现深刻的社会现实，使作品具有强烈的现实意义，也使作品的主旨更深刻。从元散曲家的审丑作品中可以看出他们不单单是为了表现丑，而是能够化丑为美，体现出对现实社会的不公，表达对底层老百姓疾苦生活的同情。

三、夸张的手法

元散曲家在进行审丑创作时，为了使所写内容更加突出，通常会使用夸张手法，尤其是对一些丑的内容的刻画，如对统治者的恶劣行径、人性的丑恶及社会现实的丑陋，采用夸张的手法能够更加深刻地讽刺这些丑陋现象。

如王和卿的《仙吕·醉中天·咏大蝴蝶》，作者在写这首散曲时是想讽刺那些堕落且行迹恶劣的花花公子，曲中表面上是写蝴蝶采蜜，实际上是写那些花花公子兴风作浪、寻花问柳的丑恶行径，作者通过夸张的修辞手法写出了花花公子的恶劣行为。"三百座名园、一采一个空"夸张地描写出蝴蝶采蜜将三百个庄园的花蜜都采完了，这显然是不可能的，作者夸大了蝴蝶的采集能力。文中的蝴蝶采蜜时把旁边的蜜蜂都吓死了，这也是采用一种夸张的手法。蝴蝶轻挥翅膀就将人给扇飞了，这里夸大了蝴蝶的翅膀之大。张养浩的《中吕·山坡羊·潼关怀古》是在救灾的过程中写下的。张养浩是一个清廉的官员，他爱民如子，但是在前往救灾的途中经过潼关触景生情，他为国家的政治感到悲哀，也能够体会百姓的艰苦，于是悲痛地写下了这首散曲。在散曲中作者描写了亲眼看到的被战争破坏的国土，"宫阙万间都做了土"，作者采用夸张的手法描述被破坏的建筑数量之多，体现出战争给国家和百姓带来的灾难之重，表达了作者对战争的痛恨、对国土遭受破坏的悲痛和对普通老百姓艰难生活的同情。还有许多元散曲家通过夸张的写作手法来描绘现实生活中的丑陋事物，体现了他们对社会不公的不满，以及对当时封建统治社会的批判与抨击。

第三节　中国元曲中"审丑"的价值

元散曲中的审丑是一个特殊现象，它在文学史上具有独特的价值。元散曲中的审丑价值主要在于它具有批判现实、反抗传统的精神价值和高尚的人道主义精神价值。它对后人的文学创作有着重要的影响，对当今的文艺活动有一定的启示作用。

一、元散曲中审丑价值的体现

元散曲中的审丑价值主要体现在两方面：一是批判现实、反抗传统的精神价值，揭露了社会中的丑恶现象；二是具有高尚的人道主义精神价值，也就是对人有着关怀和重视。

(一)批判现实、反抗传统的精神价值

"主文而谲谏"文学创作主张的提出对元散曲家的创作有着重要影响，"主文"指的是在诗歌创作时的立意，"谲谏"指的是运用一些委婉的修辞手法表达对现实生活中的不满或对统治者的批判。"主文而谲谏"的文学创作主张就是在创作时严禁直接揭露统治者的过失，而是通过委婉的修辞手法和寓意对统治者进行讽谏。这一创作主张思想的出现对古代诗歌的创作产生了重要影响，也为古代诗歌的含蓄蕴藉创作奠定了基础。

元朝是一个多民族的朝代，这也就促使元朝形成了较为宽松的思想文化环境。在开放的思想文化环境之下，元散曲家的文学创作呈现出与之前文学作品不同的风格和特色。元散曲家看到社会现实中的黑暗和丑陋面，如战争的杀戮、统治者的丑行、人民的苦难，他们感到十分愤怒和苦闷，恨不得将现实中的丑恶撕开给人看。正是由于元朝时期较为宽松的思想文化环境，元散曲家在文学创作上也获得了较高的自由，可以通过文学创作来表达心中的不满，即使是对统治者进行批判也不会受到严厉的处罚。在这样的环境下，元散曲家的文学创作空间很大，他们改变了传统诗歌固有的写作风格，用毫不隐讳的方式直白地写出了黑暗社会中的丑恶现象。如在关汉卿的作品《锦上花·不甫能择的英贤》中，作者勇敢地抨击了统治者的罪行，用直白的言语揭露出当时封建制度及选官制度的不公。

还有一些元散曲家在作品中直接讽刺了统治者的恶行和社会的黑暗。如滕宾的《中吕·普天乐》就揭露了统治者经常依仗权势剥削和压迫老百姓的丑陋行为。陈草庵在《中吕·山坡羊》中用锋利尖锐的笔法揭露了在元朝统治者的压迫下，老百姓遭迫害却无可奈何的现实。曾瑞深受孔孟思想的影响，虽然他一生都没有走上仕途，但他的人生信条却十分坚定，坚决推崇学而入仕。曾瑞也想通过自己的努力来高升做官，做官之后为人民造福，但是他的理想与黑暗的政治制度格格不入，他在黑暗的政治下屡遭挫败，认识到元代选官制度的不公平及官场的黑暗，因此他只能将自己的愤怒与不满写入文学作品中，如他的《般涉调·哨遍·秋扇合欢制》就批评了元代统治者选用的官员都是一些没有文化之人，甚至是一些昏庸无能之辈，更加可笑的是，这样的人做了官之后还装腔作势、卖弄文采。曾瑞对这些昏官进行了无情的揭露，"金玉其外，败絮其中"正是对这些做官小人的批判。另外，曾瑞也认识到统治者的腐败和官场的险恶，在作品中对此进行了直接讽刺。如《南吕·四块玉·叹世》《南吕·四块玉·酷吏》中都真实直白地揭露了统治者的昏庸腐朽及官场的险恶，老百姓在这样的环境下生活十分艰苦，也正是由于统治者的丑恶行径导致老百姓惨遭迫害。另外，还有一些是反映统治者发动战争对人民造成灾难的作品，如张可久的《卖花声·怀古》直接描绘了战争给普通老百姓带来的痛苦与灾难。

元代时期，在统治者的压迫之下，人性也相当的丑陋。元散曲家通过文学作品将一些人性的丑陋体现出来。相似的作品还有马致远的《般涉调·耍孩儿·借马》、无名氏的《商调·梧叶儿·嘲贪汉》等。元曲家通过在作品中揭露统治者的暴力行为，打破了传统文学创作的观念，也不会顾忌是否会侵害统治者的利益，用直白通俗的语言揭露了统治者的丑恶行径、贪污腐朽及选官制度的不公等。元散曲家通过大量的作品反映出当时社会中存在的各种丑陋形象，如战争的残害、人性的扭曲等。这都体现出元散曲具有较强的批判现实的精神和反抗传统的精神，对后人的创作有着重要的影响，也具有极强的现实意义。

（二）高尚的人道主义精神价值

元散曲家在创作时会受到儒家思想的影响，因此在一定程度上他们都具有忧国忧民的思想精神。在元代这一特殊时代中，由于遭受封建统治制度的压迫，民族歧视十分严重，官场的黑暗、选官制度的不公、统治者的贪污腐败及战争的影响，使普通百姓苦不堪言。元散曲家也深受其害，他们面临入仕无门的境地，同普通百姓一样处于社会的底层，生活也十分艰难与困苦。元散曲家能够将自身的生死放置一边，用儒者的视角和仁者的情怀来批判现实和关照黎民百姓。通过对元散曲家的作品分析可知，他们对社会黑暗的暴政进行了揭露，并且对那些遭受迫害的平民百姓给予了深切同情，体现出元散曲家对人们生存权利的尊重，体现出他们高尚的人道主义精神。

我们可以对张养浩的作品进行分析。张养浩创作的元散曲大多体现出对平民百姓生存权利的重视，也对他们遭受的苦难感到同情和悲痛，将这些悲痛转化为对贪官暴力的愤怒。他认为保护人民百姓是国家和官员最基本的职责，如果这些官员不能够履行这一职责，使百姓过上幸福安康的生活，甚至对平民百姓造成严重的伤害，不仅是违反了天命，而且会因昏庸腐朽而导致整个国家破灭。在他看来，国家的生死存亡与老百姓的生死都是国家和官员的基本责任，由此可以看出他的爱民思想。他主张人民富强，铲除那些扰民害民的政治行径。他认为与国家的治国之道和治国能力相比，爱护人民更为重要，他具有极强的人道主义精神。张养浩在《中吕·喜春来》中描写了救灾的过程。张养浩目睹了灾区人民饿死荒野的惨状，"满城都道好官人"也是对那些贪官污吏的讽刺，他批判了当时的统治者与官吏，揭露了那些为了发财而不顾平民百姓死活的丑恶行径，体现出作者对平民百姓疾苦的体恤，也体现出作者高贵的品质和高尚的忧民情怀。张养浩在《中吕·喜春来》中还写到灾区老百姓都被活活饿死，不由得感叹老百姓的生命可贵，我们也能感受到作者对普通百姓的重视和赞扬，表达了悲痛之情，作者将他的悲痛转化为对那些贪官暴力的愤愤之情，他希望能够亲手杀了那些扰乱天下的官员，使天下的民众不再受这些贪官污吏的压榨，希望自己可以拯救老百姓，由此可见张养浩的爱国之心十分深厚。作者在元散曲中表达了对生存权利的重视及对生命价值的高扬。他站在一个仁者的角度审视整个世界，从中能够感受到他的人道主义精神。

元散曲家张可久也是一个充满人道主义精神的人。当他看到元朝社会的黑暗及世态的悲凉，更加能够体会普通人民在这样的社会中所承受的苦难。他在《卖花声·怀古》就深刻地表达了对老百姓的同情之心。作者作为一个读书人，处在元朝的统治下，有着为民请命的远大理想，但他只能一声长叹。从作品中能够感受到作者在经历仕途失意的情况下所体现出来的那种苦闷，作者之所以有这样的伤感及忧愁，主要在于他有着治国平天下的理想，但是这些理想被掏空，只能眼看着普通百姓在统治者和贪官污吏的残暴下承受苦难。还有一些元散曲家在作品中抒发了对元朝统治者丑陋行径的愤怒，以及对人民遭受苦难的同情，体现出元散曲家对人民的关怀，以及对民权的重视和生存权利的强调，这种人道主义精神也深深地打动了读者。

还有一些元散曲家通过文学创作直接讽刺统治者的残暴恶行，以及贪官污吏为了一己私利剥夺老百姓财物的丑恶面貌，表现出元散曲家对普通百姓的关怀。这些作品也体现出元散曲家高尚的人道主义精神。如无名氏的《双调·清江引·讥士人》中嘲讽了张士诚的属下，将他比作令人恶心的虫子，揭露了他横征暴敛，四处乱窜，搜刮民脂民膏，导致许多老百姓倾家荡产的丑恶行为。这首作品体现了作者对张士诚这类腐败官员的愤怒及对平民百姓的关怀。

元散曲家通过文学创作讽刺了元代社会的黑暗及统治者的丑陋面貌，对平民百姓给予深切同情。元散曲家大部分是汉族作家，也有少数民族的作家，包括蒙古族的作家。这些蒙古族的作家不仅摆脱了民族歧视的风气，还用一种客观的态度审视社会、揭露社会，通过大量的文学创作揭露当时社会的黑暗及统治者的丑陋行径，表达了关怀人民的情感，具有一定的现实主义精神。比如在阿鲁威的《双调山鬼》中，作者就对元朝的世道产生了质问，那些统治者和官吏腐败至极，这个国家还如何壮大？作者这一反问是对当时社会现实的反映。在元代中后期，那些皇亲贵族为了争权夺位出现互相残杀的局面，导致整个朝廷乌烟瘴气，那些官吏的性命也自身难保，此时的老百姓更是惨遭迫害。这首散曲不仅表达了对友人的劝慰，还表现了作者对现实社会的不满，对老百姓生活的担忧与关注。

二、元曲中审丑价值的影响

元散曲批判现实、反抗传统的精神与高尚的人道主义精神对后来元杂剧的创作有着重要影响。元散曲与元杂剧都属于元代时期的作品，两者之间相互影响，在审丑的表现手法和精神体现方面都有着紧密的联系。另外，元散曲的审丑还对明散曲的创作有着直接或间接的影响。

(一)元散曲与元杂剧之间的相互影响

元散曲和元杂剧都称为元曲，相对而言，元杂剧的出现较晚于元散曲。元杂剧在文学创作方面取得了极大的成功，留下了许多值得人们传唱的名作，任何文本创作都要经历一个从初始到成熟的发展历程，元杂剧也是如此。学者周维培说过："对于一个曲作家而言，他首先要成为一个知音晓律的人，并对曲子的创作方法熟稔于心，还要经过严格的曲律训练，才能够真正进入作品创作中。"曲作家在创作时必须熟悉曲作的体例和格式，还要了解曲作的语言风格，只有将这两点准备好才有创作元杂剧的基础。元散曲在风格、格式方面与元杂剧有着类似之处，因此有许多元杂剧作家前期通过写作散曲来练笔。元杂剧作家在散曲写作时形成了固定的格式、风格，在题材内容上也有着固定的体例，随后他们进行元杂剧创作时，多少会受到元散曲的影响。这两种文体出于同一时代，尽管在写作秩序上或者过程上，散曲先于杂剧，但总体而言，两者之间是一种相互影响、相互促进的关系。

由于元散曲和元杂剧都产生于元代这一黑暗的社会，这些作家都见识到现实生活中的丑恶面貌，他们都处于社会底层，身份卑微，都是知识分子，但没能得到重视。元散曲家通过文学创作讽刺了那些统治者腐朽残暴、鱼肉老百姓的丑恶行径，揭露了元代时期人性的丑陋与扭曲，同时也体现出对平民百姓的深切同情，体现出批判现实、反抗传统的精神与高尚的人道主义精神。这也深刻地影响了元杂剧的创作风格。元杂剧作家通过杂剧的创作来揭露统治者的丑陋行为，揭露了社会的黑暗，并对其进行严厉的讽刺，一些元杂剧中还反映了在黑暗统治之下人民的疾苦及人性的丑恶，抒发了作者的愤怒之情，并表达了对人民生活苦难的同情。由此而知，元杂剧与元散曲体现的精神特质是一致的，两者的审丑观念是相通的。

关汉卿的元杂剧作品就具有强烈的批判意义，从他的作品中能够反映出当时社会丑恶的一面以及对人民生存艰难的感慨和同情。关汉卿生活于元代，生存在这样的环境中，他能够以清醒的头脑面对现实生活中的黑暗面，他站在人民的立场上，大胆地将现实生活中一些横行霸道、贪赃枉法的行为写入作品，对政治的黑暗腐朽与贪官污吏进行了强有力的批判，对人民的处境给予了强烈同情，他的作品《窦娥冤》就真实地体现出这一点。关汉卿通过虚构和想象的写作手法，表现了对统治者和贪官污吏丑陋行径的批判，同时也寄予了对窦娥的深切同情。从作品中可以看出关汉卿批判现实的精神与强调生存权利、关爱人民的人道主义精神。

另一位元杂剧家也同样批判了社会的丑恶与人性的丑陋，这位作家就是郑廷玉。他在《看钱奴》中讽刺和抨击了现实的黑暗与奸诈小人。恶劣的行为是人丑陋本性的外在体现，从这些人的恶行中也能看出他们狡猾、贪婪、忘恩负义的本性。作品从人性的角度上升到对社会的批判，体现出无畏的批判精神。还有许多元杂剧作品是对黑暗现实的抨击与批判。从以上几部元杂剧中可以看出，元散曲与元杂剧都是从审丑的角度进行创作，无论是从艺术表现手法或精神特质方面都有着紧密联系。

(二) 对明代散曲创作的影响

在元代这一特殊的社会环境中，元散曲的出现是历史必然，在文学史上具有重要的地位，也对后代文学的创作有着积极的影响。元散曲中的审丑对明代散曲的创作产生了重要影响。明代的文学家对元散曲有着较高的评价和认识，如朱权与贾仲明对元散曲高度认可，十分认同元散曲在文学史中的地位。元末明初，贾仲明作为元散曲家的晚辈，通过文学创作来悼念元代的一些元散曲家，如在他创作的《录鬼簿续编》中就深刻地悼念了高安道、关汉卿等几十位散曲作家，从作品中能够看出贾仲明对元散曲家的推崇态度。朱权的作品《太和正音谱序》中写道，"采摭当代群英词章，及元之老儒所作"，书中提到的"元之老儒"指的就是元散曲家。

明代的文人对元散曲家及其文学成就高度认可，因此明代的散曲家一定程度上沿用了元散曲家的创作方法。在元散曲家的作品中审丑是重要内容，也就意味着审美观念也在不断进步，明代散曲家也正是吸收了元散曲家的这种审美因素，沿着元散曲家的写作风格和创作轨迹，进行了审丑文学的创作。元散曲中的审丑所体现的人道主义精神与批判现实的精神对明散曲的影响是深刻的。

我国古代文学中到处都充满着美，美也是每个人所向往的，热爱文学的学者更倾向于研究文学中的美。美与丑都属于美学范畴，丑与美紧密相连，并且丑也可以向美转化。在古人的文学创作中经常体现美，但也没有忽略丑的存在，这些文学家将自己的亲身感受和目睹的丑的东西写入文学作品中。元散曲中的审丑是元代这一特殊时期的产物，与元代的社会面貌、人民生活状况有着密切联系。其审丑因素的形成主要与元朝的思想、政治、文化、美学和文学这五个方面有着重要关系。元朝文学创作处于一个较为宽松的思想文化环境，这为元散曲的审丑提供了重要条件。再者，元代的政治十分黑暗，社会矛盾十分尖锐。文学家面对苦不堪言的悲惨环境产生的苦闷与悲愤使其审丑的创作出现。元朝市场经济和商品经济的发展，也使文艺产生了商品化的性质，促进了市民阶层的崛起，元朝的市民成为元散曲的主要欣赏主体，这些条件也决定了元散曲家在进行创作时要符合市民的审美趣味。

元朝时期，实行民族等级制度，实行的是民族歧视和民族压迫政策。在统治者的残暴行径之下，当时的文人处境十分窘迫，百姓的生活也非常艰难，甚至百姓的生存都成了问题。元散曲家正是感受到这一社会问题，看到了现实生活中许多丑陋的东西，他们将这些丑陋的东西写进文学作品中，揭露了战争的祸害和统治者的丑行，以此表现社会现实中的丑，表达自己的悲愤之情及对平民百姓的深切同情。此外，由于元朝思想文化环境的宽松，这些元散曲家还写出了许多体现人性之丑、人体之丑的作品。这些不同的丑的内容共同构成了元散曲的审丑不同方面。元散曲的审丑艺术在表现形式上也有新的拓展，讽刺和诙谐的语言、夸张的写作手法等都有深入地发展。元散曲的审丑价值能够体现出高尚的人道主义精神和批判现实、反抗传统的精神价值，这两方面的精神对前代文学传统不仅有继承，还有创新。从文学史的角度来看，元散曲的审丑也对后代的文学创作产生了较大影响。元散曲与元杂剧的审丑方面呈现出互相影响的现象，元杂剧家也通过创作表现了当时社会的黑暗、普通百姓的生存之苦，表达了对他们的深切同情，体现出高尚的人道精神和批判现实、反抗传统的精神。

第五章 中国小说中的"审丑"现象
——以当代小说为例

在中国小说中，"审丑"涉及对美与丑、善与恶、道德与品德的思考和表达。这一概念在小说中通过刻画人物性格、行为，以及通过情节的安排和描写，展现了不同层面的审丑观念。从小说内容方面看，其"审丑"往往体现在人物性格的塑造、善恶对立的描绘、伦理观念的探讨、社会环境的影响及情节发展中的道德冲突等方面。中国小说中的人物形象通常有着丰富的性格特点，涵盖了善良、仁慈、勇敢等正面品质，以及自私、狡猾、虚伪等负面品质。通过对人物性格的塑造，小说反映了审美观念中的美丑对立。小说中经常出现善良的主人公与邪恶的反派角色之间的对立，这种对立的存在使读者能够更加清晰地认识到善与恶的界限，从而引发思考。中国小说中经常描绘人与人之间的家庭、友情、爱情关系，通过这些关系，展现了道德观念的复杂性。例如，对于亲情、友情的处理，揭示了对审美和道德价值的不同看法。小说的情节和背景通常与一定的历史时期和社会环境相联系。通过社会环境的描绘，小说反映了当时社会的价值观和道德观念。小说的情节常常涉及主人公在道德层面的抉择。他们在面对困境和诱惑时的选择，揭示了他们对美与丑、善与恶的理解。中国小说中的审丑观念贯穿于人物、情节、伦理关系和社会环境的各个方面。小说通过塑造人物性格，描绘善恶对立，探讨伦理观念，呈现社会背景，展示情节中的道德冲突，达到了传达审丑观念、引发读者思考的目的，多层次的审丑观念丰富了小说的内涵，也为读者提供了对美、善和道德的思考空间。

第一节　小说中出现"审丑"现象的主要原因

一、中国的现实语境

文学的意识形态是对社会存在的一种反映，是建立在社会存在条件下所产生的。新时期小说创作中开始出现以审丑为范畴的文学作品，这些作品从客观层面对社会文化及现实基础进行了描述。自"文化大革命"结束之后，一些新时期的小说成为当时的热潮，正是在这一时期通过对"文革"的深入了解和反思，中国人由此形成了审丑的意识。社会环境的变化为人们压抑的心理提供了自由的空间，人们压抑过久的个性得到了释放，为审丑意识的形成提供了必要条件。"文革"结束后，政治形势也发生了改变，人们开始对"文革"时期的思想纪律进行反思和怀疑，掀起了一波反省的潮流运动。中国作家协会也提出了自由创作的口号，这有利于作家在选择题材和表现形式上更加自由，可以充分抒发自己的情感，表达自己的思想和对事物的看法。有助于作家写出真实的生活现象及反映人的精神世界的作品，在新时期的小说中，人们对审丑现象的描绘也越来越多。

20世纪八九十年代是中国社会改革开放的转型时期，这一时期我国社会主义市场经济逐步发展，极大地推动了经济的腾飞与发展，也催生了一系列社会现象，其中包括以金钱和利益为中心的价值观念、欲望的无限扩张及伴随而来的丑态和畸形现象。市场经济以其竞争和利益导向的特征，鼓励人们追求利润和经济利益。为了满足物质需求和追求经济增长，人们被鼓励释放欲望，积极参与市场竞争。然而，在这个过程中，一些人为了谋取私利不择手段。物质欲望的无限扩张导致了价值观的扭曲，原有的道德和伦理观念受到冲击，社会风气逐渐变得浮躁和功利。这种膨胀的欲望和价值观的变异形成了丑的存在。这一时期，社会快速变革使人们很难及时适应，心理上容易产生焦虑、冲动、压抑等负面情绪。社会对物质的过度追求导致人们的原有价值观念出现混乱和错位，对个体、社会和文明产生了负面影响。人们的价值取向受到扭曲，缺乏正确的道德和伦理约束，容易陷入丑陋的欲望泥沼，而这种社会现象也为文学创作提供了审丑的丰富素材。因此，在市场经济与改革开放的影响下，产生了一系列具有审丑性质的社会现象，这些现象突显了市场经济所催生的丑态、价值观的扭曲和社会心态的转变，为文学创作提供了丰富多样的审丑内容，让文学作品能够深刻反映和探索这一特定时代的人性、社会和道德困境。

二、西方现代文艺影响

中国审丑意识的出现离不开西方现代及后现代理论的影响。20世纪，"丑"作为一个独立的审美范畴在西方被确立下来。审丑意识的出现离不开时代变化过程中丑的存在。近代西方社会出现了人与自然、人与社会、人与自我之间的异化，世界大战的腥风血雨，导致人们丧失了理性、信仰和价值理念。当时社会中呈现的是混乱、畸形、疯狂、变态等现象。社会的危机使人们的生活状态出现异化，这也是以丑为艺术展现形式的客观原因。随着人们心中非理性一面的张扬和探索，人类的自我意识得到了充分觉醒。之前的理性并没有给人们带来幸福，因此人们开始转向对非理性事物的追求。在对非理性追求的过程中，人们有了审丑的能力，不断地对人类的负面文化进行挖掘，这是审丑形成的主观条件。审丑的艺术形式打破了传统的文化展现形式，将"丑"纳入文学作品，直面社会中颓废的现实状态，通过文字和绘画大胆地表现困惑和绝望的情绪。这时期西方的文艺开始大量出现"丑"的作品，丑以独特的姿态进入文学的殿堂，同时也冲击着中国的主流文学，面对西方"丑"的文化，一些中国作家也开始考虑中国文学与世界文学接轨的问题，并对西方文学进行研究和探索。

另外，中国受到西方哲学思潮的影响，当时先锋小说的实践也影响了审丑理论的形成和确立，我国先锋小说中的丑是建立在哲学基础上的，是存在主义和形而上的丑，这在一定程度上与西方现代审丑文学有着相似之处。中国先锋小说的审丑特征离不开西方哲学思潮的指导。

三、作家自觉审丑意识的形成

人们对美的认知，除了要有美的存在之外，还要有对主体的审美能力。马克思曾经说过："只有音乐才能激起人们的音乐感；对于不辨音律的耳朵来说，最美的音乐也毫无意义。"对于审丑小说而言，作家审丑意识具有决定作用，作家自觉审丑意识的形成必须具备两个条件：一是关于丑的对象必须客观存在；二是作家要有主观审丑意识。艺术家创作的作品是被人们欣赏的，因此在现代艺术作品中以丑为独立的审美范畴需要具备创造和欣赏丑的主体。近代中国作家的审丑意识形成，与"文革"的现实状况、西方现代的文艺和西方哲学思潮有着密切关系。

"文革"期间，社会的动荡使人性得到了更多的表现机会。一部分青年学者说"文革"是展现人性恶的重要表现。尤其是经历过"文革"的作家，他们对丑更有一种感性的认知，并且深受现实状况的触动，感受到一种真实的情感和生命体验，对丑有了新的认识。作家对"文革"期间这段历史的反思，写出的新时期的小说具有强大的现实意义和思想深度。对"文革"的反思转变了作家的审美观念，也是审丑意识形成的重要条件。

在改革开放以来，我国的经济建设迈出了重要步伐，作家在面对改革开放的现实状态下，目睹了欲望驱使人们产生各种丑态，暴露出人性的丑恶。另外，随着物质生活不断富足，人们却显得更加压抑，没有更多的自由空间。一些人讲究物质享乐，成了赚钱的工具，他们追逐金钱和名利，变得像机器一样枯燥无味。在这样的情景下，人成为一种工具和物件。人与人之间的竞争也在不断加大，物质利益磨灭了很多人的良知，导致这些人失去了基本的情感。随着时代的不断发展，人性的范围也逐渐扩大，人的自觉意识也不断提高，非理性的一面得到发扬，现在的人们具有承受和理解丑的能力，由此审丑的主体也随着时代的变化而逐步形成。尤其是以新时期作家为首的审丑意识的形成，也深受现代西方文艺与哲学思潮的影响。西方现代文学理论及哲学思潮不断涌入中国，由此知识分子感觉到眼前一亮：原来可以将人的现实生活这样描述，通过将人的焦虑、苦闷、悲苦等真实体验作为作品的主体，这在一定程度上使中国作家与西方的文艺作品产生了共鸣，由此中国作家的审丑意识才逐渐形成。

受到"文革"的影响及改革开放市场经济的不断冲击，中国审丑文学的产生得到了基本条件。"文革"期间给人们造成的苦难以及对人格的蔑视，对人性的无视，再加上改革开放和市场经济中人类的欲望愈加膨胀，形成了各种形态的丑，这为新时期小说提供了丑的内容。受西方文艺与哲学思潮的影响，作家对审丑的意识也有了重要改变，为其描述审丑的理论提供了重要思路。

第二节 "审丑"现象在不同小说中的体现

一、不同流派小说

(一)寻根小说

自 20 世纪 80 年代以来，寻根小说逐渐展现了审丑的概念，通过作品对现实生活中的性格特点进行描述，并对民族文化产生否定意义。这时期的寻根小说在主体选择、场景设置和人物塑造方面体现了审丑文艺的特点，揭示了中国民族生活中的劣根，引发了社会的反思。寻根小说以寻找民族文化、历史和根源为主题，试图探究民族认同和文化传承。然而，一些寻根小说通过审丑的视角，强调了民族生活中的残酷、野蛮等不堪的现实。这种审丑意识对民族文化进行质疑，用恶心和惊悚的手法描述了现实社会的丑恶一面，其审丑的创作手法突出了对落后、愚昧、虚伪等民族劣根的揭示，引起了读者的深刻反思。例如，韩少功的作品《爸爸爸》描绘了封闭、愚昧的人物生活和野蛮的鸡头寨，凸显了偏远山寨的原生态生活。作者以审丑的视角刻画了这种迷失自我的愚昧，展现了落后衰败的生活景象。这种作品不回避描述社会阴暗面，通过审丑的手法彰显了人性的扭曲和社会的陷阱。

寻根小说中"异化"的形象常被理解为先天性的身体缺陷，或由于外部的力量对个体所造成的伤害。寻根小说中人物的异化形象也就意味着支配人行动的理性的丧失，人只能被动地接受命运，失去了自我掌控的能力。韩少功的《爸爸爸》聚焦于湘西原始部落鸡头寨的历史变迁，向广大读者展示了封闭、愚昧的落后文化形态。首先，在小说的开头，作者意味深长地描写了"丙崽"这一侏儒且愚钝的人物形象，这与其他小说中光鲜亮丽的主人公形成了鲜明的对比，具有一丝的荒诞意味。丙崽一出生就是一个怪胎，可以几天不吃不喝，他只会喊"妈妈"和"爸爸"，他的眼睛显得十分呆滞，没有任何的精神，他的脑袋也像是一个葫芦，与他人不同。这个丙崽身形矮小，从小就受尽他人的欺辱，整天以假面的形式活着，可以说他的存在就是这个时代的悲剧，一方面是由于他发育不全；另一方面是他周围的环境氛围十分愚昧落后，导致丙崽走向了悲剧的人生，可以说丙崽的悲剧不仅是鸡头寨的缩影，也是整个社会无意识悲剧的产物。人物形象"异化"的展示，取代了许多修辞性的语言，避免了在人物塑造过程中掺杂一些主观情感，可以说这种"异化"的悲剧不仅透露出人们对命运的不可操纵性，也暗指人物自身的无助和焦虑。丙崽是先天性的发育不全，他作为异化的载体从小就被剥夺了话语权，他内心的苦闷与孤独不能够表达出来，在受到别人的欺凌之后，由于自己不会说话而不能为自己申冤。丙崽的宿命悲剧主要包含三层含义：一是丙崽在出生之后就没有了父母，他看到任何人都喊"爸爸"，但他却没有真正见过自己的爸爸，听说他的父亲是嫌弃妻子的丑陋，还有对他这个儿子十分不满，就丢下了他们母子俩没有回来，他的母亲在一次上山采摘野菜再也没有回来，有人说他的娘被蛇咬死了。最终丙崽成为一个无父无母的孤儿。二是由于丙崽先天性发育不全造成身体的异化，这也是他被周围人看来是一个物件的原因，整个鸡头寨认为丙崽是一个无用的人，也导致丙崽和寨子里人的关系有了严重的隔阂，不能真正融入社会。这种非常态的异化形象常常会被人们排斥，这些"疯子"和"愚人"摆脱了现实社会中各种规章制度的束缚，但无法摆脱对世界产生的陌生感。新时期小说中有许多"异化"人物形象的塑造都突出了他们与社会的格格不入，体现在他与社会之间的一种陌生感。这种陌生感在丙崽的身上十分明显，在鸡头寨中有着用人祭祀谷神的传统，而且会通过抽签来决定谁来被祭祀，当抽中丙崽时，人们都认为是理所应当，在将丙崽抬入祠堂的途中天空劈下了一个雷，而鸡头寨的人认为是古神不满丙崽的肉身才发出的警告，这也意味着丙崽第一次死亡宣告失败。在之后寨子之间的斗争中，丙崽却被寨子里的人当作神灵的化身，将寨子的命运交给这个被人们所遗弃的孤儿，丙崽从出生到死，自己的生死做不了主，而他的生死也由寨子里的村民说了算，丙崽的命运仿佛是天生注定的。三是由于丙崽求生不能求死不得，不能够主宰自己的命运其实是一种宿命。他生下来就被家人抛弃，在成长的过程中也遭受村民的鄙视和谩骂，对于丙崽而言活着就是一种痛苦，可能只有死亡才能摆脱，但是命运又让丙崽活了下来，他从悬崖上跌落之后竟毫发无损，喝了药也没有反应。丙崽一次又一次地被村子里的人抛弃，活着也在一定程度上象征着对愚昧封建文化的反击。

　　通过分析"丙崽"这一形象我们可以发现，他在无形中代表着这个社会最真实的"恶"，由于父亲下落不明、母亲又是外地人，丙崽在寨子中的社会地位十分低下，鸡头寨的任何人都可以随意欺辱他、不用担心受到惩罚。"性恶论"在这个落后的小村寨中体现得淋漓尽致。首先，在整个鸡头寨中，整个寨子人们的思想都是落后且愚昧的。例如，祭祀是鸡头寨的重头戏，也不是使用一般常用的猪牛羊肉，而是使用人肉，这样的愚昧思想也正是导致丙崽悲剧的导火索。其次，是对集体决议的盲目信任。在鸡头寨中，人们的生死大权并不是由自己掌握，而是由摇签决定，美其名曰"这是上天的安排"，实际上这是极端不合理的，在鸡头寨这样落后的小村寨中，受这种原始的祭祀文化影响，使大多数人失去了自我判断的能力，盲目地服从集体决议，甚至仲满裁缝这样的老人还迫切地希望自己能够成为"祭品"，向往着坐桩而死的"美好结局"。最后，丙崽的一生只会说两句话：一句话是"爸爸"，另一句话是"妈妈"，这是为最后人们对丙崽只会说"爸爸"和"妈妈"两句话契合道家阴阳学说而将其奉为神灵埋下伏笔。由此我们可以看出，整个村寨的人都陷入一种对封建思想、对神灵的盲目崇拜之中，还试图通过解读丙崽的言行来预测村寨冲突的结果。这些实际上都是作家韩少功先生在湘西巫蛊思想影响下完成的文学构思，是对封建、愚昧、落后思想的批判。

　　在韩少功另一部小说《女女女》中，幺姑刚开始也是一个对生活充满希望的人，年轻的时候也是一个灵巧的小姑娘，但是她被别人抢去做了小妾，后来她的丈夫死后，人们认为是她害了她的丈夫，她差点被人们活活杀死。幺姑也经历了各种各样的劫难，但始终都没有获得自由，幺姑后来又嫁给了叫李胡子的男人，而这个李胡子什么事都干得出来，甚至吸食鸦片，他吃喝嫖赌一样也落不下，后来因为难产，幺姑没有保住孩子，她的耳朵也哭背了。幺姑在经历这两次失败的婚姻之后，再加上失去孩子，原本就不幸运的她更是雪上加霜，然而在村民看来她这是罪有应得的，而且还会破坏整个村子的风水，最后幺姑在人们的谩骂和质疑之下离开，她去城里打工。进了城的幺姑最初还有较强的信心，她希望通过自己的努力来改变自己的命运，当她到了工厂之后却遭受工友们的欺负，工友们将剩下的饭都卖给了幺姑，在借了她的钱之后却赖账不给，指使她刷马桶倒垃圾，周围的人都将幺姑看作一个仆人。但是幺姑面对周围人的无赖毫不在意，她还自我安慰地说不要那么自私。幺姑喜欢行善，但是受到长期的委屈欺负，某一天她内心的情绪无法控制爆发出来，之后幺姑好像变了一个人，她的目光中也透露着别样的凶狠。

　　继承了《爸爸爸》的风格和内涵，《女女女》也表现出一种灰色的现实和现实生活之下人们的悲惨生活和扭曲的心理，也反映出了作者对时代轮回、新旧更替带给女性悲惨命运的反思。幺姑在小时候生了一场大病，生的孩子没有保住却被认为一种"耻辱"，致使幺姑不得不离开家乡，这本身就是对封建、丑陋的社会现实进行的批判，女性的最大价值是"生育价值"，而从乡下到城里打工，却被同事耻笑、压迫，这样自立自强的女子却不被社会所接受；而幺姑"农民式"的节俭方式却与"我"的生活格格不入，也被看不起；干女儿作为幺姑最亲近的人，受城市风气的影响，也变得"装腔作势""挑眉弄眼"，于城市之中挥霍自己；在幺姑葬礼上，除了"我"，没有其他真正关心她的人。这样冷漠的社会、封建丑陋的思想无形之中剥夺了幺姑生命的温度，致使其最后的悲惨结局。

　　《老井》中描述了一群生活在太行山里的人，这些人世世代代都与干旱作斗争，生活在老井的人们，将周围森林的树木都砍伐烧尽，生态环境遭到严重的破坏，饮水问题也越来越严重。村民们为了生存下去，他们挖井找水成为重要的使命，但是在年复一年的打井过程中，整个村子到处坑坑洼洼，变得千疮百孔，为此也使很多人付出了生命的代价。有许多村民因为打井失去了自己的生命，大量村民的死亡给人们带来了精神上的折磨。而这种精神上的折磨比身体上的折磨更令人感到悲愤，也体现出浓厚的悲剧色彩。精神上的异化是由一个正常人转化为非正常人的过程，后天的异化使人们的悲剧色彩更加深重，如果是物质上的痛苦可以通过人们自身的努力来化解，而精神上的痛苦是无法消除的，是扎根在内心深处的。万山老爷就是村子里的牺牲者，万山老爷在年轻的时候是一个打井痴狂者，他还有一个青梅竹马的对象丑妮儿。后来万山老爷疯了，不仅因为丑妮儿，更因为这口老井，老井给他们带来了无法跨越的鸿沟，万山为了娶到丑妮儿，他在挖洞的时候被埋了一天一夜，之后就疯了。可以说是因为打井而逼疯了万山老爷，同时也断送了他美好的爱情，让万山老爷彻底失去了理性成为"异化"之人。

《蓝盖子》中由于陈梦桃被冤枉判刑，发配他到苦役场上去抬石头，但他瘦弱的身体却无法承受搬石之重，他申请去做一些轻松的活——"埋人"，陈梦桃埋的人越来越多，导致他产生了极强的自责感，某一天他要去埋和自己共处了好久的老戴，虽然老戴有着不良的睡觉习惯甚至还打过陈梦桃，曾经他们也互相借着裤子穿，但对陈梦桃而言这也是一份交情。当他把老戴埋了之后，他的心理变得有些异样，在干活时经常心神不宁，时不时朝别人恶狠狠地盯上一眼，令周围的人感到头疼发麻。为了改变这些现状，陈梦桃经常帮大家做一些好事，半夜起来看到别人的被子掉了还帮忙盖好，看到别人的睡姿不好会帮别人转一下身体，但他的这种行为并没有得到别人的认可，反而更加让人们产生恐惧感，一系列的现象都导致陈梦桃的精神受到重创，后来毫无目的地去找蓝盖子，他的行为已经变得十分荒诞。这些主人公的命运都是受到周围环境的影响，也能够体现出在当时社会环境中人性及社会的丑恶一面，导致人们产生精神上与身体上的"异化"。

在《老井》和《蓝盖子》这两部小说中，主人公都是被封建、愚昧的社会现实而打败，最终受到了巨大的心理打击而变得心理扭曲。例如，陈梦桃在无法承担搬石之重后，主动申请去做一些"轻松"的活，而这样的活竟然是"埋人"，致使其精神受到重创，最终变得心理扭曲。这是对封建社会之下社会陋习的严重批判，体现了社会环境中人性以及社会的丑恶一面。

在寻根小说中还有一些悲剧发生，比如在《黑骏马》中讲述了索米娅和白音宝力格之间的爱情悲剧，他们最初有着美好的爱情，但后来因为白音宝力格的"出走"给这段爱情画上了句号。白音宝力格是在一个镇子里出生、在草原上长大的青年，他从小就没有母亲，他的父亲是一个公社的社长，父亲的工作十分繁忙，没有多余的时间照顾他，将他寄养在草原上的奶奶家。白音宝力格是一个知识分子，他还上过大学，与他青梅竹马的索米娅也是一个草原人，但是没有接受过学校教育。白音宝力格第一次离开草原是参加一个牧技培训班，他想通过学习给索米娅提供更好的生活。而他第二次离开草原是真正意义上的出走，这也标志着他们两个之间的爱情最终决裂，他无法接受草原上落后的生活观念，面对黄毛玷污了索米娅，他忍气吞声，最终导致心里产生了极大的怨结，虽然在大草原上有许多少女受到黄毛的侮辱，但没有人站出来为她们伸张正义，甚至连奶奶也纵容这个恶棍。由于受不了草原上的丑陋恶习，白音宝力格无法忍受下去，他在心中认为他不是一个草原上长大的人。他的思想与草原上的思想文化差异断送了他的爱情，也注定了索米娅痛苦的一生。9年之后，白音宝力格又重返草原，他这次回来主要是悼念额吉奶奶的离世，但他这次归来是短暂的，终究还是会离开。

白音宝力格作为受过教育的知识分子，无法接受草原上落后的生活观念，这也是他最终与草原决裂的导火索。例如，在爱人索米娅被黄毛玷污之后，没有人为她伸张正义，就连奶奶也纵容这个恶棍，这种落后的、无知的、缺乏法律正义的落后思想使得白音宝力格无法忍受下去，虽然接受过良好的教育，但是白音宝力格也无法真正接纳他的爱人，致使两人的爱情无疾而终。可以说，正是草原上这种封建残思想断送了两人的爱情，无人帮助其伸张正义导致了最终的悲剧发生。

小说《黄烟》讲述了一个对自然之神崇拜的悲伤故事，在山林的顶峰有着一股特殊味道的"黄烟"，生活在这里的人们将"黄烟"奉为神灵，从人们唱的歌词中就能体会到这个黄烟与他们的祖先有着一定的联系。山林中的树木枯死、林中小鸟也越来越少，山民们认为这是神灵的惩罚，他们将黄烟作为神灵的化身，一部分人还带着求真的愿望去朝拜，都是一去不复返。山民哲别与其他探险者一样，他不相信神灵的存在，不顾及母亲和女友的反对，毅然决然地开始了探险之旅，村民们对他放箭阻止，在这一过程中村民误杀了他的女友，当哲别回来之后，依旧没有逃脱那些封建迷信的村民的魔爪。本身而言，人们将"黄烟"奉为神灵，这是严重的封建思想，而哲别作为"探险者"，不相信神灵的存在，自然也就站在了封建思想的对立面，村民们的组织就像是封建思想对哲别的无情压迫，逼迫其不得不服从。但是最后，女友和哲别仍然都无法逃脱最终的悲惨命运，这也在无形之中凸显了封建社会思想以及现实生活之下人们的丑陋行径。

《最后一个渔佬儿》中，福奎是葛川江渔佬儿的遗留户，他的生活穷困潦倒，面对新的生存方式时不懂得变通，也断送了他与阿七之间的爱情。福奎最初是以捕鱼为生，但在工业文明的发展下，人们的生活发生了天翻地覆的变化，由于工业化生产严重，导致葛川江的水污染严重，家里的鱼也越来越少，再加上那些捕鱼者无节制地捕鱼，导致渔民的生活更加窘迫，渔民们纷纷放弃捕鱼的生活，上岸另寻生存之技，但是只有福奎不愿意上岸寻找其他的工作，他依旧守着他的渔船以捕鱼为生。新时期以来，许多渔民也不再靠江为生了，而是开始承包鱼塘，大贵作为新一代的鱼塘主，在第一年就轻轻松松地赚了几千块，而且他还买了自己的拖拉机，这与福奎的贫穷形成了鲜明的对比，福奎不愿意琢磨一些新鲜事物，在他看来，江里的鱼也像树木一样，过一段时间就生长起来了。福奎的对象阿七在离开之前也想帮助他走出现实中的困境，让他去工厂里上班。但是，福奎仍然过着以捕鱼为生的生活，虽然捕不了几条鱼，但仍不愿意上岸另寻他路，在福奎看来留在江上是他的一大自由，不想受到工厂中的各种限制，也不愿低声下气地讨好那些权贵之人。但是在长期的漂泊中，他并没有感到自由，他也开始对外面的事物产生了好奇，对街边的街灯感到着迷，他也无法否认现代化带来的景象是如此的繁荣，他作为传统理念与现代文明发展中的"夹缝"生存者，他在现实生活中的贫苦境遇和失业之痛，仿佛是传统文化的弃子。这也说明，丑陋的不仅是封建社会的思想，还有人性。

在工业社会下，人们为了追逐利益而给自然和人类社会带来的伤害是无法避免的，像福奎这样的底层民众往往是无人在意的，最终也无法改变被时代抛弃的命运。

《小鲍庄》中的捞渣是一个仁义的人，他从小就明白礼让他人的道理，尤其是对独居老人鲍五爷格外关照，他在跟王二小斗老将时，他将自己的老将换给了王二小，他把自己上学的机会让给了哥哥，后来因为救鲍五爷而溺死于洪水中。捞渣的牺牲让整个村庄的人都为之感叹，也改变了这个村庄的命运，鲍仁文实现了自己的文学理想，人们也不因他是上门女婿而歧视他，鲍彦山在村子里盖起了自己的新房子，在建房子的过程中也娶了新媳妇，在捞渣牺牲之后，整个村子的生活发生了天翻地覆的变化，也可以说是由捞渣个人的牺牲而换来了整个村子的发展。捞渣的死，实际上是对社会现实生活的一种讽刺，他关照独居老人、谦让朋友兄长，后来又将自己上学的机会让给了哥哥，最后因为救人而溺死在洪水之中。而在捞渣死后，似乎所有人都过上了好日子，但是捞渣这个真正的仁义之人却并没有享受到任何东西。这也是对社会现实的一种讽刺，善良、仁义的人只有在死后在能够得到人们的称赞，而在活着的时候却得不到任何好处。

虽然悲剧发生的原因和遭遇的对象各有不同，但这些小说都揭露了人性的丑恶一面，批判了人的非理性行为，同时也赞扬了那些个体在面对命运的压迫时敢于挑战的精神。在社会中有着各种各样的矛盾冲突，而这些冲突也造成了大量的悲剧发生，作为社会中的主体，仍旧无法避免悲剧的发生，但人们可以通过这些悲剧进行反思。这在一定程度上也体现了人的审丑意识，人们大胆地揭露社会中的丑恶行径和丑恶人性。

(二)伤痕小说

伤痕小说是20世纪70年代末，即社会主义新时期所兴起一种小说创作全新文学题材。内容主要描述"文革"时期，知识分子、受迫害的官员和普通人民群众所经历的悲惨遭遇，有比较浓厚的伤感情绪。一度被禁锢的小说创作和整个文坛出现了生机，涌现出一批以揭露"文化大革命"造成的"创伤"，谴责极"左"路线的破坏为核心的小说作品，被称为"伤痕小说"。伤痕小说通过描绘历史暴行和人民遭受的痛苦，呈现了社会丑恶的一面。伤痕小说通过人物形象的塑造，展现了人性的扭曲和矛盾。作家通过刻画主人公及其他人物的内心世界，展现了在残酷的社会环境下，人性所受到的冲击和扭曲。这种审丑体现在人物的心理变化、对道德的挣扎、对社会的质疑等方面。人物心灵受到的创伤和内心的挣扎，以及在极端环境下的迷茫和混乱，都凸显了人性的脆弱和丑陋，伤痕小说强调历史和现实的联系，通过对历史事件的揭示，启示人们对社会的审视。这种审丑意识帮助人们认识历史的悲剧和人性的丑陋，以避免历史重演。同时，这也是对历史的呼吁和对人性的警示，促使人们负起更多的社会责任。

在新时期之初的伤感小说中，作家的组成主要是20世纪50年代因政治原因被错误地划分为"右派"作家，这些作家都是步入中年后才开始写作的，他们在书中都写到与"文革"相关的历史现象，同时也是对该历史灾难提供的证言，引发了人们对历史的思考和探究。曾经被极"左"所颠倒的东西再次被颠倒过来。这些作家更加关注个人的命运，表现了主体意识的自觉，如冯骥才的《啊!》写出了人人自危的环境对人格和心理造成的扭曲，刘心武的《班主任》写出了青少年在长期的愚民政策之下丧失了基本的辨别真假、美丑的能力。而邓贤在《中国知青梦》中采用纪实的手法让人们看到知青一代的灾难：干部动手打知青，有的被打残，有的精神失常，有的内伤严重。这些知青长年累月地缺乏蔬菜，有了疾病得不到治疗，还时常忍受来自精神方面的折磨。

伤痕小说也受到20世纪80年代"文化热"的影响。随着社会经济的复苏和发展，西方的一些文化思想被引进中国，作家在面对外来的思想文化时主要有两种看法：一种认为要学习、模仿西方的思想文化；另一种认为中国与其他国家的文化环境各不相同，呈现的模式也不相同，在文化的发展上也是不相同的。

《从森林里来的孩子》中，下放的音乐教师梁启明用尽全力培养了自己的学生孙长宁。在北上考试的过程中，孙长宁遇到了梁老师曾经的朋友傅涛教授，无论是从傅涛教授或从孙长宁的口中，我们都能够得知梁老师是一个忠于理想、才华横溢的人，而这样的人却在"四人帮"的针对下被下放到偏远的山区，梁启明的坚贞和才华、孙长宁的执着和天赋、傅涛教授的关怀和爱才，考生们的诚挚和无私……都与那个年代黑暗、丑陋的社会背景及人性的复杂和险恶形成了鲜明的对比，也体现出光明必将到来、正义必将打败邪恶的真理。

在《夫妇》中，王木通对青青的控制，不仅体现了男人对女人的压迫，还体现了那个年代"左"倾思想对人们的行为控制，致使王木通产生了这种卑劣的行径，作者将王木通毫无人性的压迫行为及丑陋的社会风气展现得淋漓尽致。

20世纪80年代的伤痕小说所体现的审丑主题为：残暴的群众暴力，极"左"路线对一些人的身份进行剥夺，以及"文革"时期对人的尊严的蔑视。如《惊心动魄的一幕》中就体现了被施暴者拷打与批斗，《晚霞消失的时候》描述了被抄家的现实景象，《诗人之死》中的戴高帽游行、打砸抢等现象。这些行为展现了"人"的兽性表演，被批斗者不能乱说乱动，只能老实地接受改造，人人可以唾而辱之，毫无尊严可言。张贤亮在《绿化树》中描述了一个被劳改"右派"的苦难经历。作者在文中因为自己的欲望及背离劳动人民的行为而刻意表现出强烈的内疚和忏悔，但以人道主义的视角来看，人对食物的需求及对爱的需求都是天生的。在同时期的伤痕小说中也描述了人们为了祈求两个馒头不惜摆出一副谦卑讨好的笑容，在荒漠地区经受饥饿及精神的荒芜。"文革"为审丑小说提供了大量人性恶的佐证和丑的内容。虽然在20世纪80年代之后写"文革"灾难的作品逐渐减少，但是"文革"给人们提供的资源却仍有挖掘空间。

（三）先锋小说

先锋文学是20世纪上半叶兴起于欧美的一种现代主义文学潮流，以突破传统、实验性强、形式多样为特征。审丑在先锋小说中得到了充分体现，这种审丑不仅涉及外貌、形象的丑陋，还包括社会、人性、意识形态等多层面的批判和颠覆。先锋小说对外貌、形象的审丑体现在对传统文学中美好形象的颠覆和破坏上。传统文学常塑造英雄式、理想化的人物形象，而先锋小说则以戏谑、讽刺、异化的手法描述丑陋、怪异、变态的人物形象。先锋小说对社会现实的审丑体现在对社会问题的直接揭示和批判上。通过夸张、变形、颠覆的手法，先锋小说将社会上的丑恶现象放大呈现，如腐化堕落的政治体制、社会道德沦丧、虚伪、冷漠等，揭示了社会的阴暗面，鼓励读者去思考、反思并试图改变这些丑陋现实。此外，先锋小说对人性的审丑体现在对内心世界的探索和解构上。通过写作实验和心理学手法，先锋小说将人性的恶、矛盾、荒诞等多面向表现出来，凸显了人性的复杂和深奥。中国的先锋小说不同于其他阶段的小说，先锋小说的丑是建立在哲学基础上的，是超越现实的形而上的丑，是存在主义的丑。中国先锋小说中的丑来源于作家对人生荒谬和世界荒诞的感知，这种感知被赋予作家用想象创造的感性世界，采用审丑艺术的表现形式将丑的内容体现出来。如王蒙的《蝴蝶》《春之声》以语言为突破点，对小说进行探索革新。这种小说写作手法与西方现代派手法有相似之处，都打破了现实主义文艺审美的习惯，将审美转化为审丑。现代派的艺术技巧，如夸张、变形、荒诞等表现形式体现在当代小说中，也预示了中国新时期小说以后将在审丑艺术表达上深入发展，这也为当代先锋小说的形成提供了一定的探索。

徐星的《无主题变奏》和刘索拉的《你别无选择》都有着类似于西方现代派小说的表现方法，如"变形""荒诞""形象画的抽象"。《无主题变奏》中的主人公，在看到现实生活的虚伪后自愿处于社会的边缘，对他人的生活方式和价值观念采取嘲讽和蔑视的姿态。这些小说大多以愤世嫉俗、戏谑的夸张叙述来嘲笑当下基于某种价值标准之上的"崇高"，也表现了他们在掩盖下的痛苦和惶恐。《无主题变奏》与《局外人》的主人公有相似之处，主人公对世间的一切都无动于衷，将一切情感抛之脑后，无论是对玛丽的爱情或母亲的死亡，都体现出事不关己的心态。这些先锋小说已经开始了对丑的把玩，将作恶的快乐、情绪的宣泄以及荒诞的情节描述得淋漓尽致。

1987 年前后出现的先锋小说，是将内容与形式结合起来的写作手法。这一时期的先锋小说掀起了一股新的审美思潮，从写作主题及写作形式上打破了传统的写作模式，将现代主义的内核融入作品，追求引起人们丑感的形式因素。重视小说的虚构和想象，讲一些莫名其妙的故事，将过去看作技巧性叙述，用曲折的表达手法对历史进行解读。在写作手法上常用夸张、变形、梦幻、荒诞、象征等方式。如格非的《迷宫结构》、马原的《叙事圈套》、孙甘露的《摧毁语言规则》等作品都注重文本实验，给同时期的审丑小说在艺术形式探索上提供了重要参考。先锋小说更加侧重于表现对人的孤独、对世界的荒谬感等，呈现出一种"可怕的美"。总体来讲，审丑现象在新时期小说中崛起，一些丑的内容采用丑的形式体现出来，掀起了一股审丑的浪潮。到了先锋小说后期，生理意义的人破壳而出。先锋小说的作家开始了性与爱的分离描写，畸形的性爱代表人作为动物一面的丑恶，这是一种丑恶的生命状态。

在残雪的小说中，她采用了痴人说梦的写作手法，构建了独特而深刻的小说世界，窥探人性和社会的阴暗面。这种写作手法以冷峻的眼光和感觉，以梦幻的方式创造了一个怪异而荒诞的世界，使读者深入人的心理和情感。一个显著的特点是在她的小说中没有明显的主人公，每个人物都是主人公，呈现了一种抽象化的人物形象。这种写作手法打破了传统小说中明确主角的设定，使每个人物都成为故事中的关键角色，折射出社会和人性的多样性和复杂性。在她的作品中，如《山上的小屋》和《苍老的浮云》等，通过非现实的意象和情节展示了人性的险恶和社会的恶劣现实。通过对家庭成员间戒备、嫉妒和相互残害的描写，呈现了人的孤独感和家庭的破碎。这种冷酷的描述展现了残酷而冷漠的社会关系。特别是在《苍老的浮云》中，她描述了一个充满肮脏、扭曲和丑陋的世界。人性被揭示为扭曲而冷漠，人与人之间充满了冷漠和对立，充斥着恐惧。主人公感受到"他人即地狱"，无论是家人、邻居还是陌生人，都带着对他人的恐惧、嫉恨和猜疑。这些作品反映了残雪对社会人性的深刻观察和对丑恶现实的揭示。她以独特的写作手法刻画了人性的黑暗和社会的残酷，让读者不得不面对人性的丑陋和社会的恶劣，引发人们对自身、社会和人性的反思。

余华的小说更加展现了残忍的写作手法。他的"暴力"写作手法不动声色。有人认为审丑不一定是内容或者对象丑，而是感情特别冷。在一定程度上冷漠是根本意义上的丑，无情冷漠也是丑的具体表现。如他的小说《现实一种》中描述了兄弟之间相互残杀连环复仇的故事，他的这种"暴力"写作手法上升到主题的高度。这些暴力颠覆了人们对文学中真善美的追求，残酷冷静地展示出人性的可怕，且让人们看到孩童身上的暴力性质。余华在《往事与刑罚》中描述了对刑罚的体现，达到了令人震惊的地步，将历史的现实和残酷重现。他的其他作品中也对"血腥""苦难""暴力""死亡"有着冷静的叙述，通过揭露现实和抨击历史找到好的切入点。这时期的先锋小说体现暴力的作品有很多，如苏童的《白杨树》描述了在光天化日之下，两个青少年打死一个少年的暴力行为。苏童在《罂粟之家》中写到主人公杀死傻子大哥的残暴行为，这些残暴行为的背后揭露了人性的残暴。这些小说中的暴力指的不是个别人的作恶，而是这一现象成为社会普遍存在的景象，它是发生在普通人身上的暴力行为。这在一定程度上颠覆了我国几千年的传统道德理念，赤裸裸地展示了人性的险恶。余华的小说《许三观卖血记》和《活着》都不同程度上反映了社会底层人民生活的艰难。在《活着》中，一个原本出生于富贵人家的子弟，因为赌博将自己的家产全部输光，父亲接受不了这些事实一气之下失去性命，全家在一夜之间沦为穷人，这是他咎由自取造成的，在他后来的生活中，社会对他造成了更加严重的影响。在他贫穷之后，因母亲生病到处求医，但是他没有想到在路上会被军队抓去做壮丁，当他再回到家中时，母亲也早已病故，女儿也成了哑巴。主人公的命运就是被这个社会无情地牵着走，在经历战争的浩劫之后，他的家庭苦苦地生存。新中国成立之后，受到"大跃进"运动的影响，由于饥荒，他的妻子驼了背，邻居们为了争夺坏了的红薯而大打出手，主人公的儿子为了救人被无良医生抽血过多失血而亡。然而悲剧还在不断地上演，几年以后，他的女儿因为生孩子大出血而亡，女婿被水泥板活活压死，孙子也在意外中失去了生命。最后，只剩他和一只老黄牛。在《许三观卖血记》中，余华也从不同角度描述了人们生活的艰难，由于家里没有一点吃的东西，家里人十分饥饿，许三观在家中凭想象和画面充饥给三个儿子幻想着做爆炒猪肝、清炖鲫鱼、红烧肉，最后迫不得已只能通过卖自己的血来维持一家人的生活。后来由于"文革"，知识青年上山下乡，儿子也去了乡下，生活十分艰苦，并且得了严重的病，许三观为了使儿子的生活好一点，他再次走进了卖血的医院，在卖完血之后将卖血的三十元交给了儿子。在余华的作品中，无论是福贵还是许三观，他们在生存和道德上并没有恶习，虽然福贵一开始嗜赌成性，但后来也变得勤快了，他们都遭受社会的打击，悲剧一次一次地上演，他们的苦难很大程度上是社会环境强加给他们的。

余华的短篇小说《黄昏里的男孩》中写到：一个男孩穿着肮脏的衣服十分饥饿，他偷了卖水果的一个苹果，主人公孙福在抓住他之后对他进行了残酷的殴打，将他的手指给捏断了，还逼着他当众说自己是小偷。这部小说的结尾，作者也叙述了主人公的生活经历，让我们认识到他是一个不幸的人。之前，主人公有一个漂亮的妻子，还有一个五岁的儿子，原本过着美满的生活。后来因为儿子溺水死亡，妻子也离家出走，导致一个幸福的家庭支离破碎。主人公是一个有着不幸经历的可怜之人，但他的不幸并没有使他对饥饿的男孩有一丝怜悯，反而对男孩实施了严重的惩罚。虽然主人公有着不幸的过去，但不能成为他向社会发泄的理由，面对不幸，他更应关照、同情这个男孩。余华在《四月三日事件》中，也描写了人性的丑恶。作者描写了一个患有迫害狂的人物，他经常出现幻觉并且思维混乱，在他的思维中感觉到自己知道一个"公开的秘密"，他认为周围的人都在策划一个阴谋，他们要在四月三日这一天害他，他不能忍受，最终逃跑了。在小说中描写到主人公感觉到周围的邻居、家人、同学都在时刻准备着，更是巧妙地表现出这些周围人物的言行举止和表情，其主要目的是向我们展示各种丑陋的心理，而这种心理也造成了人际关系的异化。

苏童的小说描绘了太多的灾难与死亡，人们在阅读时会感到无比的沉重，这在一定程度上构成了苏童小说的审丑因素。他的小说人物往往是被情欲驱使。苏童的小说《米》中展现出被欲望压抑的生命状态，以及人的欲望畸形和无度的释放过程所产生的破坏性。在《妻妾成群》中，女人被当作男人的玩物，展现出无力的挣扎和压抑，最后只能走向人性堕落、扭曲与毁灭。在封建的家庭环境中，女人们为了得到利益而钩心斗角，阴险狠毒，争风吃醋。这些女人们被逼得精神失常，老头娶了年轻的女人，甚至在老死后让这些年轻女人们陪葬，更加展现出封建社会的贪婪和狠毒。

在先锋小说中有很多关于死亡的叙述，但在中国的传统中，人们在面对死亡时往往采取回避的态度，对死亡的讨论也成了一种禁忌，因此在中国有很多关于死亡的同义词，如"百年之后""逝世"等。中国人在遇到老人故去时，往往表现出很悲痛的样子，场面很严肃。在先锋小说中对死亡的描写却不同。比如洪峰的小说在描绘死亡时不是描写死亡的痛苦，而是表现出对生与死的调侃和亵渎。在《奔丧》中，主人公对父亲的死表现得异常冷淡，作品没有描绘出悲剧的氛围。

20世纪80年代中期先锋文学集中亮相。先锋文学依赖的审丑化叙事手法，使中国文学的叙事语言脱离了古代话本小说的叙事手法，也可以说，先锋小说的审丑化彻底实现了中国古代传统叙事对人物的干预、摆布的背离。无论从古代文学意义上还是现在西方影响的全知文学意义上，这种叙事语言的转变都具有浓烈的变革意味。在古代文学传统中文学理念的载体意义重大，主要表现在文学写作中，在近代的西方影响下的新文学也是如此，现实主义成为中国古代至现代文学中的主流现象。中国的现代文学也受到西方文学思潮的影响，现实主义的传统是对西方接受的主流，在现实主义影响下的全知性视角成为古今文学叙述的主体模式。以上是先锋小说的审丑特征。与伤痕小说不同的是，虽然先锋派作家经历了"文革"，但他们的内心并没有伤痕文学中所描述的真实经历。对于先锋作家而言，他们的个体意识逐渐觉醒，在文学作品创作形式上也较自由。通常会借助虚构的题材，采用夸张和变形的表现方法对历史或现实中存在的丑进行描述，从侧面加深了对文化、精神、人性的探讨和批判，有点类似于西方哲学意义上的审丑。"文革"给中国人留下了无尽的悲惨和哀伤，对人们的心理造成了极大的压抑。先锋作家帮助人们恢复了对"文革"的恐怖意识。如余华在《一九八六年》中写到，一个历史老师突然失踪，之后这位历史老师被害致疯，在几年之后这个历史老师返回了小镇中，小镇中没有人会关心他，甚至不在乎他的存在。这个历史老师主要是研究历朝历代的刑罚，在他疯了之后还一直痴迷于研究，并且他将自己的身体作为研究的对象。他从一个铁匠那里拿走一块铁之后在身体上实验各种刑罚，而且列出这些刑罚的名称，直到最后的死亡。这篇小说讲述了一个历史老师在"文革"时期的悲惨状态，这种极端的现实场景使人们重温了"文革"时期的非人历史。

（四）新写实小说

新写实主义是 20 世纪 90 年代在中国兴起的一种文学流派，它强调对现实生活的真实再现和深刻揭示。在新写实小说中，审丑体现为对社会、人性、生活现实等丑陋、底层、荒诞等方面的深刻剖析和呈现。一是对社会丑陋现实的揭示。新写实主义小说常常以冷峻的视角呈现社会阴暗面，包括社会的腐败、贫富差距、底层民众的艰辛生活等。这些作品不回避社会丑陋，相反，通过真实描写社会的不公平、不平等、不正义，展现社会的黑暗面。二是对人性丑陋的揭示。新写实主义小说对人性的丑陋、虚伪、贪婪等进行深刻揭示。通过塑造各种人物形象，揭示他们内心的恶意、矛盾和冷漠，以及人性在特定社会环境下的扭曲。三是对底层生活的真实展现。新写实主义小说关注底层人民的生活，描绘他们的贫困、困苦、挣扎和奋斗。这种写实展现使读者更加直观地了解底层人民的艰辛，也凸显了社会对弱势群体的忽视和不公。四是对生活细节的真实刻画。新写实主义小说注重对生活细节的真实刻画，通过这些细节展现社会底层人民生活的真实状况，包括狭小的居住空间、不堪的工作环境、恶劣的生存条件等。新写实小说家将目光转向现实社会中普通人的日常生活，展现了生活的窘迫、压力和人性的沉沦。这种表现通过对日常生活中的丑陋、平庸、压迫等现实问题的揭示，呈现出现实主义写实的特征。新写实主义小说和先锋小说的区别在于创作的着眼点和切入角度不同。新写实主义小说家关注普通人的日常生活，着重展现现实社会中的普通人所面对的生活困境和压力，通过对这些现实问题的刻画，呈现出生活的窘迫、平庸和人性的沉沦。这种写作方式体现了对现实社会的深刻观察和反思。在社会变革的过程中，人们逐渐意识到生存环境的窘迫，如住房困难、物价飞涨、爱情困惑、人际关系复杂等问题。这些社会现实带来的压力和困扰使理想和激情逐渐消失，人性开始沉沦，灵魂呈现出低劣的一面。作家们以冷静、客观的态度描写这些生活压力和社会现实，通过叙述普通人的日常生活来呈现生命的卑微和平庸。新写实小说强调对生活的真实再现，不进行价值评判，保持冷静客观的态度。这种写作方式使作品更加接近原生态的生活描写，呈现出生活的丑陋和人性的底层，体现了对伤痕文学中对过去批判的延续。它以平庸的现实生活为素材，通过对底层生活的描写展现人性的丑陋，进一步加深了对社会、人性和生存状态的思考。

中国新写实小说与西方现代派审丑文艺相契合，其内容主要表达了"反崇高"的情景，将小人物日常生活中的平庸与卑微刻画出来，使人们能够感觉到生活的无奈和杂乱。如《西方的丑学》在"不再崇高的英雄和不再美丽的艺术"一节中写到：美学在一定程度上建立了自己的悲剧观和崇高论，利用美来克服丑。而丑的文学尽可能建立自己的反崇高论及悲剧观，从而加深美与丑的矛盾，利用丑来克服美。新写实小说中描述了人生艰难的奋斗，在生活中最重要的首先是吃和住的问题。在一些新写实小说中对小人物的刻画总能让人感觉到生存的艰难。新写实小说中写到物质的匮乏不能够满足人的基本生活需求，当穷到一定程度时也就产生了"丑"。贫困是一种丑，在贫困的背景下人性的恶俗就显现出来。在刘震云的《温故一九四二》中写到："易子而食、易妻而食"的丑恶行径，描写了令人震惊的异化场景。这些新写实小说也写到贫穷饥饿到一定程度将导致家庭伦理的解构，如池莉在《不谈爱情》中写到：贫困里挣扎的底层人的生活充满了冷漠和斗争，充满了不择手段往上爬的欲望。新写实小说是普通人不堪回首的苦难史，作者虽然采用了极为冷漠的写作手法，但是根本原因也值得人们反思。面对恶劣的环境和物资的匮乏，一些伦理道德的说教就显得苍白无力，人性的扭曲也就暴露出来。

二、20 世纪 90 年代小说

在中国的 20 世纪 90 年代，文学作品中对社会的审丑体现得愈加明显。这个时期正处于中国社会的快速转型期，市场经济蓬勃发展，社会结构、人际关系和价值观发生了翻天覆地的变化。小说作家们开始审视社会的阴暗面，对贫富悬殊、官员腐败、社会不公等现象发出批判的声音。他们通过作品中的情节、人物形象及对话等方式深刻剖析这些问题，勇敢地呈现出社会的丑陋，以期唤起人们对社会问题的关注和思考。与此同时，90 年代的文学作品也强调对人性的深刻探讨。作家们以尖锐的笔触塑造出复杂多面的人物形象，揭示了人性的扭曲、贪婪、冷漠等阴暗面。他们审视每个个体内心深处的抉择和矛盾，展现出人性的复杂和矛盾，使读者对自身内心的探索产生共鸣。在生活现实的描写方面，90年代的小说将目光聚焦在普通人的日常生活，真实再现了生活的窘迫和压力。包括住房、就业、生计等方面的困难，以及日常生活中的琐事、挣扎、矛盾等，通过这些真实的描写，展现了普通人面临的社会现实，使作品更具共鸣力。最重要的是，90年代的文学作品中还体现了对道德沦丧的反思。社会的急剧转变让一些人在道德和人性面前产生犹豫和动摇。小说中通过人物的命运展现了道德沦丧的后果，对道德价值的反思成为90年代文学作品的重要主题之一。20世纪90年代，市场经济全面发展并逐渐渗透到人民生活的各个方面。在这一时期的小说中还延续新写实小说展示人生存的基本欲望的路线，甚至演变成"欲望有理"的现象，人的欲望极度泛滥导致人性产生扭曲。文学作品不仅是时代的产物，同时也是社会生活的反映。面对商品化的社会环境，由于物质和文化的挤压与絮乱，人们对金钱和名利的欲望无限膨胀，在这一时期，都市生活与物质主义成为主要表现内容。这一时期作品的审丑方面，舍弃了先锋小说中有意味的形式，而是直接进入主题进行欲望写作。20世纪90年代初期，新生代作家抓住了当代人在商品经济大潮中所展现的人性扭曲的现象，并反映在作品中。如邱华栋的《钟表人》中，形形色色的都市新人类生活在物质的压迫和诱惑中，他们往往忘乎所以甚至身不由己，最终只能迷失自我，被物质世界吞噬，成为物化的人。人在追逐物质及满足欲望的过程中，各种恶也显现出来。如何顿在《生活无罪》中以残酷的真实展现出静态物质社会中的丑陋现象。小说中的人物只想发财，只想赚钱，为了达到自己的利益而不惜伤害他人，这也是这代人的悲哀。在这一时期的小说中体现的不是文学，而是生活。当代人确立了自己的生存法则，他们没有信仰，对人生采用嬉戏的态度，毫无精神追求，只有金钱至上的生存理念。

　　90年代之后创作的小说还有一个主题是"反思历史"，在这一历史中不仅涉及"文革"，还将笔墨延伸到整个20世纪。历史并不仅仅指的是重大历史事件，而是在历史背景下个人或家庭的命运。通常在小说中被处理成一系列的暴力事件，小人物总是难以掌控自己的命运，成为历史的牺牲品。在这些小说中也有审丑现象的体现，如莫言在《檀香刑》中采用冷漠的繁复细致的写作手法，将斩首、檀香刑等酷刑类型尽可能地呈现在读者面前。刑场成为舞台，严刑成为表演，观众对这一现象表现出刺激有趣的心理，像是在日常生活中找点乐子。

贾平凹的小说《秦腔》中也充满了恶俗和丑。在小说中写到了乡村干部迷恋于酒色和权钱交易，农村的青年们都去城里打工而导致家里的田地荒芜，社会风气逐渐混乱，写出了农村衰败的景象。贾平凹在对原始题材的叙述上呈现出质朴的情感，但是缺乏美感，尤其是在一些细节描写上更是如此。

第三节　小说中"审丑"现象的主要类型

一、冷漠的暴力叙述

余华创作的《现实一种》不带一丝温情地叙述了亲兄弟山岗、山峰之间的相互残杀。哥哥山岗只有四岁的儿子皮皮虐待继而摔死了山峰的儿子，血在水泥地上蔓延开；山峰让皮皮舔血并飞出一脚踢死了皮皮；山岗将肉骨头抹在山峰脚底让小狗舔食，山峰难耐折磨、痒笑暴死；山峰的妻子冒充山岗之妻，将山岗的尸体献给国家，使山岗的尸体被医院解剖得支离破碎。这是一个连环复仇的故事，作者用具视觉性的语言叙述血淋淋的场面，令人毛骨悚然。人性中的野蛮与愚昧的兽性一旦被触发，就会爆发出毁灭一切的力量，人性中的美好微不足道。

《古典爱情》中写了人被酒店活割零卖给顾客下酒的场面，余华"不厌其烦地、冷静从容地、客观细致地"描写着种种人类之恶。

余华通过叙述暴力的生活景象以及刑罚过程中人性的无情，让我们看到了严酷、冷峻、丑陋、黑暗的生命真相。小说中，人们面对血淋淋的场面以及触目惊心的现象，作为旁观者只是观赏，抱着麻木残忍的心态，并没有任何的动容。余华在《一九八六》中描述到一个疯子割自己的肉，人们看到惊讶不已，甚至哈哈大笑。围观者没有半点怜悯之意，他们叹息着并惊讶地谈论着疯子，心中已没有了恐惧，一副事不关己的面貌，甚至觉得这件事特别有趣。这个疯子的妻女也是如此，她看到自己的丈夫接受酷刑时是一种无所谓的心理，这部小说描述了当时人们的麻木不仁。

莫言的小说《红高粱》也将暴力写得真切残忍，其中有一段描述了活剥人皮的景象，作者采用白描式的手法，将恐惧中的人物的肉体生理反射直接体现在文本中。

残雪在《黄泥街》中反映了她自身的生命体验。黄泥街是一个在荒唐年代具象化的缩影，黄泥街遭受"拆迁"，不仅是拆除了黄泥街，更是反映了一个时代的精神。黄泥街的风从白天刮到黑夜，风刮倒了院子里的许多东西，还将它打碎，黄泥街中的人怕得要命，而这股风就是"文革"之风，这股风打着打倒一切的口号吹起了许多人心里争权夺利的欲望。在黄泥街中还有一个陷阱，据说有人看到过这个巨大的陷阱，只要时机一到，黄泥街都会陷进去。

二、肮脏环境与丑陋人物的展示

残雪在她的小说中详细地描绘了当时的生存环境，她将环境比作一个巨型垃圾场、一条充满臭气的阴水沟。她在书中将花的气味描绘得浑浊不堪，原本是花香四溢香气袭人的美好事物，在她的小说中尽显肮脏。她将老鼠、蜘蛛、苍蝇等写在小说中，让人们产生一种肮脏的感觉。残雪在《黄泥街》中也将虫子写入人物的环境中，人们的生活处在阴暗肮脏的环境中，到处是难闻的气味、满地的老鼠等。在描绘大自然时也形成了威胁、阴暗、破坏的象征，小说中的环境压抑着人们的神经，摧残着人们的健康，让生活在这种环境下的人都觉得在这个世界上无法生存下去。残雪的小说将她所想象到的丑陋和肮脏的东西集中起来加以展现，充分描述了环境的异化及人的变态。

马原的小说《虚构》虚构了一个麻风病村的故事，这个村子里的人都赤裸着溃烂的下身，丑陋的场面及恶心的生活环境展示出村子恶心的场面。余华在小说《兄弟》中写到一个让人羞于启齿的厕所头盔事件。粪便、厕所、尸体等令人们感到恶心。这里的丑是粗俗的丑，是滑稽的丑，同喜剧中的小丑有点类似，但这不同于新时期小说作品中悲剧性的丑。在残雪的笔下，人们的生存环境是十分肮脏的，如在她的作品《蚊子与山歌》中，三叔的家十分简陋，是山脚下的一间瓦房，山坡就是墙，一个火灶就占了整个房子的三分之一，在旁边还有一个大的储藏柜，夜里就是三叔的床，这些东西就是三叔的全部家当。然而生活在这样艰苦的环境中的人物，在残雪的作品中并不是最痛苦的，有着比三叔更加凄惨的人物。在残雪的作品中描写了大量的恶浊环境：人所生活的环境好比一个垃圾堆，人走的路就是潮湿且阴冷的下水道，房子外面的猫头鹰游荡哀嚎，房子内的老鼠更是嚣张横行，床上有着大量的虱子、跳蚤和臭虫，门窗上爬满了蛾子、苍蝇。那些应让人产生美好的东西都变得更加令人难以接受，让人感到十分恶心，周围的花儿也没有了花香，月亮也不再那么漂亮，丑的事物在这样的环境下变得更丑，而那最美的事物也不能够体现美，这就是残雪描绘的人们生活的真实景象。

三、丑恶与扭曲的人性透视

新时期的小说写出了人性的丑恶与残忍，写出了人性被扭曲和压抑的状态。比如在洪峰的《奔丧》中，主人公面对父亲的死没有展现出伤心的一面。在残雪的《苍老的浮云》中，岳母是一个很厉害的人，用棍子打小孩，甚至把棍子都打断了。

铁凝的《大浴女》描述了"唐津津"的批斗会。在唐老师的胸前挂着一个写着"我是女流氓"的牌子，学生在身后将她一脚踹倒，当她跪在地上的时候，围观群众一片欢呼声，甚至都想冲过来踹她。一个女生按住唐老师的头强迫她"亲吻"肮脏的鞋，顿时会堂上就沸腾了，台上乱成了一团，有的人为了看得更清楚甚至站在椅子上。他们对一个手无寸铁的小学老师进行极大的侮辱，这场批斗会刺激了人们内心深处丑陋的神经，甚至有人说唐老师"不配亲咱们的鞋，就应该吃屎"。屎被堂而皇之地盛在杯子里并端上台面，刺激了围观者内心深处最丑陋的神经。

　　铁凝在小说《对面》中描述了主人公有着变态的窥私欲，在阴暗的角落偷窥年轻女人的私生活。主人公还用灯光照亮他的隐私，导致女人在惊吓中猝死，小说暴露了人性中阴暗畸形的一面。

　　铁凝的《玫瑰门》中也折射出被扭曲的人性，书中写到，司猗纹在性欲渴望与失望中忍受着煎熬，严厉的摧残导致她变得畸形。作者在文中写出了让人感觉丑陋的、反胃的东西，写出了那些被压抑的欲望，也折射出女性的挣扎、扭曲。

　　新时期的小说写尽了人性的丑、现实的丑、"文革"的丑，写尽了人生千姿百态的丑。丑虽然有一定的积极意义，但并不意味着今后小说发展是以审丑为主，我们要防止并且杜绝丑的泛滥。人们表现丑是为了克服丑，而不是将丑源源不断地写在文学中。新时期的小说对丑的接纳有着文学自身发展的需求，在传统文学中，人们希望表现真善美，追求美好的事物，但现实生活中丑也是真实存在的。文学不是狭隘的，通过将一些能够反映出生活本质的丑写入文学作品中，极大地拓宽了人的文艺表现和审美领域的范围，给后人的文学创作提供了创作经验，为中国小说开辟了新的领域。在社会中，丑是必然存在的。随着社会发展的进步，丑也在不断发生变化，它以不同的形式存在于人和社会中。丑是一副清醒剂，它能够转化为人们对社会和人性的反思，对社会的发展具有促进意义。

第六章　中国当代文学的审丑问题研究

第一节　中国当代文学审丑研究现状

与西方相比，国内对"丑"的关注和研究起步相对较晚，直到 20 世纪 80 年代才形成潮流。一方面，丑学理论研究开始兴起，学者们开始关注和分析"丑"的概念，探讨其在文化、社会和艺术中的作用。另一方面，审丑文学思潮批评也成为中国文学界的一个重要议题，作家们开始用"丑"作为文学创作的元素反映社会的现实和人性的复杂，这就为中国文化和文学研究带来了新的视角和丰富的思考。

"丑学"一词最早应该出现在陈望道的《美学纲要》一文中。在陈望道先生看来，"辨别美、丑之学，应名为'美学'，即名之为'丑学'，亦未为不可"。本身而言，美与丑相互关联、不可分割，因为研究美丑之分的学科也可以称为"丑学"。20 世纪 80 年代之后，刘东、栾栋、王洪岳等学者开始重新解读"aesthetics"的本义，将其界定为美学和丑学在内的"感性学"，把"丑学"视为与"美学"并列的独立的感性学范畴，从而走出了长久以来的美学误区，自此丑学以强大的生命力和势不可挡的态势进入了文学视野。虽然 20 世纪 80 年代对丑学的研究势头正盛，但丑学仍然难以和传统的美学相抗衡，始终饱受批评和质疑，大部分学者仍然坚守着审美的底线。

当代文学中的审丑现象的涌现将丑学从这一困境中解救出来，大量的审丑文学作品进入大众的视野，也为丑学理论的研究提供了丰富的可供参考的例证，批评家们对文学审丑现象的批评和讨论也在无形之中丰富了丑学研究的范围。

首先，当代审丑作品及审丑批评的出现在一定程度上证明了丑学存在的合理性。大部分批评家在对文学审丑创作进行批评时将审丑作为独立的批评对象，探讨当代文学审丑现象及其得失，而不再简单地将其局限于美德范畴之内对其进行批评。这也恰恰说明了批评家已经逐渐认可了丑在当代文学作品中的独立性地位，这也为丑学的研究与发展提供了有力的支撑。此外，不仅是审丑创作，审丑批评也为丑学研究提供了丰富的实践经验。20 世纪 80 年代理论界对丑的研究更多地集中在从美德角度来探究丑的本质、美丑之间的关系、丑的价值等内容，而较少涉及对审丑创作的关注和研究。直到后期，南帆等批评家敏锐地察觉到当代作家的审美趣味已经发生了悄然改变，将批评的视野逐渐放到审丑文学作品本身上，从感性学、心理学、社会学、叙事学等多个角度来探究文学审丑现象的产生、特征，并分析作家审美观念的变化，评判审丑文学的价值与误区。而审丑批评也为当代的丑学研究带来了新的问题，不断开拓了文学审丑理论的研究范围。例如，李建军认为，当代的审丑写作过于泛滥和疯狂，已经丧失了基本的伦理和道德底线。而王洪刚则极力肯定了先锋文学的感性价值，南帆、孙郁等在肯定文学审丑存在的必然性和合理性的基础上，也强调了文学需要坚持审美尺度和审丑适度原则。

其次，当代审丑作品的出现，补充了审美批评。具体而言，审美批评往往是以文学审美论为理论基础，对文学作品的审美属性、文本的结构、修辞、语言等艺术信息进行分析和阐述的一种批评模式。本质上，审美批评主要是以真善美的美学标准来对文学作品进行评判。例如，一部优秀的文学作品必须要有较强的艺术真实性，真实地反映社会现状，还要有健康的价值取向，能够引起人们内心深处真善美的情感价值共鸣，还必须具有审美价值。审美是文学发展中不可缺少的重要特征。以往，审美批评过于强调文学作品中的审美属性，而忽略了文学作品中感性的另一面，即审丑。以刘再复为例，他认为艺术作为一种审美活动应该以真善美的美学标准来评论文学作品，而真实性作为文学作品中的重要内容，如果"违反生活逻辑和情感逻辑的"那就必然是丑的，只会给人带来一种荒诞、无稽之感，而不会产生任何美感。审美的哲学基础是理性的，是现代精神最本真的体现。而王蒙小说中对人物潜意识的刻画、余华笔下那些丧失理性的疯子、非理性的社会现象等，从审美的角度来说是无法对其进行批评的，也无法赋予其任何价值意义。所以就迫切需要从审丑的视角做出解读。而审丑批评作为审美批评的一种重要补充，就是在丑学理论的基础之上，对文学作品中有关于丑的现象进行批评和阐述。审丑批评将审美批评中那些无法触及的领域进行了补充，打破了艺术一定是美的、理性的这种传统概念，主动将文学中那些非理性的现象带入了批评领域，也更深刻地揭示了文学深处的非理性精神。以残雪的小说来说，如果从审美的角度来看，到处是死尸、屎尿的肮脏的黄泥街，以及人与人之间的仇视、隔阂、冷漠，这些内容毫无美感可言，甚至给人以恐怖、荒诞、滑稽、恶心的感受。但是从审丑的视角来看，这种以直观的丑来刺激读者的感官，使其能够更深刻地感受到社会黑暗面，丑陋的现实，这无疑对读者的冲击影响力更大，更能够唤醒读者对生命、社会、理性的思考与判断。

最后，确证了感性价值的双面性。审美文学主要是通过优美、崇高、理性的情感以及清明、公正的社会背景带给人们感性的正面价值影响，而审丑文学主要是挖掘人类感性意识中潜在的虚伪、善变、嫉妒等阴暗面来释放出诸如丑、恶、荒诞等负面因素价值，解放人们长期以来被理性压迫的感性需求，也在无形中开拓了人类的感性学思维。简单来讲，就是审丑文学的出现，实际上也是对社会发展过程中人性黑暗面的一种真实反映，也揭露了人性是复杂的这一社会现实，创作者在描写人物时也不必一味地强调人性的真善美，而应该看到社会发展中人性更复杂的一面。在审丑文学作品中，人性的丑陋并不是天生的，而是通过写丑来获取人们异化的真相。与传统审美习惯彰显人性的光辉与美好不同，无论是现实世界或文学世界，美与丑都是互相交替、彼此融合的存在。如果想要反映真实的社会现状，就必要将丑恶的东西纳入其中。文学审丑的感性价值就是以丑写真。尼采也认为，日神用美丽的外观为现实披上了一层摩耶的面纱，创作出一个虚幻的、美好的世界让人沉醉其中，但是忘却了面纱之下非理性的、痛苦的现实人生。因此，文学审丑的感性价值之一就是以丑显真，揭示现代社会的众生丑相，让人们能够真正认清理想主义和现实主义之间的差别。文学审丑就是以丑陋的、荒诞的、怪异的艺术人物形象打破了人们对美的既定心理定式和审美乌托邦理想，将真实的社会面目展现在人们眼前，从而带来人们以强烈的痛感，使其更加清醒地直面人类生存的本质，激活人类日渐僵化的感性思维。

将丑作为审美对象加以审视和欣赏，意味着审美判断价值体系的多元化。文学审丑的意义不在于对丑本身的书写，还在于丰富人们的认知，使人们能够反思社会现实，审视社会发展过程中的种种丑相。总之，文学审丑的崛起，正是人们被理性压制下人类感性生命力释放的有力证明，在对丑的创作和欣赏中也彰显了主体精神的自由。

第二节　中国当代文学的审丑研究实践

一、审丑创作呈现

中国的审丑文学主要体现在小说领域，其次是散文、诗歌等。在这些文学作品中，作家们主要进行了自然丑、社会丑和精神丑方面的文学创作。

(一) 自然丑

自然丑指的是自然界中那些丑陋或不完美的事物，这些事物是客观存在的，不受个体主观情感的影响，作家所描写的自然丑是他们自身情感的折射。随着审丑潮流的兴起，作家开始运用审丑的视角来审视自然，并以文学的方式将其生动地呈现出来，其中最明显的表现就是对肮脏、污秽的生活环境的刻画。

21 世纪以来，"垃圾派"在诗歌领域逐渐兴起。与先锋小说有所不同，"垃圾派"在描写自然丑陋时采用了更直白和露骨的手法。垃圾派诗人将自然界中的丑陋事物以毫不掩饰的方式呈现在读者面前，给人以强烈的冲击感。他们围绕"垃圾"这一主题进行创作，强调垃圾的肮脏和混乱，通过生动的语言表达，使垃圾在读者心中的印象变得更加糟糕，甚至远远超越以往的认知。这些诗作通常对社会现实的丑陋进行赤裸的描写，其反抗和诅咒的力度进一步升级，不断挑战传统审美观念，颠覆了现有理论体系。徐乡愁的《屎的奉献》可谓垃圾派诗歌的代表之一，诗中完全抛弃了诗歌本应具有的唯美和典雅，通篇只剩下令人恶心的字眼，美的元素完全消失不见，只留下了垃圾。可见，审丑在文学领域也需要有一定的尺度，不能毫无底线地展现丑陋，也不能牺牲艺术手法，否则诗歌创作将走向"嗜丑"的极端，丧失任何美感。

相对于小说和诗歌，审丑散文的出现较晚，这与散文创作长期以来强调真情实感有关。随着时代的变迁，散文创作逐渐增加了多元化的维度，自孙绍振提出"审丑散文"这一概念之后，审丑散文开始迅速发展。审丑散文打破了传统的美化原则，开始描绘丑化的事物。贾平凹的《丑石》就是一篇典型的描写自然丑的审丑散文代表作。文章中，贾平凹对一块在普通人眼中丑陋且毫无价值的石头进行了生动描写，随后又揭露出这块石头在天文学家眼中的不同价值和美感。这种审丑的方式不再局限于表面的丑陋描写，还将情感融入其中，这种融合使审丑的力度更加深刻。楼肇明的审丑散文作品同样值得一提。他通常描写的是现实生活中的事物，让读者感到十分熟悉，但在这些熟悉的事物背后，却蕴含着深刻的哲理和思考。例如，他将原本壮美的三峡石描述成与死亡密切相关的各类丑陋事物，但作者并不将重点放在死亡气息的呈现上，而是通过死亡的感悟来展现生命的悲壮。从影响力的角度来看，审丑散文相对于审丑小说和诗歌等领域来说影响力并不大，但审丑散文的发展确实也为审丑文学的发展和壮大做出了重要的贡献。

文学作品中还常常探讨人体的丑陋，如躯体残缺或异化。这些主题在残雪的小说中多有体现。例如在《罪恶》中，原本年轻的人却满脸皱纹；在《黄泥街》中，人们的眼睛都有问题，表现出同样的"死鱼眼"特征；在《苍老的浮云》中，病人的躯体被形容得枯槁如植物。这些丑陋背后的原因多种多样，既包括天生的生理差异，也包括后天因素的影响，如残酷的刑罚和自我虐待。当代作家们也经常塑造畸形的人物，这些人物的身体或行为特征与传统审美观念明显不符。例如，贾平凹在《土门》中创造了梅梅，一个长着尾巴骨的女孩，以及老冉，一个患有痔疮的男性。这些人物将自然界看作异己的存在，通过对他们身体的丑陋和异化的描写，作者着力展现了现代人在异化生存状态下的挣扎。

总之，作家们常常通过文学作品审视自然界中的丑陋和不完美，将社会现实的不同层面呈现给读者。垃圾派诗歌以直白而露骨的方式表现了自然的丑陋，强调了对社会问题的诅咒和反抗；审丑散文相对较晚兴起，但通过对自然和现实的审视，使文学创作更加多元化，丰富了审丑表现的形式；小说则常常描写人体的丑陋，通过探讨人类身体的不完美和异化，反映社会和个体生活的多样性和复杂性。这一系列审丑文学作品，从不同的角度和维度展示了审丑观念在中国文学中的丰富表现，试图唤起读者对美和丑的重新审视和思考。

（二）社会丑

社会丑是对社会规律的悖反，是一种有碍社会进步和道德规范的丑。社会丑主要表现为丑陋的社会现象、历史之恶、荒诞社会现实的批判等，它与伦理道德相联系，与恶彼此纠缠，是当代文学中一种普遍的审丑现象。

1. 对历史之恶和鄙陋的社会现象的表现

冯骥才的《啊！》、宗璞的《我是谁？》、卢新华的《伤痕》等小说，在特殊时代的背景下，以病态社会现象为题材，通过精妙的叙事手法，将读者引至历史的阴暗角落。在这些小说中，作者们不仅通过细腻的文字描绘展现了历史的恶，而且深入剖析了在特殊时代、极端生存境遇下现实的荒诞。这种揭示不仅是为了呈现历史的黑暗面，更是为了引导读者深入思考，反思人性的扭曲和社会的痼疾。

这些作品受拉美魔幻现实主义的影响，通常贯穿寻根文学元素，以奇异而神秘的地域风俗为题材，通过现代性的视角审视民族深层的社会问题。这些小说不仅是对历史的写照，更是对传统生存方式下原始、鄙陋、畸形，甚至变态的社会现象的深刻挖掘。以《爸爸爸》为例，小说以愚昧、闭塞的鸡头寨为背景，通过丙崽这一形象，将愚昧病态的传统社会中顽固生存的丑恶生命生动地呈现在读者面前。丙崽被村民奉为"丙仙"，却因一句"爸爸爸"引发了一场残酷的战争。这种将人物形象和环境描写相互映衬的手法，形成了一个重要的内部循环圈。小说呈现出丑的人、丑的文化氛围、丑的精神状态，构成了一种近乎窒息的生存面影，让人们不由看到这个带有前现代形态的小社会窒息衰败的生存迹象。同样，王安忆的《小鲍庄》也将读者带入一个落后保守的村庄。在这个村庄中，女人因为生下死婴而备受折磨，寡妇因再婚遭受侮辱打骂。小说通过对历史的解构与反思，揭示了僵化的"仁义道德"如何吞噬人性的纯真与美好，以及传统文化温和外表下隐藏的社会丑陋与罪恶，深刻反映了新历史主义文学思潮的核心理念。苏童的《妻妾成群》则将目光直接聚焦在封建家庭中四个女人为争夺丈夫宠爱而进行的互相算计上，故事最终以疯癫和死亡为结局，深刻揭示了封建制度对女性的戕害和压迫。王小波在《万寿寺》中，以恶意的调侃讽刺历史现实。对皇帝这个权力象征的调侃，以及对权谋和腐败的批判，使小说成为一种对历史的独特反思。通过这种恶意的调侃，作者用一种特有的幽默方式揭示了历史的丑陋面，引起人们对荣耀和权力的深刻反思。莫言的《丰乳肥臀》《檀香刑》等作品，则通过"审丑抹去历史的时间标识"的手法，使有意义、有价值的历史被消解殆尽，替代的是由人的本能无意识操控的历史、丑陋的历史、虚无的历史。这种独特的叙事手法将历史的"时间标识"抹去，使历史失去了确切的轨迹和意义，变得模糊而虚无。在这些文学作品中，审丑不仅是为了揭示历史的丑陋，更是一种对正统历史叙述的挑战。通过剥去历史的外衣，作品揭示了人性的本能和社会的丑陋，使人们重新审视过去，对历史进行更为深刻的思考。

总之，这些文学作品通过对历史之恶和社会现象的深刻描写，展现了在特殊时代和环境下人性的扭曲和社会的丑陋。通过细致入微的叙事和生动形象的人物，读者被引导深入思考人类历史的不同侧面，从而唤起痛感，激发对社会现象的批判和反思。这种文学表达不仅使作品具有深刻的思想内涵，也为读者提供了独特的视角，使他们能够更全面地理解历史和社会。

2. 对荒诞社会现实的批判

在对荒诞社会现实的批判中，王庆卫提出了"荒诞是丑的极端表现"这个观点，他认为荒诞通过一般非真实的变态形象，揭示了人类反目的异化、物化及非人的生存境遇。与西方荒诞文学在哲学意义上探讨的荒诞性不同，中国当代作家将西方现代主义作家笔下人类的抽象性转化为指认中国现实的具体性。当代文学的荒诞主要是立足于本土化的现实语境，是对中国社会不合理现象的批判和否定。这种荒诞在王庆卫看来是历史的、民族的荒诞，并没有深入纯粹的形而上层面，也不具有确切的形而上性质。徐星在小说《无主题变奏》中，通过写实的笔触描绘了现代人的荒诞处境。故事中，主人公仿佛是生活的旁观者，与身边的人和事保持着一定的距离。主人公以一种无所谓的态度，嘲笑着弄虚作假、循规蹈矩等行为，对抗着现实的荒诞处境，这展示了主人公对社会虚伪和丑恶的强烈反感，使小说表现出对当代生存状态的深刻反思。刘索拉的《你别无选择》聚焦在一群当代大学生身上，通过揭示他们的枯燥、压抑和迷惘的大学生活，展现了现代人的生活困境，反映了当代社会对个体的压抑和束缚，呈现了一种对生活选择缺乏自由的感觉。这种对当代大学生生活的真实描绘，是对社会荒诞性的一种揭示。在洪峰的《奔丧》中，"我"对于父亲去世的消息毫不关心，反而关注的是姐姐迷人的乳房。小说中的"我"被塑造成一种对家庭、亲情漠不关心的形象，这种局外人的态度与加缪笔下的"局外人"如出一辙。这种局外人的存在是对特殊现实语境下社会现实的真实写照，作者通过对现实丑恶的嘲讽来反抗荒诞的生存境遇。

20世纪80年代以来，传统的现实主义手法逐渐显得不合时宜，当代作家开始在题材和形式上寻求创新，以荒诞的形式表达对荒诞现实的批判。在小说领域，残雪和马原是其中最突出的代表。残雪的《苍老的浮云》以破碎化的叙事结构、混乱的叙事逻辑和梦呓式的叙述语言，揭示了人们在荒诞丑恶的生存境遇中错乱和压抑的精神状态。她的《山上的小屋》则将小说应有的情节、事件、人物形象、高潮和结尾等要素消解在荒诞的环境和混乱的对话中，完全打破了传统小说的叙事模式。这种突破传统的手法使小说更贴近荒诞的现实状态，强烈批判了社会的丑恶。马原的《虚构》《冈底斯的诱惑》等小说借鉴了西方现代主义文学的技巧，以独特的叙事圈套书写荒诞的现实人生。这些作品在形式和结构上突破传统，展现了对社会现实的深刻洞察。虚构元素的引入，使马原营造一种令人困惑但引人深思的叙事氛围，使读者更加敏锐地感知社会的扭曲和荒谬。

在散文领域中，以荒诞笔法写荒诞现实的代表作家当属王小波。他的散文作品以一种黑色幽默的方式，深刻还原了特殊时代下荒诞而沉重的现实，以反常的荒谬平静地书写丑恶的恐怖。王小波的《肚子里的战争》描述了一个医疗事件，医生看病却根本不清楚病人得了什么病，兽医给人开刀做手术，肚子剖开找了三小时都没找到阑尾，最后还要病人自己帮忙找。这一荒唐情节看似幽默滑稽，实际上充满了讽刺和嘲讽。通过这个故事，王小波让读者反思医疗体系的混乱和医生的无能，同时也揭示了社会体制的不合理和荒诞之处。当然，这篇散文中的荒诞性质不仅表现在事件本身的荒唐上，还体现在王小波的叙述方式上。他以一种平静、冷漠的语调叙述了这个医疗事件，这种反常的冷静反而加强了文章对荒诞性的呈现，使读者在笑声中也不禁陷入对医疗系统和社会体制的思考。王小波另一篇广为流传的散文《一只特立独行的猪》深刻地揭示出当个体有了个性便会被视为异类的荒谬现实。在这篇散文中，一只猪因为与众不同而备受关注，这只猪与现代社会中的个体主义、自由精神产生了共鸣。现代社会中，人们往往被各种标准、规则和制度打磨成相似的模子，人性被严重物化，个性被淡化，自由受到限制。王小波在这篇散文中，以幽默的方式反讽了社会对个体的压制，呼吁现代人要保持个性，追求自由，不要被社会的同质化束缚。在这些散文作品中，王小波展现出与其小说中完全不同的审丑风格，他的小说主要是对丑陋事物、暴力、刑罚、性欲等审丑内容的直接书写，而在散文中，他的审丑则表现为一种滑稽、荒诞的黑色幽默，是一种反审美、反愚昧、反崇高式的审丑。他通过荒谬、怪诞、令人发笑的丑陋社会现象，冷静地反思历史、现实和人性，更接近于孙绍振所说的审丑和审智散文。除了王小波，以海男、斯妤、赵玫等作家为代表的现代主义散文家，打破了传统散文的形式限制，用西方现代主义的表现手法和语言风格展现出现实的荒诞和生存的虚无，将当代审丑文学推向高峰。如斯妤的《旅行袋里的故事》采用了晦涩隐喻的语言形式，借鉴了荒诞、虚幻、超现实等小说手法，表达了主人公身处荒诞现代社会中的真实感受。这种创新的写作方式突破了传统散文的限制，使审丑文学在当代展现出更为丰富和多样的表现形式。

3. 对平庸现实之丑的书写

丑不仅是美的反面，还包括反崇高和反英雄的意义。吴炫在《否定主义美学》中将丑定义为"丑"和"不美"，其中的"不美"指的是正常、平庸、残缺。这意味着审丑文学不仅是审美上的反叛，还反映了对崇高、英雄主义的怀疑和拷问。现代文学中的审丑也体现在对平庸、庸俗、琐碎和丑恶生活的原生态呈现。潘道正认为，新写实小说以"真实"的名义，坦然面对生活的琐碎、庸俗和丑恶。这一文学潮流在 20 世纪 90 年代兴起，强调对普通人日常生活中琐碎、窘迫处境的精细描写。通过对底层小人物生活的深入观察，作家们揭示了一种平庸之恶。

在池莉的《烦恼人生》中，我们看到了对底层人生活的真实描写。小说叙述了印家厚平凡琐碎的一天，但在这平凡之中却蕴含着他生活的挣扎与浮沉。印家厚在生活的丑恶困境中艰难前行，不断面对琐碎的烦恼，这些烦恼折射出社会的不公和不完美。在池莉的笔下，读者得以深刻地感受底层人的生存压力和挣扎。刘恒的《狗日的粮食》围绕粮食展开对日常琐碎生活的叙述，小说以平静的语气描述了主人公瘿袋每日为了粮食而奔忙的困厄的生活，最终因为弄丢了粮票，主人公选择自杀。小说揭示了恶劣生活环境下现实的残酷和无奈，深刻地反映了社会中底层人的生活之苦，以及在压力和困境下的极端选择，再次凸显了崇高和英雄主义观念的缺失。

在现代社会中，当基本的生存都成了问题，生活的琐碎、丑恶和人性的卑劣才深刻而真实地袒露出来。在繁重的生活压力下，审美似乎成了无关紧要的事，审丑文学作品通过生动的叙述，向读者呈现现实世界中的平庸、丑陋和卑劣，揭示崇高缺失之下的残酷现实。审丑文学不仅让人们反思社会和人性的问题，还提醒人们关注底层人的困境，关心那些在现实生活中被忽视的存在。在审丑文学的镜头下，人们看到了世界的真相，也更深刻地理解了文学的使命，即反映生活的多样性和真实性。

(三) 精神丑

李斯托威尔认为，丑不仅表现为生理畸形和道德败坏，还表现为精神的怪癖。人性丑恶、心理变态是精神丑的主要表现。当代文学的审丑作家通过对人性丑恶的书写揭示了当代人精神的异化。陈思和曾指出，残雪"不仅写出了人类生存的悲剧，而且写出了人的某种本质性的丑陋特点"。残雪在《索债者》中用亲人之间的关系，隐喻了现代社会中人际关系的复杂性。残雪用"我"和恩将仇报的流浪猫之间的关系，暗示了亲人之间也不过是欠债者和索债者的关系。这个比喻揭示了现代人之间的隔膜和异化，强调了人际关系中的仇恨和怨恨。《苍老的浮云》展示了母亲对女儿的仇视和憎恨，甚至渴望女儿早点死去的冷酷情感。母女之间的扭曲关系反映了人际关系中的丑陋和家庭内部的冲突。《黄泥街》中人与人之间充满了厌恨和敌意，亲人之间像陌生人一样相互窥视和怀疑。胡三老头的女儿不断诅咒父亲去死，宋婆则残忍地将老父亲关在厨房，让他自生自灭。小说反映了家庭内部的仇恨和冷漠，强调了人际关系中的紧张和敌意。《山上的小屋》中，母亲对儿子充满了恶毒，甚至想要伤害他。母子之间的关系暴露了人际关系中的暴力倾向和矛盾。作品通过情感的张力和冲突，揭示了家庭内部的丑陋和病态。《老枪》中，母亲残忍地砍断了儿子的手指，展现了家庭内部的极端暴力。这种母子之间的冲突反映了人际关系中的丑恶和家庭内部的仇恨。通过对这种残酷行为的描写，作品探讨了人性的阴暗面和社会的扭曲。

与残雪不同，余华以对暴力画面的细致刻画而闻名，他通过生动而令人不安的情节，审视了人性的丑恶。他的作品强调了暴力和残忍行为在社会中的普遍存在。《现实一种》中，山岗四岁的儿子皮皮虐杀了自己的堂弟，并享受受害者的哭声。父亲山峰为了报仇，也残忍地踢死了皮皮，最终导致亲人之间的轮番残杀。小说通过对家庭内部暴力和仇恨的刻画，深刻地反映了人性的阴暗面。

莫言的作品更充满血淋淋的暴力画面，他通过对普通人的暴力心理和内心阴暗面的书写，引起了读者的痛感，并使他们反思社会中的问题。在《檀香刑》这部小说中，莫言详细描写了残忍的刑罚场景，如凌迟。这些场景反映了社会中的极端暴力行为，暴露了人性的黑暗面。作品对暴力行为的刻画，引发了读者的深刻反思和痛感。

贾平凹的作品则以宏大的社会背景和深刻的心理描写而著称。他在作品中常探讨人性的复杂和社会的阴暗面。如《秦腔》这部小说以中国戏曲文化为背景，详细描述了引生自我阉割的场景。小说通过对这种行为的描写，探讨了文化和社会对个体的影响。

这些当代文学作家通过深入探讨丑恶、暴力及人性的扭曲，反映了社会中存在的诸多问题和人际关系的复杂性。他们以不同的方式通过文学的力量试图引起读者的反思，使人们深刻地思考人际关系、社会问题及个体内心的复杂性。

二、审丑批评视角

(一)感性学视角

中国当代文学中的审丑现象最初并未引起广泛关注，直到一些学者，如刘东、栾栋、王洪岳等，以感性学的视角深入探讨美学和文学理论，将丑学纳入感性学范畴，才为审丑文学提供了新的定位和分析方法，引发了学界的重新审视。

刘东、栾栋等学者认为，"aesthetics"这个词不应被简单地理解为美学，而应该被译为包括美学和丑学在内的感性学。这一观点颠覆了中国美学界对"美学"的传统认知，将丑学看作感性学领域的一个独立而平行的部分，这为审丑现象的出现提供了理论依据，使其能够在文学中得到更合理的讨论和解释。

栾栋、蒋孔阳、王洪岳等学者通过研究西方感性学的历史演变，指出西方现代主义时期是审丑的时代，审丑意识对审美产生了重大影响，拓展了人类的感性领域。而中国的感性审丑意识则是在西方现代主义思潮的冲击下逐渐觉醒的。从感性学的价值取向来看，正是西方现代审丑思潮的影响和催生，使中国当代文学经历了从传统审美到现代审丑的变革。

栾栋认为，美学和丑学都是人类感性的表现，也都是感性学的重要组成部分。他从西方审美观念与审丑观念的历史演变中指出，西方感性学经历了美学百年后，进入了丑学百年的阶段，最终将走向感性学的合题。这一观点表明，审美和审丑并不是对立的概念，而是相辅相成的，它们都在感性学的框架下发挥着重要作用。

王洪岳在此基础上，从感性学的理论角度将当代文学的发展划分为审美正题、审丑反题及两者的合题三个阶段。他认为，审丑文学是对人类负面感性情感的表达，这种文学以余华、残雪等作家为代表，将"中国特色的异化现象"写入作品，激发了民族感性学思维，对解放人类感性产生了重要影响。然而，他也指出，当前的文学正处于审丑的反题阶段，某些作品局限于对丑的玩味，却没有真正的感性学价值。因此，文学的未来必须走出审丑，走向感性学的合题，创作出包容美丑的新文学。

(二)心理学视角

童庆炳认为，文学创作和文学接受是一种心理转换的过程，无论是文学创作或文学接受都包含特殊的心理行为。因此，他主张从心理学的角度来建立"文学心理学"，以便更好地解释某些特殊的文学活动和文学现象。当代的一些批评家也明显关注到了这一点，他们尝试从作家的创作心理视角来分析文学作品中的审丑现象和丑恶景象。这种文学心理学的观点提供了一种深入了解文学作品背后的心理动机和意图的新方式，为文学研究带来了新的视角和理解。

李建军从作家的创作心理角度对当代先锋派的审丑书写进行了尖锐的批评。他认为，文学作品并不是无意识活动导致的随意、偶然的结果，而是作家通过自觉的意识选择和创造的，其中包含着作家的愿望、动机和目的。因此，他认为审丑现象主要源于作家健康人格和正面价值观的缺乏。李建军指出，对丑的狂热表现是作家病态心理和残缺人格的真实写照，是作家内心压抑的本能冲动的释放和宣泄。他认为，作家们之所以沉溺于丑恶场景和粗鄙下流的表现，一方面源于作家内心对此的极度渴望，另一方面是作家将生理快感和心理美感混为一谈。这种观点在李建军对贾平凹作品的分析中得到了明确体现。董小玉也从作家的创作心理视角分析了残雪小说中呈现出的丑恶景象。她认为，这些景象主要源于作家自身"病态的孤独意识的体验"，是作家内心伤痛和自我否定的心理写照。董小玉的观点强调了作家内在心理状态对文学创作的影响。董小玉认为，作家通过文学作品来表达和宣泄内心的痛苦和不满。她的观点暗示了文学作品可以被视为作家内心情感的一种投射和表达方式。谢有顺在评价残雪的创作时提道："她对个体经验中的隐秘心理有着疯狂的痴迷。她那批散发着潮湿梦魇气味的小说，是我们时代人性恶与心理隐疾的展览馆。"谢有顺认为，文学作品是对个体内心隐秘心理的一种展示和反映，残雪通过她的文学作品深入探讨了个体内心的阴暗面。

李建军等批评家过于强调作家个人的审美缺陷，将审丑现象视为作家心理的折射。这种观点强调作家的主观性和心理特征，将审丑问题局限在作家个人的品位和偏好上。他们认为，作家对丑的偏爱反映了他们的心理偏差或缺陷，因此审丑作品应该受到批评和质疑。然而，这种观点很片面，因为它忽略了审丑现象更深层次的心理机制。与之相反，王洪岳从心理结构层面出发，强调了审丑行为的心理结构和潜意识因素。王洪岳认为，审丑心理学以审丑知觉、审丑情感、审丑判断等为研究对象。审丑知觉是个体如何感知和识别丑的元素或特征；审丑情感是个体对丑的情感体验，如恶心、嘲笑、愤怒等。审丑判断涉及个体对丑的价值和意义的判断，以及是否应该接受或拒绝丑。他认为，审丑主体的行为受到潜意识层面的本能驱使，而不光是自身心理的审美偏好。这种观点强调了审丑行为背后的心理机制，认为审丑主体在非理性精神的驱使下进行审丑。这意味着审丑不仅是作家的个人心理偏好的结果，还涉及更广泛的文化和社会因素，以及个体潜意识层面的需求和冲动。在理性层面，个体可能会通过思考和分析来判断和处理丑。然而，在非理性层面，个体的本能和冲动可能驱使他们对丑做出反应，而不经过深思熟虑。因此，审丑主体的行为可能受到这两种因素的综合影响。

从读者接受角度来看，当代文学审丑思潮的涌现还是对读者心理感官和审美趣味的冲击和挑战。一些批评家主要从读者接受心理的视角评析文学审丑现象的存在。显然，当代文学中审丑现象的丛生打破了读者的期待视野，触及了人们心理审美接受的底线。粗略地浏览一遍 20 世纪八九十年代的文学作品，浮现在读者眼前的，大多是暴力、血腥、污秽、变态的生存景象，残雪、余

华、莫言等当代作家更是把"丑"暴露得淋漓尽致，这难免引起读者文学上的
"恋污癖"。洪治纲便注意到了文学中泛滥的丑现象对受众心理产生的负面冲
击，认为文学作品如果没有了美好和温暖，只会给读者带来绝望和恐惧，审丑
文学应该顾忌受众的接受心理，有一定道理。

　　在20世纪八九十年代的文学作品中，可以看到很多作品涉及极端、暴力、
血腥、污秽及变态的生存场景。一些当代作家，如残雪、余华、莫言等，将
"丑陋"以一种淋漓尽致的方式呈现在读者面前。从读者接受的角度来看，当
代文学中审丑思潮的兴起带来了多重冲击。一方面，审丑文学打破了读者的期
待视野。传统文学常常强调情节的高潮、情感的高亢，以及主人公的积极形
象。然而，在审丑文学中，这些传统元素被颠覆，取而代之的是令人不安、令
人震惊的情节和角色。读者在阅读过程中会感到迷茫和困惑，因为他们的预期
与作品的实际内容不符。另一方面，审丑文学也触及了人们心理审美接受的底
线。这种文学常常包含极端的暴力、血腥场景，涉及性别、道德等敏感议题的
内容。这些情节让一部分读者感到不适和恶心，甚至引发强烈的情感反应。审
丑文学的冲击性和震撼性使读者在审美体验中不断面临挑战，需要更深层次的
思考和情感处理。洪治纲对这一现象提出了一些有价值的观点。他认为，文学
作品如果没有了美好和温暖，只会给读者带来绝望和恐惧。这一观点强调了审
丑文学应该考虑受众的接受心理，不应过于沉溺于丑陋和恶劣的情节，以免引
发读者的负面情感体验。洪治纲的观点强调了文学的使命，即引导读者思考和
感受，而不仅仅是满足他们的不正常兴趣。

　　审丑文学的崛起是当代文学的一大特点。它通过强调人类生存中的丑陋、
痛苦和不和谐，挑战了传统文学所强调的美好、和谐和理想化。在残雪的作品
中，读者经常面临着非人化的、荒诞的生存境遇，这种陌生感觉和现实世界的
异化使人们不得不重新审视自己的生存状态。余华则深入探讨了人性的底线，
通过暴力血腥的情节，引发读者对道德和人性的深刻反思。莫言则通过对残酷
刑罚的精细刻画，引发了读者对暴力和残忍的深刻反思。这些作家以其独特的
创作方式，挑战了传统文学的审美观念，引发了读者对人性、道德和生存的深
刻反思。在审丑文学的作品中，美往往掺杂着丑陋。这种审美视野的颠覆挑战

了读者的心理定式，迫使他们从不同的角度看待世界。审丑文学之所以能够触及人们的心灵，还在于它深刻地探讨了异化的生存本质。现代社会的快节奏和竞争压力使人们逐渐迷失在日常生活中，忽视了自身的情感和精神需求。审丑文学通过将人类的丑陋一面呈现在读者面前，引发了对生存的深刻反思。人们开始思考自己在这个世界上的位置和价值，以及对于丑陋和痛苦的态度。审丑文学在一定程度上激发了人们对人性、道德和生存的思考，使他们更加敏感地感知生命的真实本质。南帆提出了一种观点，即审丑文学可能引发某种"奇怪的快感"。虽然审丑文学常常包含不适和不正常的情节，但这种情感体验可能是一种深层次的、复杂的快感，这种快感源于对人性的触摸，对世界的重新认知，以及对生命的深刻思考。潘道正从心理距离的角度提出了对审丑文学的独特见解。他认为，审丑艺术中的心理距离决定了读者对丑陋的接受程度。如果心理距离拉得太近，读者可能会感到反感；如果距离过远，情感共鸣可能减弱。因此，创作者需要在审丑文学创作中平衡心理距离，以确保读者能够深入思考而不受情感排斥的影响。

(三) 叙事学视角

叙事学是西方文学批评领域的一个重要分支，起初是在欧洲兴起的。20世纪80年代，改革开放使中国文化界开始广泛接触和吸收国际学术理论和方法，叙事学由此传入中国，成为中国文学研究的重要组成部分，为中国文学创作和文学批评注入了新的思想和方法，对中国文学的发展产生了深远的影响。

叙事学可分为两个主要范畴：叙事诗学和叙事批评。这两个范畴在不同层面上探讨了叙事的问题，并为文学创作和文学批评提供了丰富的工具和理论基础。

叙事诗学是研究叙事的艺术和技巧的分支，它包括了对作品的情节结构、时间安排、视角种类、叙述层次和种类等方面的系统分类和分析。叙事诗学的研究关注于如何构建一个故事，如何在文本中传达信息，以及如何影响读者的感知和理解。情节结构是叙事诗学中的一个重要概念，它涉及故事的发展和组织方式。情节结构可以是线性的，也可以是非线性的，可以通过回溯、跳跃、交织等方式来呈现。这种多样化的情节结构为作家提供了更多的创作选择，可以让他们以不同的方式讲述故事，增加作品的复杂性和吸引力。时间安排是叙事诗学中的另一个重要方面，涉及故事的发生顺序和时间跨度。作家可以选择线性叙事，按照事件发生的顺序叙述，也可以使用闪回、前瞻等手法来改变时间的呈现方式，这种时间的灵活运用可以增加故事的张力和深度。视角种类是指叙事中使用的角色或叙述者的身份和立场，第一人称叙述、第三人称叙述、多视角叙述等不同视角种类可以用来传达不同的信息和观点，可以让读者更好地了解故事中的角色和事件。叙述层次和种类涉及叙述者与被叙述者之间的关系，以及叙述的方式和形式。叙事可以是直接的，也可以是间接的，可以是内部叙述，也可以是外部叙述。不同的叙述层次和种类可以影响叙事的感知和效果。

叙事批评是研究文学作品中叙事元素的分析和评价的分支。它更关注文学作品叙事的质量、效果和功能，以及叙事与文本主题、情感和意义之间的关系。叙事批评的目标是理解叙事在文学作品中的作用，并评估它对作品整体的贡献。叙事批评可以帮助人们解析文学作品中的叙事冲突、角色发展、主题表达等方面的问题，通过分析叙事的技巧和策略，可以揭示作家在故事中所要传达的信息和观点，这有助于读者更深入地理解文学作品，同时也为文学批评家提供了评价作品的标准。

在 20 世纪 80 年代以后，许多文学作家受到西方现代派文学的启发，借鉴了其先锋性和反叛性。这种借鉴不仅体现在作品的题材和内容上，还表现在叙事和语言方面。审丑成为一个重要的文学趋势，作家们开始在他们的作品中审视社会和人性的丑陋和荒诞之处。审丑意识的觉醒和转型在先锋小说中尤为明显，这种转型是依托于语言叙事的突破来实现的。作家们开始使用非传统的叙事技巧，如断裂的时间线、多重叙事视角和语言的实验性表达，以传达更加复杂和深刻的主题。这些文学作品常常通过夸张、讽刺和黑色幽默来探讨社会问题，揭示人类存在的荒谬和矛盾。

王洪岳在《审美的悖反：先锋文艺新论》中深入研究了先锋文艺的形式特征，并探讨了这些特征与审丑的密切联系。王洪岳指出，先锋文学最显著的形式特征就是内在性叙述。这种内在性叙述强调了人物内心世界的复杂性和多样性。通过内在性叙述，作家以一种内视角来呈现人物的情感、思想和内心变化，使读者更深入地了解和共鸣于人物的内在体验。这种叙述方式有助于打破传统文学中的客观叙述模式，使文学作品更具情感深度。审丑叙事也强调对内在世界的深刻探索，试图通过对人物心理的描绘来探讨社会、权威和文化观念的荒谬之处。感觉化叙述是先锋文学的另一个显著特征。这种叙述方式将情感和感觉置于文学作品的核心地位，试图通过感官和情感来深刻表现人物和情节。感觉化叙述使读者更加深入地感受人物的情感，从而与作品建立情感共鸣。这种情感共鸣可以帮助读者更好地理解作品所要表达的观点，并增强作品的影响力。审丑叙事也与感觉化叙述密切相关，因为审丑叙事往往试图通过触发读者的情感共鸣来引发对社会问题的深刻反思。王洪岳在书中强调了先锋文学中语言形式的变形和叙事的怪诞。先锋文学通过变形的技巧，如颠覆传统叙事结构、语法规则和修辞手法，创造出一种陌生而引人入胜的叙事体验。这种变形使读者感到不适应，从而引发他们的深思。与此相呼应，审丑叙事也试图通过对社会、文化的颠覆和嘲讽来引起读者的注意，进而引发读者对社会现实的深刻关注。在先锋文学中，语言形式的变形和叙事的怪诞通过审美陌生化的效果使作品更具吸引力和独特性。王洪岳还分析了先锋文学中语言的反讽、戏仿和狂欢化等特点。这些语言特点与审丑叙事的态度相呼应，都是对社会现实和权威的一种戏谑和挑战。通过语言的反讽和戏仿，先锋文学作家嘲讽了社会的虚伪和荒谬，从而引发了读者的思考。狂欢化的语言也突出了对社会和文化的荒诞，使审丑叙事更加突出。这些语言特点使先锋文学充满创新和挑战，与审丑叙事相辅相成，共同强化了文学作品的影响力。

李建军的观点与王洪岳的形成了鲜明的对比。他认为，当代作家采用的审丑和写丑的叙事方式是对传统叙事的挑战和反叛。李建军对莫言的《檀香刑》提出了批评。他认为，小说中对暴力和酷刑的描写反映了一种病态的鉴赏态度。李建军指出，小说存在一系列语言病象，如文白夹杂、反语法与非逻辑化表达、拙劣的比喻及冗词赘句等。他还批评了小说采用了一种主观性的"瞬间转换"的叙事方式，这种方式缺乏必要的情节铺陈和逻辑发展。李建军认为，这实际上是对西方小说的机械模仿，背离了传统叙事的核心原则。李建军也对贾平凹的代表作《秦腔》进行了批评。他认为贾平凹是一位消极写作者，因为《秦腔》取消了长篇小说中重要的叙事元素，导致作品呈现出混乱、破碎和缺乏深度的特点。他甚至将作品描述为不伦不类的怪物，认为这种叙事方式增加了读者的阅读负担。李建军的观点突显了他对文学创作的严格要求和坚定立场。他认为审丑和写丑不应成为牺牲叙事质量的代价，而应该与传统叙事相结合，以创造更有深度和内涵的文学作品。他的批评观点呼应了一些文学评论家对文学质量和伦理标准的担忧。

20 世纪以来，文学逐渐将身体作为一个重要的叙述对象，作家们通过身体叙事的方式来挑战传统观念和理性，以及缓解精神上的虚无和焦虑。南帆以独特的"身体修辞学"视角对审丑文学进行了解读，强调了在 20 世纪 80 年代的文学创作中，身体作为一个叙述元素的重要性，并指出以莫言和残雪为代表的先锋文学如何动摇了传统躯体修辞学的根基。南帆认为，20 世纪 80 年代的文学创作标志着脸谱时代的结束。在这一时期，作家们开始摒弃传统文学中对理想化形象的追求，转而将身体作为一个直接而真实的叙事对象。莫言是其中的代表之一，他在作品中大胆地暴露了人物的生理性质，将血、肉和骨头等身体元素从象征着英勇和不屈的意义中解放出来。南帆以《红高粱》为例，指出莫言在其中展示了躯体的生理性质，特别是身体巨大的痛苦所引发的恐惧、战栗和哀号。这种身体叙事方式挑衅了传统躯体修辞学，不再将身体视为一种象征，而是以更加写实的方式呈现出来，凸显了身体之丑。另一个例子是残雪的小说，其中对身体之丑的描绘直接取消了性别的差异。父亲和妹妹的身体差异只体现在生理性质上，而没有性别之分。在作者看来，这些人物只是异化的躯体，性别不再是重要的区分因素。这种叙事方式对传统身体修辞学中以男性为中心的观念进行了解构，突出了身体的异化和躯体的欲望。在南帆看来，不仅是莫言和残雪，以陈染为代表的女性写作群体也以触犯传统禁忌的方式将身体引入文学领域，赤裸裸地展示身体之丑和躯体之欲。这些作家通过身体叙事，突破了传统文学中关于身体的陈旧观念，将身体从边缘带入了文学的核心，以一种直接而坦诚的方式探讨身体、欲望和性别等话题。南帆的"身体修辞学"

视角强调了审丑文学中对身体的重要性，以及如何通过身体叙事来挑战传统观念。这种叙事方式使作家能够更加真实地反映人类的生理性质和欲望，减轻精神上的虚无和焦虑，同时也呈现了文学创作中的创新和挑战。身体成为文学中的一个强大的叙事工具，帮助作家深入探讨社会、性别、道德和人性等复杂的主题。通过身体叙事，审丑文学开启了一扇全新的文学大门，为文学的发展和批评提供了新的角度和视野。这种文学探索不仅挑战了传统文学的规范，也丰富了文学的多样性，使文学作品更富有深度和内涵。这些批评家们立足于叙事学理论背景之下，对当代小说特别是先锋小说的叙事特征进行审丑意义上的诠释和解读，探究当代文学审丑意识的叙事表征，为审丑批评实践提供了全新的视角。

三、审丑批评立场

审丑批评作为文学批评领域中的一个重要分支，强调对文学中的审丑现象进行理性的批评和对审丑文学作品的价值评估。与传统的审美批评关注美的构成和审美价值不同，审丑批评更侧重于对审丑现象的讨论和分析。在当代文学界，面对众多涌现的文学审丑现象，批评家们采取了三种不同的观点和立场。

（一）尖锐批判

在李建军看来，批评是一种揭示真相和发现真理的工作，不仅仅是为了表达欣赏和评价。这一观点突出了批评在文学领域的重要性，因为它有助于文学作品更深入地探讨社会、人类生活和人性的方方面面。批评的本质是对文学作品的分析和解读，它提供了深层次的洞察力，帮助读者更好地理解和欣赏文学作品。

在文学审丑问题上，李建军的立场是明确的，他强烈反对当代文学中出现的审丑现象，将其视为一种"病"。这个观点的核心在于他认为文学应该是一种高尚的艺术形式，应该追求对人性和社会的深刻审视，而不是沉溺于丑陋和庸俗的描写。他将这种审丑现象看作文学作家精神趣味的病态反映，同时也反映了作家道德底线的缺失。进一步地，李建军将文学审丑问题的根源归咎于作家自身。他认为审丑现象的出现反映了作家的人格病态，这一观点表明他对文学创作者有着高度的期望。他指出《兄弟》《檀香刑》《秦腔》等作品中的粗鄙、暴戾和淫秽的描写，暴露了作者的病态心理如施虐癖，这些作家已经放弃了对温暖和希望的探求，而将文学变成了一种对死亡和恐怖的渲染，使其成为一种对人性底线的冲击。他认为这些黑暗和病态的写作不能达到文学的基本目标，即提供审美愉悦和精神解脱。相反，这些作品可能使读者沉溺于道德的放纵之中，难以自拔。以莫言为例，他批评莫言的作品中充斥着病态、厌恶和敌意的情绪，特别是《檀香刑》中对暴力和酷刑的展示，李建军认为缺乏精神向度和内在意义，更缺乏克制和稳定健康的心理支持，这种写作方式会引起读者的生理反感和恶心，反而削弱了文学作品的文化价值。

但是，是否文学就不能书写黑暗堕落的内容呢？李建军表示，文学创作不应完全回避书写黑暗堕落的内容。他强调，文学的使命之一是直面黑暗，叙写黑暗，因为这是文学宿命性质的使命。这一观点体现了文学作为一种艺术形式的广泛性和多样性，文学是一个重要的工具，可以帮助社会认识到存在的问题和危险，以便对其进行反思和改进。因此，文学应具有一种社会责任感，不仅是为了娱乐，还应该致力于传达有关人性、社会和道德的信息。然而，李建军并不认为一切黑暗堕落的内容都是可以接受的。他强调了文学创作的目的应该是彰显光明和温暖，而不是沉溺于丑恶本身，导致自我堕落。这一观点强调了文学作品的导向性，即作家在书写黑暗时应该关注如何以正面和启发性的方式呈现问题，并为读者提供启示和思考。

在文学审丑问题上，李建军特别强调了文学创作的伦理和道德标准。他认为文学创作的审美趣味应该坚守道德庄严感，并要求人们对涉及的主题，如暴力、色欲、权力、金钱等，持有一种理性的批判态度。在李建军看来，21世纪以来文学中嗜丑现象的增多和文学界线的模糊是令人担忧的。他在这个背景下坚守了文学创作的底线，坚持以伦理道德的标准来维护文学审美的尊严和高雅的品格。他认为，只有通过理性的态度来选择审美对象，以批判和反思的态度来批评文学创作，才有助于规范当代文学的审美观念，确保文学作品在深刻探讨黑暗的同时，不失高尚的艺术和道德的价值。然而，李建军的批评也受到了一些争议。他将审丑作家一概列为精神病态者，甚至攻击他们的人格，这些做法忽视了文学作家的多样性和复杂性，以及他们创作背后的动机和意图，显得过于偏激。批评应该更多地关注作品本身，而不仅仅是将作者归为一类。

董小玉的批评主要集中在对当代作家的审美观念展开。董小玉认为好的审丑作品应该具备一定的美学特征。她以《恶之花》为例，强调了审丑作品可以通过对丑陋的书写来引发读者的否定性价值评价，这意味着作品不仅是对黑暗的呈现，还应激起读者的反感和对美好事物的向往。董小玉也指出了一些先锋作家存在的问题。她认为，这些作家倾向于以一种否定一切、怀疑一切的态度来书写人性的阴鸷和荒诞，卫慧、棉棉等人的"肉体写作"更是偏向于对个人放纵、私生活的曝光以及对人兽性欲望的宣泄。这些作家在审丑方面缺乏健康的审美观念和正确的审美导向，他们忽视了人性美好的一面，缺乏对现实生活的深刻感悟。董小玉进一步指出，这种对丑的无限炫耀和品味将导致人陷入虚无与绝望。这一观点突出了审丑作品对读者心理和情感的影响，如果审丑过度且缺乏积极向往，则会导致读者对生活产生消极情绪，甚至产生绝望感。因此，董小玉强调，当代作家需要坚定美好的理想信念，努力发掘人性的光辉。她认为优秀的文学创作应该给人以积极的鼓舞，不应是对黑暗的无限展示，作家应该在审丑时考虑如何积极地影响读者，而不仅仅是迎合某种审丑趣味。

可见，李建军和董小玉在一定程度上都强调了作家需要以一种理性的态度，坚守道德的底线来审视审丑现象，他们都认为作家在创作中应建立健康的审美观念和审美标准，这些标准应该包括对伦理和道德的敏感性。然而，这种观点也存在一定的局限性。如果将作家的审丑行为仅仅归结为道德的缺失，而不充分考虑文学作品背后的文化和社会背景，以及感性学和非理性思潮等因素，那么批评就会变得单一和不充分。审丑现象往往受到多种复杂因素的影响，包括社会变革、文化变迁及作家个体的体验和认知。因此，在审丑问题上，综合考虑文学作品的多个方面和背景是更具说服力和全面性的方法。

谢有顺对审丑文学的批评，特别是针对先锋文学的批评，言辞尖锐而深刻。他认为审丑现象主要体现在现代社会的道德沦丧和价值失范，导致文学本应追求的精神向度被丑恶、污秽和淫欲取代。他观察到一些当代作家，如刘索拉和余华，不再歌颂人性的美好，反而走向绝望，成为时代绝望的歌者。谢有顺指出审丑文学的一个问题是其明显的文本自恋式的私人性。残雪、莫言、陈染等作家更注重文本形式的创新，而不是关注作品对现实人生的基本态度。这导致文学作品中的语言狂欢化，使读者难以理解作家的核心观点并达到警醒精神的目的。他认为作家们似乎已经从生存的现实境遇中撤退，只在文本形式中活动，而他们的心灵则被排斥在写作之外。此外，谢有顺也不认同余华等人的所谓"零度写作"。他认为，如果作家的真情实感不再在作品中体现，就意味着作家失去了对真理和现实感的评定标准。审丑创作似乎只将个人化生存体验的精神之痛转变为单纯的文本愉悦，而没有试图寻找希望与救赎，也没有探讨个体生存的本质意义。这样的作品只会让人陷入更深的自我绝望。谢有顺进一步指出，造成先锋作家大规模写丑的主观原因是他们将生活真实与精神真实混淆了。他认为文学作品应该主要表现精神的真实，以精神来映照现实，并以精神的方式描写现实生活中的丑恶与绝望。如果只是将现实生活中的丑恶细节毫不保留地呈现在作品中，而没有精神的映照和反思，那么文学作品只会成为黑暗的帮凶。谢有顺还指出，一些作家缺乏对生存现实的判断能力，他们缺乏健康的审美导向和正确的价值立场。他以叶兆言为例，批评他的小说过于注重肉体节律，降低了文学的神圣性，并混淆了现实性与日常性的界线。他认为真正书写现实的作品应该从生活事象中超越出来，以获得一个独立的精神品格，从写生活到写生存，从写情感到写精神，最终实现对终极问题的一种响应和召唤。纵观 20 世纪 80 年代先锋文学创作中出现的一些形式大于内容和审丑低俗化的问题，谢有顺的批评显然是一针见血的。

　　除了上述批评家较为集中且直接的审丑批评外，还可以从一些批评家零散的批评言论中窥见一二。赵学勇将残雪的小说描述为"先锋的堕落"和"先锋作家的坟墓"，表明他对这种文学形式的极度不满。他认为残雪的作品构建了一个精神病态的世界，以阴暗和偏执的方式呈现生存的绝望、精神的病态和现实的丑恶。这种创作方式令读者感到厌恶，在这些作品中，读者只能看到作者隐藏在诡谲语言结构背后的苍白灵魂，以及作者责任感的减弱和对文学崇高感的亵渎。赵学勇的观点突出了文学的社会性审美交流的重要性。他认为文学的生命价值是在人与人之间的审美交流中建立起来的，而这种交流需要一种从客观现实中汲取的精神。然而，先锋小说只停留在技巧和形式上的创新，只是将个人私人化的经验编织成噩梦，而没有引导人们走向新的精神层面。赵学勇的评论还强调了审丑文学可能引发的情感反应。他指出，残雪的作品带给读者的主要情感是厌恶，作品中对绝望、病态和丑恶的过度强调，以及对精神和责任感的消极态度，引发了读者的强烈不适。这种情感反应对文学的审美价值和社会意义产生了负面影响，因为它没有使读者思考或感受到文学的积极影响，而只是强调了作品的负面情感。

曹文轩的观点为审丑批评提供了另一种深刻的否定态度。他将当前的时代描述为"混乱的时代"，认为在这个时代，文学似乎只能通过"往丑里写、往死里写"来释放内心的仇恨。他将这种肆无忌惮地写丑、写恶的文学形式称为"怨毒文学"。曹文轩的批评主要集中在审丑文学的精神和社会影响方面。曹文轩指出，当前的中国文学弥漫着阴郁和沉重的怨念，充满了诅咒、怨恨、淫秽和窥视。他原本将文学视为高扬爱与美好的领地，但现在文学已经沦为了腌臜不堪的唾沫和浓痰，这种文学的表现方式被曹文轩视为一种极端和变态的仇恨和怨毒。他认为这种情感源自作者们虚弱、不健康、变态的灵魂，在受到冷落、打击和迫害时表现出来。曹文轩站在文学经典的立场上，主张即使在一个充满恶劣现实的社会，文学也不应该放弃审美。他认为作家嗜丑崇恶的趣味只会导致当代文学的失衡，使善与恶、美与丑之间的平衡严重受损，他坚信文学应该具备审美价值，不仅是一种情感宣泄的工具，还应该为读者提供美的享受和精神的启发。曹文轩凸显了对审丑文学的文学伦理和审美价值的担忧，这些观点为审丑文学的争议性提供了更多的讨论材料，引发了对文学的社会使命和价值的深刻反思。

总的说来，当代作家的审丑创作表现为内容的审丑和形式的审丑。从文本内容来看，一些当代作家的审丑创作确实表现出对丑恶现实的过度书写和对丑的痴迷。这种过度的丑陋呈现可以使作品充斥着绝望的气息，读者在其中难以找到温暖和希望。审丑的痛苦情感可能激发读者潜在的颓废和绝望情绪，使人们陷入消极的思考状态。作品中对丑的过分强调有时会导致读者感到不适和拒绝，因为它们过于直接而露骨地描绘了社会的丑陋和人性的堕落。从文本形式的角度来看，一些先锋作家追求语言形式的新颖和零度写作，注重个体语言的狂欢。他们使用非传统的文学技巧和结构，以探索新的表达方式，但这种追求新颖的形式有时可能导致作品变得晦涩难懂，使读者难以理解或产生共鸣。作家们过于强调形式的实验性，而忽视了作品的内在含义和深层次的精神导向，使作品变得脱离了读者的情感和认知。然而，审丑文学并不一定只会带来堕落和绝望，也不一定只是一种负面情感的表达。审丑文学的存在也可能激发人们的思考和反思，引发对社会现实和人性本质的探讨。审丑文学虽然展示了世界的阴暗面，但这也可以帮助人们更清醒地认识到社会存在的问题和人类的脆弱性；审丑文学也反映了一种反叛的精神，对于一些人来说，它就是一种抗议和反抗的表达方式，在某种程度上，审丑文学具有一种解放的作用，让作家和读者敢于面对世界的丑恶，并试图理解和改变；审丑文学的出现有时也具有预言的性质，通过揭示现实的缺憾和问题，在一定程度上警示了人们未来可能面临的挑战和危机，使人们思考如何应对这些问题，寻找解决之道。因此，审丑文学不仅是一种负面情感的宣泄，还是一种对社会和文化的反思，有助于引发社会积极的变革和改进。

(二) 积极肯定

南帆对当代文学中的审丑现象持积极的态度，认为审丑是文学领域的一种新趋势，并强调了审丑的美学和价值。在《文学：审美与审丑》中，南帆明确表示，审丑已经成为当代文学中不容忽视的文学动向。他列举了一系列作品，包括宋琳的诗歌《城市之一：热岛》、张小波的诗歌《春天》，以及韩少功、莫言、残雪、洪峰等作家的小说，这些作品中涌现出大量丑陋、怪诞、病态和肮脏的意象。南帆认为，这些作品的出现反映了审丑已经深刻地融入了当代文学的创作领域，审丑是文学发展的必然结果，而不仅是个别作家的独特创作。

南帆进一步探讨了审丑文学的美学和价值。他认为，审丑文学提供了一种新的世界观感，审丑的刺激重新唤醒了人们的文化感官。他引用莫言的小说

《红高粱》作为例子，指出该作品将丑与伦理的恶相分离，通过对丑的暴露，使小说具有了深刻的审丑价值和美学意义。南帆还提到韩少功的作品，认为在当代作家的笔下，丑不再是美的陪衬，它以直截了当的方式进入文本创作，不需要带上美的假面，也没有美作为结束前的安慰。南帆认为，这种对丑的坦诚暴露使人们不再陷入美的虚幻世界，而是更加清醒地直面现实世界的丑陋。

尽管一些怪异和丑陋的现象可能在文学作品中引起读者的生理反感，但南帆认为，正是这种赤裸裸的审丑刺激，使人们不再轻易接受美的包装，而更容易接受真实的丑陋事物。面对残酷的现实，美显得脆弱和虚弱，而丑陋则更能够刺激文学的表现力，使人们更深刻地认识到社会的问题和人类的脆弱。南帆认为，残雪对丑陋的精细刻画如同一种恶狠狠的诅咒，比温文儒雅的审美文学更能够唤醒人们，使人们更加警醒和有所思考。

南帆强调，作家对审丑的热衷是一种积极反叛精神的表现。他引用了洪峰的小说《奔丧》，指出该作品以冷漠的血缘亲情揭示人性异化的本质，莫言的《红蝗》通过对丑毫不节制的书写完成对美的亵渎。南帆认为，审丑意识是一种积极的反叛，美的文学在丑的面前显得过于矫揉造作和虚幻，而丑则更能刺激文学的表现力，宣泄作家内心的反叛欲望。他认为审丑现象"颠覆正统的艺术法则"，"完成了对美文学的窥视与挑战"，审丑的出现为僵化的当代文学注入了新的血液，指明了新的方向。

南帆也强调了对审丑现象进行深刻理论思考的必要性。他认为，无论是从美学的角度，还是从心理学的视角，都需要对审丑价值进行更深入的理论探究。南帆不仅从美学和文学的理论视角对审丑现象给予肯定，还从身体修辞学和叙事学角度探究了丑的独特美学价值，肯定了当代文学身体审丑的书写对传统修辞学的反叛意义。

王洪岳也是一位持积极肯定审丑观的批评家，他的观点主要基于先锋文学，但他将审丑的讨论提升到感性学的理论层面，深入分析了审丑对文学和审美的影响。王洪岳强调，审丑是先锋文学的感性学特征。一些先锋作家，如马原、洪峰、余华等，早在创作中突破了传统审美理念的禁锢，将审丑视为唤醒人们感性思维的清醒剂。这些作家试图通过描述主人公堕落、丑陋、颓废的生存境遇，让读者认清现实世界的真实本质，认识到灵魂的孤独、现实的丑恶和人性的异化，以"审丑的痛感"唤醒那些已经麻木于工具理性操控的灵魂。

王洪岳认为，审丑文学承载了感性启蒙的使命。科学理性的长期压制使人类的感性心理结构逐渐受限，而审丑文学则将丑陋、荒诞、虚无等负面感性内容纳入文学舞台，强调了文本创造的个性解放和私人化。这种文学的个性解放有助于培养人们的审丑心理、审丑情感和审丑知觉，帮助人们更全面地理解和接受负面情感，如丑陋、恶、荒诞等，以反抗长期以来审美编织的意识形态束缚。审丑文学在感性启蒙方面具有独特的意义，通过扩大感性学思维，使人们更加深入地思考和感知世界。

王洪岳也强调，积极的审丑写作是对思想专制的反叛和对自由的呼唤。先锋文学的审丑动机依然是人类在当代社会中追求自由的表现，作家内心的冲动仍然是反对专制的一面。审丑文学可以看作对思想专制和道德规范的挑战，它突破了传统审美的边界，提出了不同的审美观念，从而促进了自由思想的传播和表达。审丑文学不仅是一种审美实践，更是一种反思社会的思想方式，有助于推动社会的变革和进步。

然而，王洪岳也清醒地看到了审丑文学在消费社会中可能流于媚俗的趋势。他提到一些先锋作家可能会陷入对丑的过度书写和对情欲的过度宣泄，导致审丑文学在媚俗化方向的流行。他指出，21世纪以来，一些作家过于沉迷于对负面情感的刻画，这种过度宣泄可能导致空虚和荒诞感的产生，这不仅在文学中表现出来，也在人们日常生活和文化接受中显现出来。

孙绍振则将批评焦点聚在散文这一文学体裁上，并对传统审美标准进行了批评和重新思考。散文通常被认为是富有真情实感、唯美抒情的表达方式，然而，孙绍振却对这种真情实感的审美标准提出了质疑。在他看来，散文中的真情实感不应成为其永恒性质。抒情、美化、诗化的写作方式长期以来在文学领域占据主导地位，但这种趋势如今已经演变成了流行的套路，甚至可以批量生产。孙绍振指出，抒情在这样的背景下变得泛滥，这种审美疲劳使人们对真情实感产生了厌倦感，从而引发对抒情的反感。为了突显这一观点，孙绍振引入了审丑文学的概念。他认为，审丑文学为散文提供了一种新的生命空间，是对抒情文学的突破。与一般定义审丑为对象丑陋不同，孙绍振将审丑视为一种情感的冷漠，他以楼肇明的散文《三峡石》为例，强调其中呈现的是三峡的冷漠、丑陋的一面，而非以往惯常的美化。这种冷漠被孙绍振视为审丑的标志，他认为审丑不仅表现为对象的丑陋，更在于情感的冷漠，即接近零度的冷漠才是审丑的本质表现。孙绍振在文中也举例了刘春的散文，特别指出其中对茅厕的描写丑陋而肮脏，违反了散文的诗化、美化要求，显示出对审美定式的有意打破。虽然这种审丑散文还停留在表层的丑陋描写，但在孙绍振看来，这是一种积极的尝试，是作家勇于挑战传统审美标准的表现。

孙绍振对审丑文学持积极的鼓励态度，认为艺术并不固步自封，而是具有包容性的。他强调，美和丑都有进入艺术的可能性，作家应该有足够的勇气和魄力去尝试新的创作方向。他对楼肇明的散文持高度评价，认为其在打破审美定式、引入审丑元素的同时，仍具有"睿智的沉思的色彩"，达到了深层次的审丑。然而，孙绍振也指出，目前中国的审丑散文尚未成熟，相较于小说和诗歌领域的审丑发展，散文的审丑创作还刚刚起步。尽管如此，他认为这并不妨碍散文从抒情发展到审美，再到审丑、审智，这是中国现代散文发展的逻辑和必然，也是历史的必然。

孙绍振也警示，过度的审美容易导致滥情，而过度的审丑泛滥则容易走向虚无主义，产生颓废和黑暗的文学作品。他提倡散文创作应该在审美和审丑之间找到平衡，创作出既具有抒情性又带有幽默和智慧的审智散文。这种观点为散文创作提供了一种新的方向，不仅丰富了审丑文学的领域，也为审丑批评研究提供了更多的空间。

(三) 中立审视

与前文所述不同，洪治纲、孙郁、潘道正等学者在文学审丑现象的讨论中，采取了中立的立场，主张以理性的姿态和辩证的原则来批评文学中的审丑现象。这种中立的立场有助于更全面地理解审丑文学的多样性和复杂性，为文学批评提供更为丰富和深刻的视角。

洪治纲通过对不同审丑文学作品的深入分析和批评，提出了一系列观点，主要集中在对文学审丑现象的批判及对现代审丑文学作品的评价上。

洪治纲对审丑文学的出现进行了批判，认为这是创作主体理想情怀淡漠和俗世主义过度张扬的结果。他指出，21世纪以来，一些作家过分追求感性主义，将低级欲望作为创作的核心内容。这种审丑文学将感性主义推向了极致，创作主体丧失了理性的思考，沉迷于对人性本能欲望的感官化呈现和对现实生存现状的表象化展示，这种审丑文学将审丑彻底变成了自我情感宣泄的工具，丧失了对崇高精神的向往。

洪治纲也对当下以底层苦难为题材的审丑写作进行了批评。他认为很多描写底层人民生活、苦难境遇的小说并不能使人感受到苦难背后的悲悯与温暖，反而带给读者绝望、凄迷、压抑、堕落的情绪。他以贾平凹的作品为例，指出其中对人性丑陋、自私、卑劣的过分强调，将人性还原成连兽性都不如的存在。洪治纲认为这种审丑写作源于作者对人生的失望，对现实的迷惘，对苦与恶的相互混淆，将审丑变成了一种过分极端的表达方式。

洪治纲进一步强调，文学创作中的世界并非要与现实世界完全谋和，而应是建立在现实世界之上的另一个精神世界。他认为文学作品中一些令人作呕的细节是没有必要出现的，因为读者从中看不到人物精神深处的丑的本相。他主张文学应该是对苦难的书写，但在审美接受上，应该避免过度还原生活现实，使读者陷入苦难和丑恶的极端表达。

不过，洪治纲也对现代主义小说中的苦难书写表示了认可。他认为现代主义小说在对苦难的书写上能够巧妙地避免陷入对丑陋、肮脏的极端生存境遇的描绘，而更多地关注人性的崩落和欲望的疯狂增殖。他认为，这类作品成功实现了对传统小说的反叛，并对人类存在的可能性状态进行了勘探。

孙郁对审丑现象的批评同样基于对具体作品的深入细读，他对许谋清、刘恒和莫言的审丑创作持有肯定的批评立场。对许谋清的审丑小说，孙郁肯定其直面残酷现实的勇气，其与鲁迅相似，都敢于直面社会的黑暗面。许谋对丑恶的书写，无情地撕碎虚幻的美好，将不堪入目的真实展现在大众眼前。他通过审丑的手法，在作品中进行了一场无麻醉的手术，以唤起人们的"痛感"，使其清醒地认识到人生异化的真相。孙郁认为许谋清的审丑态度充满了自审和批评的意识，具有深刻而积极的美学意义。对于刘恒的审丑创作，孙郁认为其写作企图深深地隐藏在对审丑的拷问中。刘恒以一种近乎残酷的精神写人性的阴暗和现实的丑恶。不同于一些作家对丑恶现象的无节制暴露，刘恒冷峻而清醒，以审视的目光和理性的态度看待世界，探究个体存在的意义。孙郁欣赏刘恒的这种冷静审丑态度，认为他在将现实世界意象化时，避免了自然主义式的丑陋内容，而更多地展现对世界的审视和剖析。至于对莫言的评价，孙郁认为他以直面惨淡人生的勇气和非凡的眼光将世间最不堪入目的瞬间还原出来。莫言通过对东北乡村故事的描写，展示了整个民族的民间记忆。孙郁认为莫言和鲁迅一样，都通过审丑的方式呈现社会的丑陋，还原人性的真相。然而，对于贾平凹的审丑小说，孙郁更多的是持批判态度。他指出，贾平凹的写作中充满了低俗的审美趣味，缺乏深刻性和震撼感，他的作品仅仅停留在生理性的审丑上，缺乏对现实世界的深刻反思。孙郁认为贾平凹对丑的书写更多地带有反叛和亵渎传统的味道，贾平凹过度沉溺于审丑的方式，嘲笑别人的同时也在嘲笑自己，缺少真实精神的展现。

潘道正对审丑文学的客观、中立批评视角源自对当代文学审丑发展的深入探究。他强调"审丑"作为当代文学批评的关键词，需要深入挖掘和理解。在他的观点中，并非所有描写丑陋的文学作品都能称为"审丑文学"，真正的审丑文学应当像波德莱尔的《恶之花》那样，利用丑陋低俗的题材创造出令人心灵震撼的美。审美容易取得，但审丑需要一种天分，失败的审丑可能引起人们的厌恶，而成功的审丑则能产生比直接审美更为震撼、深刻、迷人和富有韵味的效果。潘道正指出，新时期中后期出现的文学潮流，如寻根文学、先锋文学及新写实文学，对丑恶的书写程度远超过波德莱尔，已经达到以美来衬托丑的地步。然而，这些作家在审丑时仅以一种现实的人文关怀为尺度，仍然属于文学审丑的范畴。因此，潘道正非常关注文学作品对丑的书写是否能够产生令人心灵震撼的审美效果，以及作家是否能够通过对丑的艺术化处理实现将丑转化为美的目标。在潘道正的审丑观下，他对自然主义式写丑表现出强烈的批判。他认为21世纪以来出现的"垃圾派诗歌""身体写作"等文学形式完全偏离了传统，忽视了文学的责任感，将私人化体验置于第一位，结果只能给读者带来恶心而毫无美感的阅读体验。在潘道正看来，这些作品已经失去了任何审美价值和审丑意义。他的审丑批评观是中立客观的，既认可丑在揭示阴暗面上的震撼力，又警觉地认识到嗜丑的危险性，警告作家对丑的病态追求必将糟蹋文学。他呼吁批评家应为审丑文学辩护，同时强调批评家有责任及时规正和引导荒诞审丑文学，以免使当代文学陷入嗜丑的堕落之中。

第三节　对中国当代文学审丑的反思

审丑是感性学发展的必然选择，也是人类审美趣味成熟的重要标志。审丑不仅需要作家以直面现实的勇气审视丑的存在，也需要读者和批评家以健康纯正的心态欣赏和评价丑的艺术。

一、文学审丑的感性学价值

(一) 丰富丑学研究

"丑学"一词最早应该出现在陈望道的《美学纲要》一文中："辨别美、丑之学，因名为'美学'；即名之'丑学'，亦未为不可。"陈望道的这一观点表明了美与丑之间的相互关联和不可分割性。他认为，研究美与丑的学科应当同等重要，因此将其命名为"美学"和"丑学"。这一观点预示着丑学的新生，尽管在当时并没有引起广泛的重视，却为后来的丑学研究提供了重要的启示。随后，到了 20 世纪 30 年代，周木斋在《丑学》中明确提出"丑学"这个词。然而，值得注意的是，虽然周木斋在他的文章中使用了这一术语，但那时的丑学尚未获得真正的独立。在这个阶段，丑学仍然被较为传统的美学包容，没有形成自己的理论框架和方法。直到 20 世纪 80 年代，一批学者如刘东、栾栋、王洪岳等，开始重新解读"aesthetics"的本质，将其界定为包含美学和丑学在内的"感性学"，并将"丑学"视为与"美学"并列的独立的感性学范畴，这一重要的理论转变使丑学摆脱了长期以来的美学误区，从而拥有了独立存在的资格，开始逐渐进入学术视野。

20世纪80年代，许多学者坚守着审美的底线，将审美视为保护美学正统地位的重要原则。然而，当代文学中审丑现象的涌现，改变了这一格局。大量的审丑文学作品进入了大众的视野，为丑学理论的研究提供了丰富的案例和实证。批评家们开始关注文学审丑现象，从不同的角度探讨其产生、特点、作家的审美观念变化及审丑文学的价值和局限性等问题。这些文学作品的涌现及批评家们的关注，进一步丰富了丑学研究的范围和深度。

首先，审丑批评的出现证明了丑学存在的合理性。许多批评家在评价文学作品时将审丑作为独立的批评对象，而不再将其限制在传统美学的范畴内，这表明批评家们已经逐渐承认了丑的独立地位，为丑学的独立发展提供了坚实的基础。

其次，审丑批评也为丑学研究提供了丰富的实践经验。在20世纪80年代，理论界主要集中于从美学角度探讨丑的本质、美丑关系及丑的价值等问题，较少涉及对审丑文学创作的关注和研究。然而，南帆等批评家们敏锐地察觉到当代作家审美趣味的转变，开始将研究焦点放在审丑文学作品上，从感性学、心理学、叙事学等多个角度来研究文学审丑现象的产生和特点，分析作家审美观念的演变，评价审丑文学的价值和局限性，等等。批评家们的研究是丑学研究的重要组成部分，其翔实的例证和深入的分析为丑学的发展提供了宝贵的材料和观点。

此外，审丑批评也为当代的丑学研究带来了新的问题，不断拓展了审丑理论的范围。从前文的论述中可以看出，批评家们对当代文学中的审丑现象持不同的看法，主要分歧在于作家在审丑创作中如何把握丑的适度问题。例如，李建军认为当代审丑创作过于泛滥和疯狂，已经丧失了伦理道德的底线。与此相反，王洪岳则极力肯定先锋审丑文学的感性价值。南帆、孙郁等学者在肯定文学审丑的存在必然性和合理性的同时，强调文学应该坚持审美的尺度和审丑的适度原则。然而，如何准确把握审丑的力度，作家在审丑创作中应该秉承什么样的文学观念，审丑的"度"应该在何处，这些问题仍然没有明确的答案。这些未解之谜激发着学者们进一步深入研究丑学，以丰富丑学的理论框架和实践应用。

(二) 补充审美批评

审美批评作为一种批评模式，以文学审美论为其理论基础，主要任务是对文学作品的审美属性、文本的结构、修辞、语言等艺术形式进行深入分析和阐释。在审美批评中，文学作品被视为艺术品，其评价标准是真善美的美学标准，这意味着一部优秀的文学作品不仅要具备艺术真实性，还要具有积极健康的价值取向，当然也必须具备审美价值。

审美批评强调文学的审美属性，秉承唯美主义的文学审美原则，致力于解读文学作品中的美和艺术价值。在这个过程中，审美批评试图将文学从政治批评和意识形态批评的框架中解放出来，以便更深入地探讨文学本身的特质。

然而，虽然审美批评在强调文学的审美性方面有着重要的贡献，但是存在一定的局限性。审美批评对文学作品的审美价值关注过多，有时可能忽略了文学作品中的其他重要因素。以刘再复为例，他将真实性视为艺术美的重要组成部分，认为虚伪或虚假的元素将导致文学作品的丑陋。在他的观点中，艺术创作如果"违反生活的逻辑和情感的逻辑"就必然是丑的，只会给人一种畸形感，而不能产生任何美感。虽然刘再复的文学审美批评意识到了文学的独立性和自律性，但他对虚假与丑陋之间关系的看法仍然受制于传统美学的思维框架，忽视了现代文学和美学的现代性问题，以及对审丑的认识。

王洪岳进一步指出："以刘再复八十年代文论为代表的'审美论文论'忽视了感性的地位，从而依然带有较浓厚的理性主义色彩。"审美的哲学基础常常是理性主义，而受理性主义制约的审美批评难以关注到文学创作的非理性层面。然而，审丑恰恰是非理性的，是现代精神最真切的体现。在文学作品中，审丑可能体现为对社会的反叛，对人性的探讨，对世界的异化，等等。例如，王蒙的小说中对潜意识的刻画、余华笔下那些丧失理性的疯子、残雪建构的非理性的社会景象等，都是审美批评难以赋予其意义的地方。这些元素需要从审丑的视角进行解读，以便更全面地理解文学作品中的非理性精神。

所谓审丑批评，是在丑学理论的基础上，从审丑的角度对文学创作中涉及丑陋、非理性、反叛等现象进行批评和阐释。审丑批评的出现弥补了审美批评的不足，打破了传统美学观念中"艺术一定是美的""美一定是理性的"这种片面看法，它将批评的范围从文本的形式拓展到文学作品中的感性层面，引入了对文学创作非理性层面的关注，深化了对主体生命意识的思考。

在当代文学中，审丑已经成为不可逆转的潮流。许多文学作品包含对丑陋、非理性和反叛的刻画。如果仅从审美的角度来评价这些作品，可能会得出消极的结论，认为它们缺乏美感。然而，如果从审丑的视角来看待这些作品，则会得到更多新奇的答案。例如，残雪的小说中描述了肮脏的黄泥街、人际冷漠、互相仇视等丑陋的社会现象。从审美的角度来看，这些描写可能令人感到不悦或恶心，但如果从审丑的角度来看，这些描写实际上是对现实的深刻批判和反思。作家以直观的方式刺激读者的感官，使其无法逃避现实中的丑陋，从而使他们清醒地认识到现代社会的异化和非理性，这正是文学审丑的价值所在。

审丑批评的出现，不仅使人们能够更深入地理解当代文学作品中的非理性元素，还打破了审美批评对文学审美话语的独占，使批评领域更加多元化和丰富。审丑批评关注的不仅是文学作品的审美属性，更关注文学作品中的情感、感性和非理性方面。它提供了一个新的角度，让人们能够更好地理解文学作品中的深层内涵和作者意图，尤其是对那些充满丑陋和反叛元素的作品。

审丑批评的重要性在于，它拓展了文学研究的领域，使人们能够更全面地理解文学的多样性和复杂性。文学作为一种艺术形式，既可以表达美好和积极的价值观，也可以反映丑陋和非理性的一面。审丑批评的出现让人们不再将文学局限在美的范畴内，而是更加敏锐地关注文学作品中的各种情感和情感表达，这种多元的文学理解有助于拓宽人们对文学的认知，更好地理解当代文学作品中的复杂性和多样性。

(三) 确证感性价值

审丑文学以丑显真，帮助人们更真实地认识现实生活。长期以来，在传统审美的束缚下，文学作品往往强调人性的美好和光辉，忽略了现实世界中的丑陋和负面因素。然而，现实生活中丑陋的存在是不可否认的，而文学作为一种艺术形式，应该真实地反映生活。审丑文学通过以丑为切入点，揭示现代社会的各种丑陋和痛苦，帮助人们更清醒地认识现实生活的真相，这种真实性超越了传统审美的美好表象，让人们直面生活中的困境和挑战。尼采曾指出，美是一种虚幻的、理想化的存在，它常常用美好的外表掩盖现实生活的荒诞和丑陋。审丑文学在现代社会的背景下，帮助人们认识美的虚伪和有限性，清醒地看待世界的荒谬和人性的丑陋。在现代社会，由于异化程度的不断加深，人们逐渐看清了理性主义和科学主义的虚假性，开始意识到世界的荒诞和人性的丑陋是生活的一部分。审丑文学通过对这些现实的揭示，帮助人们更好地理解现实生活的复杂性和多样性，以及人类生存的真实面貌。值得注意的是，审丑文学不仅仅是对丑陋的简单描绘，而是通过对丑的深刻表现，引发读者的共鸣和反思。例如，作家们常通过对肮脏的生活环境、冷漠自私的人性等丑陋因素的刻画，激发读者的感情和思考，使他们更加清醒地认识到现代社会的异化和扭曲。审丑文学的力量在于，它不仅告诉人们世界的丑陋，还鼓励人们积极反思并采取行动，以改变这种丑陋的现实。因此，审丑文学在帮助人们认识丑陋的同时，也鼓励他们追求美好的生活。

审丑文学以丑反叛，释放非理性的生命冲动。丑作为一种否定性的感性学范畴，自然地包含着非理性的元素，它挑战了传统审美观念和审美法则，将被传统审美排斥和否定的内容引入审美领域。这种反叛的姿态不仅体现在文学作品的内容上，还体现在文本形式上。许多作家(如马原、谌容、宗璞、格非等)以丑感的艺术形式，反叛了传统的文学法则，突破了传统审美的界限。审丑文学的非理性精神有助于打破理性主义的桎梏，释放个体生命的非理性冲动。尼采认为，理性主义试图将涌动的人类原始非理性纳入理性的秩序，但非理性主义的崛起使理性主义受到了挑战。非理性精神在感性层面化身为丑，以反叛的姿态挑战理性的规则和秩序，从而解放了被理性压迫下的感性生命意识。这种反叛精神不仅表现在文学作品中，还反映在社会和文化的层面上。审丑文学作为一种反叛的文学形式，不仅鼓励个体反抗传统的审美观念，还鼓励他们反思社会和文化中的不合理之处。

审丑文学的否定性价值在于打破了传统审美观念，拓宽了人类的感性思维。传统审美观念往往将美视为唯一的审美标准，忽略了丑陋和负面情感的存在。审丑文学通过强调丑的存在和价值，拓展了人类的审美观念，使人们能够更全面地理解文学作品和生活中的感性价值。这种多元的审美观念有助于拓宽人们对文学和艺术的认知，使人们能够更好地理解当代文学作品中的复杂性和多样性，同时也为人们提供了更多的审美选择和观察角度。

审丑文学的否定性价值还表现在它能够让人们以一种批判性的眼光审视现实。面对当代社会的道德沦丧、价值失落及人类精神的荒原状态，传统审美文学常常显得无力和苍白，审丑文学则以一种否定性的姿态摒弃了美的简单呈现，转而深入探讨现实生活和精神世界的负面内容。这种审丑的视角使人们不仅局限于美的正面评价，还能够以一种否定性的批判眼光审视现实世界的各种丑陋和问题，这有助于引发人们的反思和思考，激发人们对社会和文化的批判性思维，推动社会进步和改善。

最重要的是，对审丑文学的接受和欣赏意味着现代人的感性心理结构越来越成熟和完善。传统审美文学强调美的理想化和光辉，往往遮蔽了人类感性生活的多样性和复杂性，审丑文学通过强调丑的存在和价值，帮助人们更全面地认识感性世界的复杂性，包括其中的矛盾、冲突和挑战，这有助于人们更好地理解自己和他人的感受和情感，提高感性智慧，进一步丰富了人类的感性思维。

总之，审丑文学的崛起证明了感性生命逐渐解放的力量。它通过以丑为切入点，揭示现实生活的真相，释放非理性的生命冲动，打破传统审美观念，拓宽审美观念，以及激发批判性思维，为文学和社会带来了丰富的感性价值。审丑文学不仅是文学创作的一种形式，更是人类感性生命的丰富表达和深刻思考，对推动文学和社会的发展具有积极的影响。

二、中国当代文学审丑的改进策略

(一)审丑文学创作：有限度的审丑，而非嗜丑

中国文学在审丑问题上呈现出一种趋势，即有些文学作品的审丑倾向过度，甚至滑向了嗜丑的方向。嗜丑不同于审丑，它消解了审美的"审"，更偏向于对丑的无限度追随和把玩，而缺乏对丑的理性审视和对丑恶现实的否定性批判。这种嗜丑的趋势不仅会降低文学作品的艺术性，还可能引发社会对文学审美和价值的担忧。因此，有必要强调中国文学在审丑过程中对限度的保持和对尺度的拿捏，确保文学审丑不会演变成对丑的过度追求和过分夸张。

首先，文学审丑应该保持一定的底线和艺术标准。中国文学审丑常常涉及对丑陋和恶劣现象的描绘，而文学作品的审美标准在此过程中显得至关重要。审美并非仅仅对美感的追求，更是对人性、社会问题深刻理解的表达。因此，在审丑的过程中，文学创作者应确保作品既有审美的独创性，又在描绘丑陋的一面时保持一定的艺术标准。审美标准的设定是文学作品区别于低级趣味和市场炒作的关键因素。通过对审美的追求，文学作品得以在审丑的同时保持一种独特的艺术性，使其在文学领域脱颖而出。审美追求并非空洞的形式主义，而是一种深刻的对美与丑之间关系的思考，文学作品通过审美的表达方式，既能传递对人性和社会的深度理解，又能使审丑过程更有深度和思想性。此外，审丑时也需要确保作品不会过度夸张，不会简单陷入对丑陋的简单渲染，而是通过审慎的描写方式，使读者能够更深入地理解丑陋现象背后的原因和社会问题。艺术标准的设定有助于引导文学作品的审丑过程，使其更好地服务于社会的发展和读者的思考。

其次，文学审丑应当服务于社会的发展和进步。文学创作不仅是艺术表达，更是一种对社会现象的反思和批判。在审丑的过程中，文学作品应该承担起社会责任，使其审丑不仅是对丑陋的描写，更是对社会问题的深度思考。审丑既可以是对社会不公与阴暗面的揭示，也可以是对人性的反思。在这一过程

中，文学作品应当服务于社会的发展和进步。在审丑的过程中，文学创作者需要对社会现象进行深入分析，理解其中的根本问题，并通过审丑的手法引发读者对社会的思考。社会责任的承担使文学作品在审丑的同时能够起到社会教育的作用，引导读者深刻理解社会现象的本质，并为社会的进步提供积极的动力。

最后，文学审丑应当关注作品对读者的影响。审丑过度可能导致读者对社会产生过于消极的看法，甚至使其陷入一种对美好和理想的失望。因此，在文学审丑的过程中，作品应该具有一定的社会教育意义，不仅是对丑的描写，更是对社会的深刻思考和对积极变革的启示。文学作品的影响力在于其能够触及读者的情感和思想层面，审丑不应只是通过对丑陋的描写引发读者的情感共鸣，更应该通过对社会问题的深度分析和对解决方案的提出，引导读者在审丑过程中形成积极的态度。

在当前文学创作中，嗜丑的倾向可能导致文学失去其独特的社会意义。嗜丑的作品更容易令人产生反感和排斥，降低文学作为一种高雅艺术的地位。事实上，文学的价值在于其深度思考和社会反思的功能，而不是简单地满足读者的低级趣味或制造震撼的效果。因此，为了保护文学作为一种高尚的艺术形式，有必要强调文学审丑的限度，避免其走向嗜丑的极端。

(二) 审丑文学批评：积极发挥对审丑文学的引导作用

首先，批评家应自觉性关注审丑文学。审丑文学作为当代文学的重要组成部分，反映了社会、文化和人性的多样性。然而，尽管审丑文学具有明显的存在感和影响力，批评家却似乎对此缺乏足够的自觉性关注，如部分批评家只是在进行文学批评时顺带提及审丑，而没有将其作为关注的重点，这种忽视可能是审丑文学常常涉及不舒适、不传统或有争议的主题和表现方式，使得一些批评家更倾向于回避或忽略它。然而，批评家应该认识到，审丑文学是当代文学的一部分，它反映了社会的诸多方面，为大众提供了有价值的观察和讨论材料，批评家需要自觉性地关注审丑文学，引导其发展朝着更有意义和建设性的方向前进。

　　其次，批评家应对审丑文学进行多元化批评。文学批评是一种高度个性化的活动，每位批评家都有独特的视角、文化背景和价值观念，这种多样性是文学批评的独特之处，不同的观点和声音都可在文学讨论中得以体现。然而，在审丑文学的批评中，批评家可能会受到自身偏好的影响，发出过于主观或狭隘的评论，这样的批评不仅无法充分理解审丑文学的多样性和复杂性，还无法为读者提供全面的信息和观点。因此，批评家需要在批评中保持开放的心态，努力理解和尊重不同的审丑观点，以提供更全面、多元化的文学评论，从而使读者能够更好地理解审丑文学的内涵和价值。

　　最后，批评家应对审丑文学进行理性引导。理性是文学批评的基础，它要求批评家以客观、分析和建设性的方式来评价文学作品。在审丑文学的批评中，批评家应运用理性思维，不仅关注作品中的审丑元素，还要深入分析审丑的价值和意义。他们还应关注作家如何在审丑创作中把握好审丑的力度和尺度，以避免过度或低俗的表现。此外，批评家还应帮助作家确定审丑与嗜丑的界线，以确保审丑文学能够在健康的方向上发展。理性引导有助于作家和读者更好地理解审丑文学的创作目的和多元影响，从而促进审丑文学的发展。

（三）审丑文学读者：建立积极、健康的文学审美观

　　审丑不仅需要作家对现实人生终极关怀的支撑，也需要读者理性的、无畏的心理接受能力。在当代文学中，审丑和嗜丑的界限有时会变得模糊，因此引导读者建立健康的审丑观念至关重要。

　　审丑文学往往涉及丑陋、不堪、底层等负面元素，这对一些读者可能会带来一定的心理冲击，尤其是对那些热衷于美好事物的读者。然而，这并不意味着审丑文学是不值得阅读的或应该被彻底排斥。阅读文学不仅是为了寻找愉悦感受，更是为了反思、思考和理解社会与人性的复杂性。那些具有审美期待视野的读者，应当积极培养自己的思辨能力和文学素养，如他们可以通过独立思考、阅读评论和参加文学讨论来提高对文学作品的理解，对作品进行深入解读，挖掘文学作品背后的含义、主题和象征，以及作家的创作动机。这种主动性有助于读者将情感与理性相结合，深入思考作品背后的含义和目的。审丑文

学通过丑陋的表象来引发读者的共鸣，激发对社会问题的思考，这种心理冲击正是文学的价值所在。

当然，这还需要批评家的积极参与和引导。批评家在文学领域具有专业知识和经验，他们可以提供深入的分析和理解，帮助读者更好地理解审丑文学的内涵和意义。批评家的肯定可以鼓励那些对审丑心存疑虑的读者去深入探索这种文学形式，如他们可以解释作家的动机、作品的背后含义，以及审丑文学对社会的贡献，这种理性的解释和引导有助于读者建立更为全面的文学审美观念，超越表面的丑陋，看到文学作品更深层次的内涵。此外，批评家也可以规正读者的文学审丑观念，他们可以提醒读者不要过度沉迷于嗜丑，而要适度地理解和欣赏审丑文学。批评家的角色不仅在于赞扬，还在于警示，引导读者走向更加理性和健康的审丑观念。

总之，作家通过审丑文学表达对社会的关切和反思，而读者需要积极培养自己的思考和分析能力，同时接受批评家的引导和规正，以建立健康的文学审美观念。

结　　语

审丑作为审美的反题，是现代文化和精神的主要内容，同时也是中国当代文学中不可忽视的文学动向。在西方审丑思潮和作家审丑意识的双重作用下，我国的文学审美观念发生了重要变化，由传统的崇美向善的审美观念转变为以丑为美的现代审美观念。这一审丑思潮在创作、理论和批评领域有着重要表现。

在理论领域中，许多学者注意到丑的存在，他们从文学理论和美学层面给予了丑本体论的地位，为感性学正名，为我国的丑学理论发展奠定了基础。在创作领域中，我国的文学家用一种反叛的视角写出了许多审丑的作品，将社会、自然和精神中丑的内容所反映的个体生存本质体现出来，追求揭示人生的真相，从而实现对现代人精神的救赎。无论是古代的文学作品还是当代的文学作品，其中的审丑现象异军突起，体现出文学作家审丑意识的自觉形成，也引起了古今学者对审丑创作的讨论和关注。在批评领域，批评家从审丑理论出发对审丑的对象给予了深刻评价，用多元化的思维对文学作品中的审丑现象展开激烈的论证。可以说在文学创作中审丑思想越来越被学者重视，人们对其概念也越来越清晰，通过审阅大量的审丑作品，我们不仅能够体会到作者在文学创作时的社会面貌，也能够通过作品感受到人或事物本质的一面。当前，更多的学者加入审丑创作的潮流中，还有很多的批判家也对其进行了激烈的批判，这些多元化、个性化的审丑批评对当代的丑学理论提供了基础，对文学创作及审丑观的形成有着重大意义。

以批评和创作的视角来审视当代文学中的审丑思潮，能够反映出当代文学审丑的缺失，为当代丑学的理论发展、文学走向和当代文学审美观念的构建做出展望与思考。审丑在美学中是一种向上的思维，这也是人类感情生活发展的必要结果。人们对审丑价值的研究意义不代表是让审丑取代审美，而是为了使审丑与审美形成互补作用，共同构建审美理念。进入 21 世纪以来，文学家在进行创作时产生了一定的嗜丑倾向，这也引起批评界的激烈争论。针对这一问题，许多学者也提出了自己的观点。单纯的审丑取向不足以支撑文学健康发展，必须寻求理性与非理性的良好交融道路。这一过程并不容易，必然伴随动态对抗进程，直到审美与审丑融合在一起后，才意味着该条道路真正成型。未来的文学创作不是对审美的过分推崇，不是对审丑的更加倾向，而是表现出丰富多彩的美学样态与人性内容，从感性学的理论来审视美与丑的一种和谐的文学审美观念，是经历了大量的论证和文化积淀下所产生的审美体验与审美心理，这种审美理念就是美丑皆审的理念。

在文学创作和文学批评中不能忽视美丑的任何一个方面，审丑与审美并非是对立性的存在，文学的发展需要建立在美丑皆审的理念下进行。在文学创作方面，许多作家在进行审丑创作时出现了一些嗜丑现象，作家要理性面对这一切，在文学创作过程中适当调整，始终坚持为审美服务初衷，并对丑和美进行辩证分析，衍生出符合自身创作要求的审丑原则。审丑文学要走出一味表现丑和刻画丑的误区，回归到为人类社会发展提供批判性助力轨道上，让人们认清现实、了解人性异化现状与背后原因，进而在心灵与精神上得到解放。批评家要强化自身的自觉性，使研究和批判深度进一步增强，紧紧围绕审丑文学发展，避免偏离方向，这样才能扩大审丑批评的话语权，用理性的审美观念和审丑批评姿态来引导当代文学向着健康的方面发展。当下处于复杂多变与多元化的社会环境中，审丑理论要迎合时代发展的潮流，积极引导当代文学的发展，这也是当今文学研究的重要内容。

参 考 文 献

[1]顾明玥．审丑视域下福克纳小说的形式丑研究：以《干旱的九月》为例［J］．
　　美与时代：美学（下），2022（7）：115-117．

[2]潘道正．德国古典美学的审丑之维：从鲍姆加登的《美学》到罗森克兰兹的
　　《丑的美学》［J］．社会科学战线，2016（5）：19-29．

[3]郭荣．迷因理论下短视频审丑文化的生产、传播与消费研究［D］．呼和浩
　　特：内蒙古大学，2022．

[4]张中锋．论陀思妥耶夫斯基的审丑意识及其对"自然派"崇高风格的消解
　　［J］．济南大学学报（社会科学版），2015，25（3）：34-40，91．

[5]高雨琪．悖议青年亚文化视角下土味文化的审丑狂欢［J］．文化创新比较研
　　究，2022，6（15）：191-194．

[6]石杨．索罗金早期创作中的"审丑"元素研究［D］．哈尔滨：黑龙江大
　　学，2022．

[7]李惠敏，王凯宗．单向度的人：自媒体审丑异化环境下的现象研究［J］．今
　　古文创，2022（16）：126-128．

[8]梅振宇．娱乐治理背景下短视频平台土味亚文化研究：以抖音平台的部分
　　审丑现象为例［J］．声屏世界，2022（2）：94-96．

[9]王成军，许欣宇．理性之把握与理论之升华：评《精灵与鲸鱼：莫言与现
　　代主义文学的中国化研究》［J］．郑州师范教育，2022，11（1）：91-93．

[10]蒋承勇．拨开"常识"的迷雾：现实主义与浪漫主义之关系考辨［J］．广东
　　外语外贸大学学报，2022，33（2）：28-42，157．

[11]贺子涵，杨宇函．莫言小说中的审丑态审美：以《檀香刑》为例［J］．语言

与文化研究，2021（1）：177-180.

[12]赵树勤，张明. 伦理旨归、精神取向与生成路径：论刘震云小说的审丑
书写[J]. 武陵学刊，2021，46（4）：90-96.

[13]徐佳玲. 论元散曲中的审丑[D]. 长沙：湖南师范大学，2021.

[14]刘晓雯. "美就是丑，丑就是美"[D]. 武汉：华中科技大学，2021.

[15]王宇. 动画影片中的"审丑"研究[D]. 哈尔滨：哈尔滨师范大学，2021.

[16]卢渠.《老子》中"复"的思想及其文学批评意义[J]. 金华职业技术学院学
报，2021，21（2）：56-62.

[17]王芳. 在"丑"中寻找诗情画意：波德莱尔和劳特累克作品互文性解读
[J]. 广东外语外贸大学学报，2020，31（6）：50-58，154.

[18]王艳雪. 莫言长篇小说研究的新力作：评廖四平教授专著《当代长篇小说
的桂冠：莫言长篇小说研究》[J]. 鞍山师范学院学报，2020，22（5）：
56-59.

[19]全燕利. 试论张天翼儿童文学的讽刺艺术：以《大林和小林》和《秃秃大
王》为例[J]. 青年文学家，2020（27）：21-22.

[20]陈剑晖. 方法与范畴：建构当代散文理论的可能性：论孙绍振的散文研
究[J]. 东吴学术，2020（5）：55-65.

[21]孙辰晨. 从"审丑"到"审美"：以《老王》为例谈中学语文课堂的审美观照
[J]. 教学管理与教育研究，2020（15）：46-48.

[22]何亦邨. 中西方"丑的艺术"的隔空对话：审丑文化也应当是一门独立的
艺术学科[J]. 东南大学学报（哲学社会科学版），2013，15（S2）：
106-113.

[23]裴幸子. 20世纪西方审丑思潮与中国当代文学的趣味嬗变[J]. 太原学院
学报（社会科学版），2020，21（3）：73-79.

[24]易鹭. "审丑"意识在现代绘本设计中的研究与应用[D]. 武汉：湖北美术
学院，2020.

[25]孟涛. 小学语文教学中审丑教育的问题与对策研究[D]. 贵阳：贵州师范
大学，2020.

［26］于晓．论审丑意识在动画创作中的视听呈现［D］．南京：南京信息工程大学，2020．

［27］谢蓉．浅析网络古代言情小说中的传统文化因子：以书海沧生《昭奚旧草》为例［J］．文艺评论，2020（2）：74-81．

［28］化萌钰．死亡焦虑与文学治疗［D］．西安：陕西师范大学，2020．

［29］蒋承勇，曾繁亭．震惊：西方现代文学审美机制的生成：以自然主义、现代主义为中心的考察［J］．文艺研究，2020（2）：62-73．

［30］谢舒祎．审丑是否可能［D］．上海：上海师范大学，2020．

［31］陈进武．论20世纪80年代以来的中国小说"审丑"演变［J］．中国现代文学论丛，2019，14（1）：111-120．

［32］董曼．网络动画"审丑"现象的症候式解读：以《十万个冷笑话》为例［D］．浙江理工大学，2019．

［33］彭思．在审丑中保持清醒与温度：谈《呐喊》《彷徨》整本书审丑教学［J］．语文教学之友，2019，38（4）：12-14．

［34］顾红梅．追回被"流放"的审丑教育：以《雷雨》为例谈高中语文阅读教学［J］．语文世界（教师之窗），2019（4）：39-40．

［35］吴可．改革向何处去：长篇小说《变革》对大学校园"审丑"的呈现［J］．名作欣赏，2018（32）：10-15．

［36］陈一军．中国现当代文学课程与社会主义核心价值观教育之关系［J］．中国大学教学，2018（5）：48-52，89．

［37］胡铁生．审美与审丑的表象与内涵：莫言小说自然景观书写的美学特征研究［J］．社会科学，2018（4）：173-182．

［38］谷茜．西方浪漫主义与现代主义文学审丑力度对比研究：以雨果和莫言的小说为例［J］．九江学院学报（社会科学版），2018，37（1）：84-87．

［39］冯霜．中学语文教材中审丑风格文本浅析：以高中人教版为例［J］．文教资料，2018（5）：49-51．

［40］林忠港．"审丑散文"教学内容的确定与呈现［J］．中学语文教学参考，2017（29）：57-59，2．

[41] 皇甫佳英，竺建新．鲁迅文学创作中的审丑意识探究：以看客·鬼神为例[J]．宁夏大学学报(人文社会科学版)，2017，39(5)：57-63.

[42] 刘旎媛．《普鲁弗洛克的情歌》中的审丑观及其对艾略特早期诗学观的作用[J]．湖北文理学院学报，2017，38(7)：66-70.

[43] 陈健，张中锋．漫谈审丑批评对审美批评的补充作用：以对欧美文学的批评研究为例[J]．枣庄学院学报，2012，29(1)：62-65.

[44] 孙丹萍．丑非不美：卡森·麦卡勒斯与莫言短篇小说中的审丑比较[J]．比较文学与跨文化研究，2017，1(1)：108-114，148.

[45] 金元浦．审丑时代的终结与传统美学精神的重张：从《中国诗词大会》的热播谈起[J]．人民论坛·学术前沿，2017(10)：60-67.

[46] 李昱洁．"审丑"视角下的中俄小说研究：以索罗金及莫言小说为例[J]．北方文学，2017(6)：18-20.

[47] 张邦卫．从"审美"到"审丑"：媒体化语境中新世纪文学的美学问题[J]．温州大学学报(社会科学版)，2016，29(3)：34-42.

[48] 郑付忠．"审丑"时代：从审丑、炫丑到丑书泛滥[J]．民族艺林，2015(2)：24-32.

[49] MARIANNA C. Ugliness in architecture in the Australian, American, British and Italian milieus：Subtopia between the 1950s and the 1970s[J]. City, Territory and Architecture，2022，9(1).

[50] JOHN W S. Wonder's Call：Anti-Theodical Aesthetic Judgment in Brian Brock's Theology of Disability[J]. Journal of Disability & Religion，2022，26(2).

[51] HEE E K. Theoretical Reflections on the 'Aesthetics of Ugliness' in the 20th Century to Extend Research Methodology in Modern Poetry-Focusing on Theories of Freud, Wolfgang Kayser, T. W. Adorno, Umberto Eco, and Ellen Dissanayake[J]. The Korean Literature and Arts，2018，26.